조·선·후·기
한문소설에 나타난 통속화의 한 경향 연구

조·선·후·기
한문소설에 나타난 통속화의 한 경향 연구

· 권도경 지음 ·

KSI 한국학술정보㈜

제 1 장 조선후기 한문소설사의 전개와 통속적 지향

제 2 장 조선후기 한문소설과 국문소설의 교섭, 새로운 국문소설의 탄생: 「홍랑전」의 구성적 특징과 소설사적 위상

제 1 장
조선후기 한문소설사의 전개와
통속적 지향

I
서 론

    조선후기 한문소설에 대한 연구는 주로 상층의 사대부 지식인들에 의해 19세기에 집중적으로 창작된 19세기 장편한문소설 작품들을 중심으로 이루어져 왔으며 그 연구 성과는 작품론[1], 유형론[2], 작가론 및 작가의 의식 연구[3], 이본연구[4] 등으로 정리할 수 있다. 이러한 기존의 연구들을 통해 19세기 장편한문소설의 작가층이나 작가의식의 문제, 문학적 특성 등이 밝혀짐으로써 이들 작품의 실상은 거의

1) 김종철, 「옥수기 연구」, 서울대학교 석사학위논문. 1985; 홍형숙, 「옥선몽 연구」 이화여자대학교 석사학위논문, 1990; 신재홍, 「옥련몽과 옥루몽의 비교 검토」, 『고전문학연구 6』, 1991; 조혜란, 「삼한습유 연구」, 이화여자대학교 박사학위논문. 1994; 정대진, 「옥루몽 연구」, 서울대학교 석사학위논문, 1994; 전성운, 「옥수기의 작품 구조와 창작 동인」, 고려대학교 석사학위논문. 1995; 탁원정, 「일락정기 연구」, 이화여자대학교 석사학위논문. 1996; 최경환, 「육미당기의 텍스트 생성과정 연구」, 서강대학교 석사학위논문. 1997
2) 김종철, 「19세기 중반 장편 영웅소설의 한 양상 - 「옥수기」, 「옥루몽」, 「육미당기」를 중심으로」, 『한국학보 40』, 1985
3) 박일용, 「삼한습유를 통해서 본 김소행의 작가의식」, 『한국학보 42』, 1986; 장효현, 『서유영 문학의 연구』, 1988
4) 장효현, 「옥루몽의 문헌학적 연구」, 고려대학교 석사학위논문. 1981

드러나게 되었다고 할 수 있다.

그러나 이처럼 19세기 장편한문소설에 편향된 연구는 역사적으로 존재했던 다양한 한문소설 작품들의 존재를 논외로 함으로써 조선후기 한문소설사의 실상을 제대로 드러내지 못하고 있다는 점을 문제점으로 지적할 수 있다. 즉, 이러한 기존의 연구들은 이들 작품을 19세기 장편한문소설이 성취해 내고 있는 문학적 형상화 수준에 맞추어 평가함으로써 단순히 작품의 질이 떨어지는 작품으로 치부해 버리는 결과를 낳고 있다는 것이다.

이러한 문제의식 하에서 본고는 기존의 조선후기 한문소설 연구사에서 국문영웅소설과 유사한 양상을 보이고 있다는 점에서 폄하되어 온 「김전전(金銓傳)」[5] 「운향전(雲香傳)」[6] 「봉래신설(蓬萊新說)」[7]을 연구의 대상으로 한다. 먼저 본 연구의 객관적인 입론을 마련하기 위해 여기서 기존의 연구들을 작품별로 정리해 보았다.

「김전전」에 대한 기존의 논의는 김기동[8]과 차용주[9]에 의한 해제 수준의 작품 소개에 그치고 있다. 먼저 김기동은 「김전전」을 영웅소설과 계모형 가정소설의 성격을 동시에 지니고 있다고 하면서 영웅소설로 파악한다면 미완성의 작품이고 가정소설의 유형이나 계모형 가정소설로 파악한다면 갈등이나 구성의 면에서 빈약한 실패작이라고 하였다. 한편, 차용주는 「김전전」을 일단 영웅소설로 분류해 놓고 있기는 하지만 그 유형을 확실히 규정짓지 못하고 있다는 점에서는 김기동과 같은 입장을 보인다. 차용주는 「김전전」을 김전(金全) 일가의 이합집산을 중심으로 한 작품으로서 김전의 출생 및 성장과정에 대해 서술한 것은 영웅소설과 같고 김전 부부가 설씨로부터 학대받

5) 『필사본 고전소설전집 3』, 김기동 편. 서울 아세아 문화사
6) 『필사본 고전소설전집 3』, 김기동 편. 서울 아세아 문화사
7) 「봉래신설」, 이가원본, 『열상고전연구』, 창간호, 1988
8) 김기동 「한국고전소설연구」, 523-5쪽. 1983
9) 차용주 「한국한문소설사」 346-9쪽. 1989

는 것은 계모형 가정소설과 같다고 하였다. 그러나 결국 「김전전」은 영웅소설도 아니고 계모형 가정소설도 아니라고 하면서 이러한 불분명한 내용 때문에 이 작품을 성공한 작품으로 파악할 수 없다고 하였다.

이상으로 볼 때, 김기동과 차용주의 해제는 「김전전」이 영웅소설적인 성격과 계모형 가정소설의 성격을 아울러 보여준다는 식으로 그 특징을 나열하고 있을 뿐 성격을 단일하게 파악하지 못했다는 점에서 한계를 가진다고 할 수 있다.

「운향전」에 관한 연구는 해제 수준의 작품 소개와 여성영웅소설의 유형론을 전개하는 가운데 함께 논의된 경우로 나눌 수 있다. 먼저 작품 소개는 역시 김기동[10]과 차용주[11]에 의해서 이루어졌다. 김기동은 「운향전」을 여성을 영웅화 한 한문으로 쓴 영웅소설로 파악하였으며, 권신이나 간신들이 주인공을 모해하는 플롯을 결구해 놓지도 않았고 가정소설의 플롯을 모방하여 여주인공이 시모의 학대 끝에 타살되는 고난을 겪도록 한 것이 특색이라고 하였다. 차용주도 역시 「운향전」을 영웅소설 항목에 분류한 뒤에 여성영웅소설의 대부분이 국문소설임을 감안할 때 「운향전」처럼 한문소설이면서 여주인공을 중심으로 구성된 것은 보기 드문 작품이라고 하였다. 그러나 주인공 운향(雲香)이 호병을 격파하는 것을 중심으로 영웅소설로 보아야 할지 아니면 운향이 전씨로부터 학대받는 것을 중심으로 가정소설로 보아야 할지 애매하다고 하면서 두 유형의 양면성을 지니고 있는 작품으로 결론 내리고 있다.

「운향전」에 대한 김기동과 차용주의 해제는 이 작품이 일단 여성 영웅소설이라는 데에는 견해를 같이 하고 있다. 그러나 앞서 「김전전」의 경우와 마찬가지로 이 작품이 보여주는 영웅소설적 성격과 가

10) 김기동, 앞의 책, 338-340쪽
11) 차용주, 앞의 책, 343-346쪽

정소설적 성격을 나열하고 있을 뿐 이러한 특징들이 작품 내에서 가
지는 의미라든가 기능을 설명해 내지 못하고 있다.

한편 여성영웅소설의 유형론을 전개하는 가운데 「운향전」을 다룬
연구는 전용문[12]과 민찬[13]에 의해서 이루어졌다. 따라서 이들에 이
르러 「운향전」은 확실히 여성영웅소설로 분류된 것이라 할 수 있다.
전용문은 여성계 영웅소설을 다루면서 일단 「운향전」의 구조가 여성
계 영웅소설류의 전형을 보여준다고 전제하고 있다. 그리고 주인공
운향이 여성으로서 등과입상(登科入相)하지 않은 채 영웅적 행위를
전개시키고 있다는 점에서 「박씨전」에 근접해 있는 반면에 운향이
적군과 직접 대전하여 남편과 나라를 구출한다는 점에서 「박씨전」
보다 적극적이고 능동적인 면을 보여준다고 분석하였다. 민찬은 남
녀이합이 여성영웅소설에서 가장 핵심적인 구조를 이루고 있다는 전
제하에 여성주존(女性主導)에 의해 남녀결합이 이루어지는 「이대봉
전」 계열과 여성 우위에 의한 남녀결합이 이루어지는 「홍계월전」 계
열로 나누었다. 여기서 「운향전」은 「이대봉전」 계열 가운데서도 가
정으로의 복귀를 통한 남녀결합이 이루어지는 「정비전」 유형에 넣어
서 분석하고 있다.

이상의 두 연구는 여성영웅소설의 유형론을 전개하는 가운데 작품
의 내용과 특징을 간략하게 해설하는 수준에 그침으로써 작품을 온
전하게 분석해 내지 못하고 있다는 점에서 한계를 가진다. 특히 전
용문은 여성계 영웅소설의 주인공이 여성이기 때문에 충과 마찬가지
로 열(烈)의 문제도 드러나 있으며, 이러한 열행은 애정갈등과 양면
적으로 존재하고 있다고 하였다.[14] 그러나 「운향전」은 시아버지의
지인지감에 의해서 택부되고 있으며, 혼인하고 나서는 남편이 아예

---

12) 전용문, 「여성계 영웅소설의 연구」, 『어문연구 10』, 1979
13) 민찬, 「여성영웅소설의 출현과 후대적 변모」, 서울대학교 석사학위논문, 1986
14) 전용문, 앞의 논문, 30쪽

서울로 떠나버리기 때문에 애정갈등이라고 할 만한 부분이 전혀 나타나 있지 않다. 전용문도 역시 열행과 애정갈등을 여성계 영웅소설의 특징으로 분석하는 부분에 가서 「운향전」을 실제로 다루면서는 애정갈등에 대해서는 전혀 언급하지 않는 모순을 보여주고 있다.

「봉래신설」에 관한 연구에는 작품을 소개하는 해제15), 적강형 애정소설을 다루는 가운데 일부로 언급한 연구16), 애국계몽기 신작구소설을 소개하면서 일부로 다룬 연구17), 작품론18) 등이 있다. 먼저 「봉래신설」의 이본군을 최초로 다룬 김경미는 「방운전」이 한문본 「봉래신설」의 한글 번역본임을 밝히고 해제를 붙였다.

한편, 안동준은 적강형 애정소설의 형성과 변모를 논하는 가운데 「봉래신설」의 한글 이본 중의 하나인 「봉ᄂᆡ신션녹」을 다루었다. 여기서 안동준은 「봉ᄂᆡ신션녹」을 1904년에 새로 창작된 작품으로 파악하고 「숙향전」, 「숙영낭자전」 등의 앞선 적강형 애정소설에서 설정된 천상계가 후대로 내려오면서 점차 현실적으로 변모해 가는 양상을 보여준다고 하였다. 그러나 작품의 적강화소는 생략해도 작품의 전개에 전혀 영향을 주지 못할 정도로 주인공의 영웅적 활약이 전편에 걸쳐서 주류를 이루고, 애정성취를 위해서 남녀 주인공들이 적극 노력하는 모습을 보여주지 않기 때문에 작품의 성격상 영웅소설에 가깝다고 함으로써 「봉래신설」의 한글 이본인 「봉ᄂᆡ신션녹」이 보여주는 영웅소설적 면모를 확인해 주었다. 장효현은 애국계몽기의 신작구소설을 소개하면서 역시 김동욱 소장본인 한글본 「봉ᄂᆡ신션녹」을

15) 김경미, 「房雲傳蓬萊新說 해제」, 『열상고전연구 창간호』, 1988
16) 안동준, 「적강형 애정소설의 형성과 변모」, 한국정문연구원 석사학위논문, 1987, 3648쪽 참조
17) 장효현, 「애국계몽기 창작 고전소설의 한 양상 - 신자료의 소개를 중심으로」, 『정신문화연구 41』, 1990
18) 심재복, 「봉ᄂᆡ신셜녹 연구」, 『어문연구 26』, 1995
   박영희, 「蓬萊新說 연구」, 『한국고전연구 2』, 1996

1904년에 새로 창작된 구소설로 파악하면서 작품의 내용을 소개하였다. 이처럼 장효현은 「봉닉신션녹」이 1858에 필사된 한문본 「봉래신설」을 최선본으로 하는 「봉래신설」의 한글 이본이라는 것을 검토하지 않고 「봉닉신션녹」만을 검토하였기 때문에 작품의 실상을 오도하는 결과를 낳았다.

「봉래신설」의 작품론은 심재복과 박영희에 의해서 이루어졌다. 심재복은 세 종류의 이본들을 검토한 결과 「봉래신설」에서 「방운전」, 「봉닉신션녹」의 순으로 이본들 간의 계통을 세우고, '주선종불(主仙從佛)'의 융합사상을 작품의 배경사상으로 파악하였다. 그러나 심재복은 한문본 「봉래신설」을 최선본으로 추정하면서도 역시 「봉닉신션녹」을 대상으로 하여 작품 분석을 하였다는 점에서 한계를 가진다.

한편, 박영희는 한문본이 선행한 작품을 다루면서도 한글 이본을 텍스트로 삼은 앞서의 연구들이 가지는 한계를 넘어서 한문본 「봉래신설」을 텍스트로 하여 작품의 구조를 적강구조와 영웅일대기로 파악하고 초월적 세계관과 남녀애정을 긍정하는 의식을 드러내고 있다고 분석하였다. 특히 박영희는 「봉래신설」이 방운의 애정성취를 부각시키고 있다는 점을 들어서 통속적 흥미가 극대화되어 있는 작품이라고 파악하였으며, 작가가 이 작품을 통해 19세기 중반의 현실 문제를 형상화하기 보다는 기존 고소설의 이야기 방식을 답습하여 영웅의 삶과 초현실적인 세계를 펼쳐보였다는 점을 들어서 이 작품이 소설이 한문 식자층에게도 대중화된 상황에서 통속적인 흥미를 염두에 두고 지어진[19) 통속적인 한문소설임을 지적하였다. 그러나 박영희는 이 작품을 19세기에 창작되었던 「삼한습유」, 「옥수기」, 「육미당기」 등과 함께 19세기의 소설 대중화 풍토 속에서 한문 식자층에 의해서 창작된 작품이라는 소설사적 의의를 부여하는데 그침으로

---

19) 박영희, 앞의 논문, 198·203쪽

써 이 작품이 19세기 장편한문소설 작품들과 비교했을 때 가지는 차별성을 부각시키지 못하였다는 점에서 한계를 가진다. 기존의 연구에서 주목을 받아왔던 조선후기 한문소설 작품들과 뚜렷하게 구분되는 「봉래신설」의 특징과 소설사적 의의는 본고에서 대상으로 하는 「김전전」, 「운향전」과 함께 다룰 때, 확실히 드러날 것으로 보인다.

이상에서와 같이 본고에서 다루고자 하는 작품들은 단편적인 특징들만이 열거되고 있을 뿐, 작품의 내용과 구조적 특징을 본격적으로 분석하고 소설사적 의의를 부여하는 연구가 이루어지지 못하였다고 할 수 있다. 이는 조선후기 한문소설에 대한 기존의 연구가 문학적 형상화의 성취도라는 잣대로 당대의 작품들을 재단하였기 때문에 기대에 미달하는 작품들은 논의의 대상으로조차 삼지 않았다는 것을 보여준다.

그러나 본고는 문학성이라는 작품에 대한 가치평가 보다는 이러한 작품들이 19세기 상층의 사대부 식자층에 의해서 한문소설 작품들이 활발하게 창작되었던 동일한 시기에 한문소설사의 한켠에서 창작되고 향유될 수 있었던 문학적 실상 그 자체에 주목한다. 곧, 독자 대중을 위해서는 국문소설이 상업적으로 유통되고, 상층의 독자를 위해서는 장편한문소설이 창작되었던 시기에 한문소설의 형태 안에서 국문영웅소설의 내용과 구조를 구현하는 한문소설 작품들이 창작되었다면 그 역사적 의미는 과연 무엇이며 조선후기 한문소설사에서 차지하는 위치는 과연 무엇인가, 하는 점에 주목하였던 것이다.

본 연구는 국문영웅소설의 통속적인 내용과 구조를 담지하고 있는 한문소설이라는 점에서 이들 세 작품을 조선후기 통속적 한문소설이라는 이름으로 묶어서 논의를 진행할 것이며, 이를 통해서 조선후기 한문소설사의 실상을 있는 그대로 드러내고 조선후기 한문소설사의 새로운 흐름을 밝혀내는 것을 목적으로 한다. 따라서 본고는 작품의 구조와 문학적 특징을 구체적으로 분석함으로써 세 작품의 실제 양

상을 드러내고, 통속적 한문소설로서 이들 작품들이 국문영웅소설의
작품세계와 동질성을 보여주고 있으며 파생작(派生作)으로 창작되거
나 흥미소를 합성하는 방식으로 통속적 서사기법을 따르고 있다는
점을 드러낼 것이다. 이러한 작업은 단지 여러 소설의 유형이 공존
하고 있는 애매한 성격의 작품 혹은 미완성작 혹은 실패작으로 치부
되어 왔던 작품의 의미들이 온전하게 드러날 수 있을 것이며, 조선
후기에 와서 이러한 작품들이 등장했던 의미가 과연 무엇이었는가,
하는 점도 밝혀지게 될 것이다.

II

조선후기 한문소설사의 전개와
통속화의 문제

1. 조선후기 소설사의 전개와 통속성의 대두

조선후기 소설사에서 이른바 '통속성(通俗性)'이 대두되기 시작한 것은 18세기 후반 이후부터라고 볼 수 있다. 이 시기는 국문소설의 독자층이 궁중 및 일부 사대부가의 여성들로부터 여항과 서민층으로까지 확대되면서 양적인 팽창을 보인 시기이다. 동시에 18세기 중엽을 전후한 세책점의 성행과 18세기 후반을 중심으로 한 방각본의 상업적 출판을 배경으로 소설의 상품화가 급격히 진행된 시기이기도 했다. 이로 인해 작품들은 완성도가 떨어지게 되고 선행 작품들을 그대로 모방하는 수준의 작품들이 등장하게 되었다.

상업화된 방각본 국문소설들이 내용이나 구성상 통속성을 띨 수밖에 없었던 것은 방각본 소설의 독자층인 서민들이 전통적으로 소설

을 향유해왔던 방식에 기인한다. 문자해독이 불가능했던 서민들은 강독사들의 낭독을 통해서 작품을 향유하였다. 이러한 향유방식은 대상 작품들의 형식과 내용에도 영향을 미치게 되어서 이렇게 낭독 되던 작품들은 주로 즉흥적으로 흥미나 감동을 유발시킬 수 있는 단 편의 형태를 띠게 되었고 그러한 방식으로 유형화되기에 이르렀다. 따라서 방각본은 출판의 영리를 목적으로 그러하기도 했지만 전통적 인 서민층의 소설 향유방식에 부응하여 동일한 유형의 단편들을 양 산해 내거나 원래 장편이었던 소설들을 흥미로운 부분을 중심으로 발췌하는 방식으로 축약본을 생산해 내게 되었다.

　이러한 소설의 상업화, 대중화 경향 속에서 그 중심에 있었던 영 웅소설 계통의 국문소설이 통속화의 경향을 나타내게 된 것은 불가 피한 것이었다.[20] 영웅소설의 '통속성' 문제는 주로 영웅의 일생 또 는 영웅의 일대기라고 하는 공식화된 유형구조 그 자체와 관련되어

20) 영웅소설의 통속성에 대해서 본격적으로 논한 논문에는 진경환의 「영웅소설의 통속성 재론-「유충렬전」을 중심으로 한 시론」이 있고, 부분적으로 영웅소 설의 통속성에 대해 언급한 논문에는 박일용의 「유충렬전의 서사구조와 소 설사적 의미 재론」(『고전문학 연구 8』, 286-287쪽)과 박희병의 「고전소설 연구의 새로운 방향 모색」(『민족문학사연구』, 창간호, 1991)이 있다. 박일용 은 「유충렬전」을 분석하는 마지막에 결론에서 작품의 소설사적 의미를 논하는 가운데 「유충렬전」을 포함한 영웅소설의 통속성에 대해 언급하였다. 박일용은 「유충렬전」이 주인공의 하층체험과 상층적 대결구조 사이의 거리가 비현실 적으로 멀며 갈등의 귀결이 환상적으로 제시되는 것은 현실적 모순의 의미 를 구체적으로 파악하여 그것을 극복할 수 있는 전망을 제시하지 못하고 체제내적인 환상을 통새서 현실의 고통을 보상받으려는 소설 향유층의 통 속적 보상심리를 반영하고 있는 것으로 보았다. 한편 박희병은 고소설 연구 의 새로운 방향을 제시하는 가운데 '민중성'을 다루면서 영웅소설에서도 통 속성과 함께 민중성을 함께 논해야 한다고 하면서 영웅소설의 통속성에 대 해 간단히 언급하였다. 그런데 이러한 기존의 논의들은 「영웅소설」 일반을 대 상으로 하여 분석한 것이 아니라 주로 영웅소설의 전형적인 작품으로 생각 되는 「유충렬전」만을 분석한 결과를 영웅소설 일반으로 확대한 것이라는 점 에서 한계가 있다. 따라서 영웅소설 일반을 대상으로 하여 통속성의 문제를 폭넓게 적용하여 분석하는 연구가 필요하리라고 본다.

있다. 먼저 '영웅'이라는 존재는 상업주의의 논리와 연결되어 있는 것으로서 독자 대중은 주인공인 영웅과 자신을 동일시하는데서 대리만족과 위안을 찾는다. 영웅이 겪는 유리(遊離)와 고난상에 대한 감상적인 서술과 주인공이 고난을 겪거나 위기에 처한 순간에 삽입되는 미인과의 결연 등 고난을 이겨낸 영웅이 비로소 자신의 재능을 발휘하여 혼자서 모든 사건을 해결하고 입공(立功)하기까지의 흥미진진한 서술 등 독자를 감정의 흥분상태로 이끄는 구조와 삽화의 반복은 독자로 하여금 현실을 떠나서 일종의 환상적 세계에서 자신을 위무할 수 있게 한다.

한편, 상업적으로 출판되는 가운데 하나의 패턴으로 유형화되어 창작된 영웅소설의 구조는 형식면에서 단순화되고 규격화되어 있는데 이러한 유형성이 바로 대중적 인기의 요인이 된다. 다양한 독서경험에 의해서 독자의 머리 속에 유형화되어 저장된 서술구조는 다시 비슷한 종류의 작품을 읽을 때에 활용되기 마련인데, 이때 독자는 미리 인지하고 있던 유형구조와 새로운 작품을 비교하는 가운데 계속 관심과 흥미를 유지하면서 작품을 읽을 수 있다는 것이다.

가정소설의 경우는 해당 유형의 후대적 변모과정에서도 통속화가 이루어졌다. 가정소설은 주로 처첩 사이의 갈등과 계모와 전처자식 간의 갈등을 다루고 있는데, 이는 당시 소설의 주된 독자층이었던 부녀자들의 현실적인 관심사와 맞아 떨어지면서 대중성을 확보할 수 있었다. 이러한 가정소설은 17세기 후반에 처음 출현하였으며 18세기 후반에서 20세기 초에 집중적으로 창작되었는데, 문벌가에서 발생할 수 있는 문제적 소지를 단속하고 규범적 의식에 입각하여 다루었던 초기 가정소설의 문제의식이 흐려지면서 18세기 이후의 가정소설은 통속화의 경향을 나타낸다.

이러한 통속적 가정소설들은 우선 내용적 측면에서 보면 멜로드라마적 성격이 강화되는 양상을 보인다. 이로 인해 통속적 가정소설들

은 선악의 대조를 극대화시키거나 독자들의 동정심과 증오심을 유발하기 위해서 무절제한 감정의 노출이 이루어지게 된다. 구조적인 측면에서 통속적 가정소설들은 가정소설에서 볼 수 있는 전형적인 처첩갈등이나 계모─전처자식 간의 갈등에 군담이나 애정담을 합성하는 양상을 보인다. 따라서 통속적 가정소설들은 통속적 흥미담이 중첩되어 있는 구성을 갖게 되었으며 독자들은 한 작품 안에서 여러 종류의 사건을 경험할 수 있게 되었다.21)

2. 통속성의 개념과 통속적 한문소설의 범주

1) '통속적' 한문소설의 개념

기실 국문영웅소설이나 국문으로 된 가정소설을 제외하고 지금까지 기존의 연구에서 한문소설의 통속성 문제가 다루어진 적은 거의 없다. 한문소설하면 유구한 전통을 지닌 식자층의 진지한 문학이라는 고정관념이 큰 탓이다. 조선 후기 한문소설사에 나타난 통속적성, 그 정체를 탐구하기에 앞서 먼저 통속소설에 대한 기존의 논의들을 점검해 봄으로써 개념의 정립 가능성부터 살펴보기로 하자.22)

---

21) 이 부분에 대해서는 이성권의 「가정소설의 역사적 변모와 그 의미」(고대 박론. 1998)과 이원 수의 「가정소설의 전개양상」(「고소설사의 제문제」 1993) 참조.
22) 통속소설과 대중소설에 대해서는 다음을 참고할 수 있다.
아놀드 하우저, 『예술의 사회학』, 한길사, 권영민, 「대중문화의 확대와 소설의 통속화 문제」, 『한국민족문학론 연구』, 1988; 서영채, 「1930년대 통속소설의 존재방식과 그 의미」, 『민족문학사연구 4』, 1993; 손경목, 「통속문학과 대안적 대중문학의 가능성」, 『실천문학 91』; 오생근, 「대중문학이란 무엇

일단 기존의 논의들을 종합해 볼 때, 통속소설은 일반적으로 대중매체의 발달과 문화적 민주주의를 배경으로 하고 직업 작가와 수동적인 도시 감상층을 향유층으로 하여 오락적인 흥미를 추구하는 소설 작품들로 정리될 수 있다.

먼저 대중매체의 문제는 조선 후기 사회에서 그 존재를 상정하기란 불가능한 문제이다. 1910년부터만 해도 신문의 발달로 인해 신문 연재소설이 인기를 끌 수 있었지만 조선 후기는 미디어라는 것 자체가 아예 존재하지 않던 시기였기 때문이다. 이러한 대중매체의 발달은 소설의 '대중성' 확보와 연결되어 있는데, 유일본이 대부분이고 그나마 주로 필사를 통해서 향유되었던 조선 후기 한문소설에 있어서 이 점을 어떻게 처리해야 할 것인가가 문제가 된다.

대중성이란 일반적으로 다수의 독자에게 수용되는 정도를 의미하는 것으로, 통속성과 연결해서 부정적으로 파악하려는 논의와 통속성과 분리하여 긍정적으로 파악하려는 논의로 나누어져 있다.23) 대중성을 긍정적으로 파악하려는 논의는 다수의 독자에게 수용되는 문학 곧 대안적 대중문학을 이룩하고자 하는 것으로 최근에 활발히 이루어지고 있다.

여기서 바람직한 대중문학을 이룩하기 위해서 중요시 되는 것이 바로 통속소설에 대한 가치중립적인 평가이다. 이것은 소위 문학성이 있다고 하는 작품들이 독자에게 외면 받는 현실을 타개하고 문학

인가」, 『문학이란 무엇인가』, 1979

23) 대중성에 대한 논의는 대중과 민중 개념의 구분에 기반한다. 일반적으로 민중은 농촌사회를 기반으로 역사개혁의 능동적인 의지를 적극적인 가치로 하고 있었던 계층으로 정의되며 대중은 산업사회의 산물이라는 역사성을 배경으로 산업사회의 수동적인 향수층으로 이해되고 있다. 한편 대중성에 대한 기존의 논의를 살펴보면, 60년대 이전까지는 구라파 학자들을 중심으로 대중성을 부정적인 의미로 이해하였던 반면에 60년대 이후에는 미국 학자들을 중심으로 문화의 민주화 논의와 함께 긍정적인 개념으로 받아들여지고 있음을 알 수 있다.

성을 견지하면서도 독자에게 수용될 수 있는 진정한 대중문학을 이룩하자는 것으로, 그를 위한 방안으로 통속소설이 독자에게 널리 수용될 수 있는 원인을 진지하게 탐구하여 반영하자는 것이다.[24)]

따라서 통속성을 추구했다고 해서 반드시 그 작품이 대중소설이 되는 것은 아니며 통속적인 작품이되 대중으로부터 외면 받을 수도 있다는 결론을 얻을 수 있다. 그러므로 통속소설은 통속성과 대중성을 염두에 두고 창작한 작품이되 모든 통속소설이 대중소설의 지위를 획득하는 것은 아닌 것이다.

반대로 대중소설 속에 통속소설만 있는 것은 아니다. 진지한 문학도 대중성을 획득할 수 있다. 이렇게 볼 때, 통속소설과 대중소설은 반드시 일치하는 개념이 아니라고 할 수 있으며 통속소설에 있어서 대중적 수용의 문제, 곧 대중매체에 의한 대중성의 문제는 제외해도 무리가 없을 것으로 보인다.

문화적, 교육적 민주주의의 문제는 조선 후기 사회 변동사를 고려해 보면 그대로 적용할 수 있는 것으로 보인다. 조선 후기에 이르면 서울의 여항에 제법 규모를 갖춘 교육이 실시되고 있었고 산촌에까지 서당이 개설되는 추세였다고 한다.[25)] 이 문제는 역시 작가층과

---

24) 일종의 예술대중화론이라고도 할 수 있는 이러한 경향은 이미 1920년대 카프에게서도 보이는 것이다. 카프의 계급투쟁을 목적으로 하는 문학운동이 이념적 경직성과 예술적 불모화를 초래하는 결과를 낳자 김기진을 중심으로 하여 제기된 것이 바로 예술 대중화론이다. 김기진은 계급문학운동이 지향해야 할 대중화의 방향을 대중적 독자 확보와 연관시켜 설명하고 있다. 그는 계급문학운동에서 중요한 농민문학의 실제대상이 되어야할 농민이 실상에 있어서는 카프의 문학보다는 딱지본 소설 등에 더 열광하는 현실에 주목하고, 관념적인 주제의 계급문학 보다 우선적으로 독자에게 읽힐 수 있는 작품이 필요하다고 생각하였으며, 이를 위해서는 과도한 정치적인 주장 보다 독자들의 흥미를 유발할 수 있는 인물과 사건을 바탕으로하여 실질적인 작품효과를 거두어야 한다고 하였다. 이에 대해서는 김윤식 「예술대중화론」(『한국근대문학사상사』, 1984)와 유진선 「1920-30년대 예술대중화론 연구」, 『현대문학연구 74』, 1987)를 참조할 수 있다.

독자층의 문제와 관련해서 논의해야 한다. 교육적 민주주의로 인한 한문교양의 확산은 특히 평민 부호인 중인층에서 두드러지는 것인데, 이 시기 중인층의 문학적 부상은 특히 여항문학이라는 측면에서 주로 한시를 중심으로 다루어진 바 있다. 이와 같은 한문교양의 확산은 한문을 아는 식자층의 확대를 낳았고, 그로 인해 소설에서도 한문소설 작자와 독자층이 확대되는 결과를 낳았다. 이러한 제반 사항은 한문소설 작자층의 층위분류의 필요성을 제기한다.

지금까지 한문소설의 작자층은 19세기 장편한문소설의 작자층인 사대부 식자층을 중심으로 하여 논의되어 왔다. 이들은 사대부의 지위는 유지하되 현달하지는 못했으며, 주로 근기(近畿) 지방을 중심으로 하여 시사(詩社) 활동을 하거나 문사(文士)로서 활동하면서 이름을 날렸던 인물들로 밝혀져 있다. 그러나 조선후기에 창작된 한문소설이 지금까지 연구된 바와 같이 19세기 장편한문소설에만 국한된 것이 아니라는 점을 고려한다면 한문소설의 작가층과 독자층은 보다 세분화될 필요가 있으며 이들 한문소설 향유층의 의식 역시 다른 각도에서 접근할 필요가 있게 된다.

조선 후기 한문소설은 위와 같이 한문교양을 소지한 지식인들이 소설작가로 등장하면서 자신의 지식을 자랑도 할 겸, 그동안의 소설 독서를 바탕으로 한 번 창작해 본 경향이 짙기 때문에 직업적 작가의 존재를 상정하기란 어렵다. 이런 점에서 국문소설에서 방각본 영웅소설이 직업적인 작가에 의해서 창작되었던 것이나 세책가에서 직업적인 작가를 두고 대량 창작한 작품들을 유통시켰던 사정과는 다르다고 할 수 있다. 또한 조선후기 한문소설의 독자층 역시 한문을 아는 식자층을 대상으로 제한되기 때문에 수동적인 도시 감상층과는 거리가 멀다고 할 수 있다. 일단 한문소설은 한문이라는 문자의 한

---

25) 다산도 과거 공부는 거실명벌(巨室名閥)들이 소홀히 여기는 반면 전간의 춥고 배고픈 자들이 열심히 한다고 지적한 바 있다.

계로 인해서 한문을 아는 식자층을 그 일차 독자층으로 한다. 따라서 한글 번역본을 논외로 한다면 한문소설이 대중성을 확보하기란 어려운 문제라고 할 수 있다. 이 점은 앞에서 통속성과 대중성의 문제를 별개의 문제로 상정하여 논의를 전개시키겠다는 것을 이미 밝힌 바 있기 때문에 직업적인 작가와 수동적인 도시 감상층이라는 독자 문제 역시 조선후기 통속적 한문소설을 다루는데 있어서 제외하기로 한다.

이상의 검토를 정리하면 통속적 한문소설은 일반적으로 논의되는 통속소설과는 성격이 다르다고 할 수 있다. 비록 그 내용과 구조에 있어서 통속화의 경향을 보이기는 하지만 대부분의 통속소설처럼 직업적 작가에 의해서 창작되거나 독자대중에게 향유되지는 못했다는 점에서 통속적 한문소설은 통속소설 가운데서도 특이한 위치를 점하고 있다고 할 수 있는 것이다. 따라서 본고에서 대상으로 하고 있는 통속적 한문소설 작품들은 한문 소양을 갖춘 식자층 가운데서도 한문소설의 형태 속에서 국문영웅소설의 통속적인 내용과 구조를 구현하고자 한 일부의 작가들에 의해서 창작된 작품이라고 정의할 수 있겠다.

2) 통속적 한문소설의 범주

앞에서와 같이 조선 후기 한문소설사에 나타난 통속적 한문소설들을 유형화하여 살펴볼 가능성을 검토하였다 하더라도 실제로 어떤 작품들이 그 대상에 포함될 수 있는 것인지 그 범위를 한정짓는 문제가 여전히 남아 있다. 왜냐하면 조선 후기 한문소설사에서 통속적인 작품으로 규정되어 연구된 작품은 거의 없으며 본고에서 대상으로 한 세 작품들의 경우에도 이러한 관점에서 논의된 경우가 거의 없기 때문이다.

17세기 「창선감의록」에 이르기까지 지식인의 진지한 의식하에서 창작된 한문소설은 19세기에 와서 장편한문소설이라는 하나의 흐름을 낳게 되었다. 이러한 장편한문소설의 출현은 18세기 이후 국문소설의 성행으로 인한 소설의 통속화 경향에 대해 일종의 문학적 반작용으로 이루어졌다고 할 수 있다. 그럼에도 불구하고 장편한문소설은 이미 소설사에서 하나의 주도적인 국면으로 자리매김한 국문소설의 통속적인 내용을 작품 속에 수용하는 양상을 보인다. 장편한문소설에는 국문소설에서 인기가 확인된 유형화된 구조나 삽화가 삽입되어 있는 것이다.

그러나 장편한문소설은 하층의 독자 대중을 대상으로 하여 강독(講讀)이나 방각본 출판을 거치는 가운데 유형화되고 공식화된 국문소설의 구조적인 특징이나 미의식까지 수용한 것이 아니라 상층의 의식세계에 익숙한 새로운 구성과 미의식 속에 이를 담아냈다는 점에서 상층의 구미에 맞는 독서물로 창작된 작품이라고 할 수 있다. 이는 장편한문소설이 기존의 유형화된 구조나 유형을 단선적으로 받아들인 것이 아니라 이를 유기적으로 결합시킴으로써 장편화된 새로운 작품으로 창작되었다는 점에서 확인할 수 있다. 따라서 장편한문소설은 기존의 국문소설에서 성행하였던 공식구나 유형구조 중 어느 하나로는 파악되지 않는 특징을 보인다.[26]

26) 장편한문소설의 이러한 성격은 조선후기에 기층문학이 상층 문인에 의해 수용되는 양상과 동궤에 있다고 볼 수 있다. 조선후기에는 서민층에서 향유되던 설화들이 상층 문인에 의해 「청구야담」 「계서야담」 「동야휘집」 등 한문야담집으로 편찬되거나 「종옥전」처럼 한문소설로 창작되기도 하고, 「수산광한루기」 등 판소리가 한시나 한문으로 다시 쓰여지기도 하였다고 한다. 이는 상층문인의 기층문화에 대한 관심이 설화, 판소리 등의 구비문학을 개인의 창의를 더하여 작품화하는 조선후기의 경향을 보여주는 것으로 해석되기도 하였다. 이 부분에 대해서는 조혜란 「삼한습유연구」 쪽8 참조.

통속적 한문소설은 일단 이러한 장편한문소설 작품들과 비교한다면 국문소설에서 성행하였던 유형구조를 단선적으로 수용함으로써 국문소설의 통속적인 작품세계를 수용하고 있는 작품으로 한정할 수 있다. 따라서 통속적 한문소설은 전통적인 한문소설의 작품 세계와 향유층의 의식에 맞게 국문소설의 내용과 구조를 수용하는 것이 아니라 한문소설이면서도 내용이나 구조의 면에서 국문소설과 차이가 없는 작품을 포함하는 조선 후기 한문소설의 한 유형으로 그 범주를 규정할 수 있다는 것이다.

그러나 이는 어디까지나 장편한문소설과 비교할 때 그렇다는 것이고 한문소설의 형태 안에서 국문소설의 작품세계를 지향하고 있다고 해서 모두 통속적 한문소설이라고 할 수는 없다. 국문소설에서도 기존의 연구에서 통속성을 검증받거나 통속소설이라고 인정된 유형은 앞에서 살핀 대로 영웅소설과 가정소설의 후대적 작품뿐이기 때문이다. 따라서 본고는 일단 통속소설의 범주를 국문소설 중에서 통속소설로 인정받고 있는 영웅소설의 작품세계를 한문소설의 형태 속에서 구현하고 있는 작품들로 한정하여 살펴보기로 한다.

III

조선후기 한문소설의 통속적 실험, 그 전개 양상

1. 영웅소설적 통속성의 모색: 「김전전(金銓傳)」

1) 서지 및 서사단락

「김전전(金銓專)」은 그 동안 학계에서 단편적인 해설 수준의 언급을 제외하고는 아직까지 깊이 있게 검토된 적이 없는 작품으로 국립도서관에 유일본으로 남아 있다. 단권 60면, 매면 10행, 각행 21-2자 내외로 되어 있으며 다소 조잡한 글씨체로 필사되어 있고 전반부의 몇 페이지는 심하게 훼손되어 있다. 작품의 마지막 면에는 '가경(嘉慶) 이년(二年) 정사(丁巳) 납월(臘月) 초구월(初七日) 응천(凝川) 후인(後人) 사(寫)'라는 간기가 붙어 있는데, 가경(嘉慶)은 청나라 인종(仁宗)(1795-1820)의 연호로서, 가경 2년은 1797년으로 조선 정조 21년에 해당하는 시기이다. 따라서 「김전전」은 1797년 12월에 웅천에 사는 어떤 사람에 의해서 필사된 작품으로 보인다. 본고에서는 국립도서관 소장 유일본을 영인한 『필사본 고전소설전집 3』[27]의 「김전전」을 연구의 저본으로 하였다.

「김전전」에는 정유재란(丁酉再亂)에 대한 경험이 반영되어 있다고 추측해 볼 수도 있을 것 같다. 주인공 김전이 과거에 급제하고 나자 부친이 김할이 김전을 불러보는 자리에서 '저는 어려서 부모를 정유년(丁酉年) 난리 중에 잃고[28]'라는 김전의 말과 '정유년의 난리 중에 나 역시 아들을 잃었는데[29]' 라는 김할(金鎋) 의 말에서 이 점을 확인할 수 있다.

  작품의 내용을 서사단락으로 소개하면 다음과 같다.

1. 대명 희화 연간 절강부에 사는 김할은 대대로 명문의 자손으로 벼슬이 이부상서에 있다.
2. 평소 김할을 시기하던 최자성이 김할을 무고하자 관직을 삭탈당하고 낙향하다.
3. 김할이 40이 되도록 자식이 없다가 보경사 화주승에게 시주하고 화주승의 상좌를 점지 받아 이름을 전(銓)이라 하다.
4. 남만의 침입에 천자가 김할을 부르고, 곽씨가 피란하던 중 도적들이 김전의 귀상을 알아보고 데려가다.
5. 김전이 전승상 위지열의 구함을 받아 양육되고 그의 딸 형옥과 혼인하다.
6. 승상이 죽으매 계모 설씨의 구박이 심하자 김전이 집을 떠나다.

---

27) 『필사본 고전소설전집 3』, 김기동 편, 아세아문화사, 1980
28) "小人, 幼失父母, 於丁酉年亂中", 「김전전」, 328쪽
29) "丁酉亂中, 吾亦失子", 「김전전」, 329쪽

7. 김전이 반하수 가에서 어부들에게 잡힌 거구(巨龜)를 보고 불쌍히 여겨 오십 냥을 주고 사서 강물에 놓아주다.

8. 김전이 유리걸식하다가 한 강변에 이르러 건너지 못하고 있으니 전날의 거북이 와서 구해주다.

9. 김전이 한 절에서 유숙하고 우연이 김할의 친구 허욱의 집에 이르러 머물게 되면서 학업에 힘쓰다.

10. 나라에서 태평과를 실시하니 김전이 장원급제하여 한림학사를 제수 받고 김할과 상봉하다.

11. 김전이 금의환향하여 위승상의 묘에 제사지내고 모친·형옥과 상봉하다.

12. 김할 부부가 나이 95세에 이르러 한 날에 죽고 김전도 3자를 낳고 나이 97세에 이르러 죽다.

2) 주인공의 영웅성 약화

「김전전(金銓傳)」의 주인공 김전(金銓)은 명문가의 만득자(晚得子)로 태어난다. 그러나 어려서 부모와 헤어지게 되는데, 부친은 남만의 난을 평정하러 떠남으로써 헤어지고 모친과는 도적의 난을 만나 피난하다가 김전이 도적에게 끌려감으로써 헤어지게 된다. 이에 김전은 의탁할 곳이 없는 신세로 전락하여 시련을 겪게 된다. 그러나 김전은 곧 구출자를 만나 의탁하고, 과거에 급제하는 동시에 부친과 만나게 됨으로써 헤어졌던 부모와 상봉하게 된다. 이처럼 「김전전」은 표면적으로는 주인공인 김전의 영웅일대기의 구조를 기반으로 하고 있다. 그러나 영웅일대기를 온전하게 구현하고 있지는 않다. '고귀한 혈통-비정상적 출생-탁월한 능력-기아와 죽음-죽음에서의

극복－자라서의 위기－투쟁에서의 승리'의 7개의 단락으로 이루어져 있는 영웅일대기의 구조30)에서 볼 때, 「김전전」에는 후반부의 외적의 침입과 같은 '자라서의 위기' 단락이 없고 투쟁에서의 승리' 단락은 '과거급제'로 인한 고귀한 지위 획득으로 마무리 되어 있다.

이를 도표로 나타내면 다음과 같다.

㉮ 고귀한 혈통 － 이부상서 김할(金鐥)의 아들
㉯ 비정상적 출생 － 만득(晩得)의 독자(獨子)
㉰ 탁월한 능력 － 서역 천축국 보경사 화주승의 상좌
㉱ 기아와 죽음 － 고아
㉲ 죽음에서의 극복 － 위승상의 구출
㉳ 자라서의 위기 － 없음
㉴ 투쟁에서의 승리 － 한림학사 제수

따라서 「김전전」은 영웅일대기구조를 수용하고 있되, 후반부에 가서 '자라서의 위기' 단락이 탈락되어 있고, '투쟁에서의 승리'로 인한 고귀한 지위 획득 단락이 과거급제로 인한 지위 획득으로 변형되어 있음을 알 수 있다. 이는 군담이 생략되어 있는 것으로, 곧 주인공의 영웅성의 약화를 의미한다.

이제 이러한 양상을 구체적으로 살펴보기로 하자. 주인공 김전은 이부상서 김할의 만득자로 태어난다. 김할의 집안은 일찍이 대단한 문벌로 부귀는 조정의 으뜸이었고 김할도 어린 나이에 과거에 급제하여 벼슬이 이부상서에 오른 것으로 되어 있다. 그런데 김할은 백성의 생활을 염려하고 조정에 간신이 있음을 근심하는 인물로 친구인 허욱(許昱)과 함께 병을 칭탁하고 조정에 나가지 않다가 평소 그

---

30) 조동일, 「영웅소설 작품구조의 시대적 성격」, 『한국소설의 이론』, 1977

를 꺼리던 권신(權臣)인 우승상 최자성(崔蓻晟)에 의해 무고를 당하
게 된다.[31] 이 사건은 좌승상 허연이 조사한 결과 사실이 아닌 것으
로 드러났음에도 불구하고, 천자가 이를 믿지 않고 친국(親鞫)하며
김할에게 죽음을 명하는 상황으로까지 치닫는다. 이때, 김할은 머리
를 찧어서 피가 흐름에도 불구하고 '죄가 분명하지 않는데도 형벌을
받고 죽게 되니 저 늙은 것을 하늘은 어찌 하시렵니까. 이 신은 지
금 엎드려 목이 베여도 지하에서 비간에게도 부끄럽지 않습니다. 바
라건데 폐하께서는 촉루검으로써 부차의 부끄러움을 짓지 마십시
오.[32]'라고 하며 자신을 억울하게 죽임을 당했던 충신인 비간과 오
자서에 비유하고, 이들을 죽음으로 몰았던 왕인 부차에 천자를 비유
할 정도로 자신의 무죄를 강력하게 주장하는 모습을 보인다.

좌승상 허연의 극간으로 삭탈관직 당하여 낙향한 김할은 남새밭을
가꾸고 곡식을 경작하며 지내게 되는데, 이 후 김할에게 문제가 되
는 것은 정치적인 몰락보다도 나이 사십이 넘도록 아들이 없어 후사
를 이을 수 없다는데 집중되어 있다. '매양 부인 곽씨와 함께 등자
유의 근심을 탄식하고 항상 후사가 없는데 대한 눈물을 뿌리[33]'던
김할은 재물과 곡식을 흩어 가난한 사람들에게 나누어 주며 덕을 쌓
아 자식 낳기를 기다린다.

김전은 김할이 서역 천축국 보경사 화주승에게 황금 삼만냥을 시
주한 덕으로 부인 곽씨가 그 상좌를 점지 받는 꿈을 꾸고 태어난다.
김전의 운명은 김할이 꿈에 '열여덟 살에 과거에 올라 영화가 당세
에 지극하고 공명이 일대에 귀하게 될 것입니다. 다만 모자란 것은
부자가 여덟 살에 이별하게 되는 것인데 초분의 흉사이니 꺼리지[34]'

---

31) 「김전전」은 김할이 최자성에 의해 무고를 당해서 삭탈관직 하여 낙향하기까
지의 과정을 279-282쪽에 걸쳐서 상당한 분량을 할애하여 서술하고 있다.

32) "罪在無明, 刑受有盡, 彼蒼者, 天胡爲乎, 此臣今當伏誅, 無愧見比干於地
下矣, 伏祝陛下, 以錫屬鏤之劍, 作夫差之悔", 「김전전」, 281쪽

33) "每與其夫人郭氏常歎, 鄧子攸之愁, 恒洒乏先嗣之漏", 「김전전」, 283쪽

말라는 화주승의 편지를 받는 것에서 미리 예언된다. 이후 김전의 삶에서 중요한 것은 이러한 이별 수에 의한 부모와의 이별과 재회가 된다.

김전이 여덟 살이 되던 해에 남만이 침범하자 천자는 최자성을 목 베고 김할을 다시 불러들이는데, 김할은 떠나기에 앞서 김전의 거주 성명과 생년월시를 써서 금낭에 넣어 김전의 옷깃 속에 봉해 입혀놓고 훗날의 신물로 삼는다. 그러나 도적이 절강에 이르자 김전 모자가 피난하던 중 김전의 귀상을 알아본 적병이 김전을 데려감으로써 결국 이별 수 대로 김전은 부모로부터 분리되게 된다.

전세가 급해지자 도적은 김전을 황릉곡에 버리고 가는데, 이에 김전은 고아의 상태가 되어서 산속을 헤매게 된다. 그러나 김전은 지인지감에 의해 그의 비범함을 알아본 1차 구원자인 위승상에게 구함을 받고 그 집에서 의탁하게 된다. 위승상은 전승상(前丞相)으로 공명을 귀하게 여기지 않아 늙음을 칭탁하고 낙향하였으나 가산이 부요한 인물로 김전과 그 딸 형옥을 혼인시킬 것을 결정한다. 그런데 이 혼사는 위승상의 후처인 설씨가 김전과 위씨 집안의 신분 차이를 들어 반대함으로써 갈등을 노정하고 있다.

「김전전」에 설정된 혼사와 그로 인한 그 갈등의 양상을 나타내면 다음과 같다.

㉠ 김전이 부모를 잃고 헤매고 다니다가 위승상을 만남
㉡ 왕상서가 김전의 비범함을 알아보고 집으로 데려옴
㉢ 김전이 위승상의 딸 형옥과 혼인하였으나 왕상서의 죽음 이후 계모 설씨의 박대로 집을 떠남
㉣ 형옥이 설씨의 개가 위협을 피하여 집을 떠나 김전의 모친을

---

34) "十八登科, 榮華極於當世, 功名貴於一代 而但所欠者, 父子離別, 當在八歲, 不可以初凶爲忌耳", 「김전전」, 288쪽

만남
- ⓜ 김전이 허한림의 집에서 의탁을 하며 학문을 익히다가 과거에 급제하고 부친과 상봉
- ⓑ 김전이 위승상의 묘에 제사를 지내고 허한림을 방문하고 옛집에 돌아와 경패와 모친과 재회

김전은 위승상 집에서 몸을 의탁하여 학문을 닦는데, 설씨는 위승상이 죽고 난 후에 결국 이러한 반대자의 존재로 인해 주인공 부부가 헤어지는 혼사장애가 발생한다. 이 혼사장애는 주인공 김전의 입장에서 보면 영웅이 겪는 고난의 일부가 되며 그 과정에서 형옥도 설씨의 개가 위협을 피해 집을 나와 고초를 겪으면서 김전 못지 않은 시련을 겪는다. 그러나 결국 김전이 과거에 급제하고 부모와 상봉함으로써 동시에 해소된다.

보통 영웅소설에서 주인공의 행적은 입신출세하여 몰락한 가문을 구원하는 것으로 마무리 된다. 그러나 「김전전」의 주인공인 김전은 단지 과거에 급제하고 나서 부모와 만나는 것으로 그의 일대기가 마무리되기 때문에 외적의 침입에 출정하여 위기에 빠진 나라를 구함으로써 자신의 지위를 공고히 하는 동시에 가문의 실세를 회복하는 다른 영웅소설의 주인공에 비해서 영웅성이 현저히 약화되어 있다. 때문에 작품이 수용하고 있는 영웅일대기구조는 미완으로 끝나고 있으며, 작품은 영웅소설의 일반이 보여주는 실세회복 의지를 구현하지 못하고 단지 잃었던 '부모 찾기'로만 마무리 되는 것이다.

2. 여성영웅소설로의 확대 : 「운향전(雲香傳)」

1) 서지 및 서사단락

「운향전(雲香傳)」은 여성영웅소설의 유형을 논하는 연구에서 소략하게 다루어진 적이 있는 작품으로 역시 국립도서관에 유일본으로 소장되어 있는 작품이다. 단권 39면, 매면 12행, 매행 45자 내외의 분량이다. 작품의 말미에는 작자의 후기(後記)가 첨가 되어 있다. 본고에서는 국립도서관 소장 유일본을 영인한 『필사본 고전소설전집 3』[35]의 「운향전」을 연구의 저본으로 삼았다.

그런데 「운향전」은 간기가 없어서 창작시기를 추정하기가 어렵다. 여성영웅소설의 출현 시기는 현재로서는 확정되지 않고 있다. 다만 영웅소설의 유형논의에 의하면 여성영웅소설의 하나인 「이대봉전」의 출현시기의 경우 논자에 따라 17세기 말이나 18세기 초와 19세기 초로 각각 다르게 추정되고 있는 것[36]으로 보아 가정소설의 구성과 영웅소설의 구성이 결합되어 있는 「운향전」의 구조를 살펴볼 때, 운향전이 창작된 시기는 일단 19세기 이후라고 추정해 볼 수 있지 않을까 한다. 그런데 이렇게 추정할 수 있는 결정적인 근거는 작품 내에서 서울을 '경도(京都)'가 아니라 '경성(京城)'이라고 표기하고 있는 데서 찾아볼 수 있다.[37] '경성'이라는 단어는 19세기 이후 방각본 작품들에서 주로 발견되고 있는데, 18세기 이전에 창작된 것이

---

35) 『필사본 고전소설전집 3』, 김기동 편, 서울아세아문화사, 1980
36) 전자는 조동일(『한국소설의 이론』, 447쪽, 지식산업사, 1977)에서 후자는 박일용(「영웅소설의 유형변이와 그 소설사적 의미」, 130쪽, 서울대학교 석사학위논문, 1983)에서 각각 주장되었다.
37) "數月後, 丞相率其家屬, 歸于京城, 居於從南別宮", 「운향전」, 274쪽

확실한 「김전전」에서는 분명히 '경도'라고 표기하고 있고, 19세기에 창작된 것으로 보이는 「봉래신설」에는 '경성'이라고 되어 있다.38) 따라서 「운향전」은 여성영웅소설 가운데서도 비교적 후기에 창작된 작품이라고 볼 수 있겠다.

한편, 「운향전」에는 작가가 시점을 혼동하고 있는 표현법상의 미숙성이 드러난 부분이 여러 군데 보이고 있다. 작가는 3인칭으로 표현해야 할 부분에 가서 1인칭 대명사를 사용하고 있는데, 여기서 「운향전」의 작가가 소설 창작에 익숙지 않은 사람으로서 이 작품을 여기(餘技)로써 한 번 지어본 것임이 드러나고 있다. 작품에서 작자는 자신을 운향의 부친인 권처사와 경운의 부친인 이승상에게 투사하여 '처사(處士)' 또는 '승상(丞相)'이라고 3인칭으로 표현해야 할 부분에서 때때로 '여(余)' 또는 '아(我)'라고 표현하고 있다39)

처사가 말하기를, "서천은 이 곳에서 수만리이고 약수가 삼천리라…… 진실로 뜻이 있다 한들 어찌 정성을 바칠 수 있겠습니까." 도사가 말하기를, "자연히 지시하는 사람이 있을 것이니 과히 사양치 마시오." 하고는 한탄하며 일어섰다. 나도 역시 벌떡 일어서니 남가일몽이었다.40)

---

38) "是歲秋九月, 近郡大歉, 民事蒼黃之中, 南夷蕃盛, 率三十萬衆, 已陷屬郡十三城, 將詣京都", 「김전전」, 290쪽
39) '여(余)'라는 표현은 240, 241, 242, 244쪽과 244쪽에 나오는데, 전자는 권처사 라고 표현해야 할 부분에 작자가 자신을 투사한 것이고 후자는 이승상이라고 표현해야 할 부분에 작자가 자신을 투사한 것이다. '아(我)'라는 표현은 240쪽과 246쪽에 나오는데, 역시 전자는 처사라고 표현해야 할 부분에 쓰여 진 것이고 후자는 이승상이라고 해야 할 부분에 쓰여 진 것이다.
40) "處士曰, 西天自此數萬餘里, 誠有誠意, 何以致誠乎, 道士曰, 自然有指示之人矣, 君莫過辭焉, 悵然而起, 余亦蹶然而起, 乃南柯一夢", 「운향전」, 240쪽

권처사가 늙도록 자식이 없어 근심하다가 기자치성을 드리고 난 후에, 어느 날 낮잠을 자다가 꿈에 한 도사가 나타나 후원의 반석 아래 있는 은자를 서천 서역국 영주사에 시주하면 자식을 얻을 수 있으리라고 말해주는 장면이다. 여기서 앞에서는 계속 권처사를 가리켜 '처사(處士)'라고 지칭하다가 갑자기 꿈을 깨는 부분에 가서 '여(余)'라고 표현하고 있다. 문맥상 3인칭으로 표현해야 하는 부분임에도 불구하고 마침 작자가 독자에게 자신의 이야기를 해 주는 것처럼 작자 자신을 투사하여 1인칭으로 표현하고 있다.

이러한 표현상의 오류는 작품의 전반부, 즉 부친들의 기자치성으로 남녀주인공들이 태어나는 부분에만 6번에 걸쳐서 나오고 있다.[41] 이는 작자가 작품의 초반에 소설 창작에 익숙지 않아서 작중인물에게 자신을 투사하다가 뒤로 갈수록 창작기법에 익숙해져 가는 모습을 보여주는 것이라 할 수 있겠다.

작품내용을 서사단락으로 나타내면 다음과 같다.

1. 대당(大唐) 현종 연간 조주(潮州) 땅에 권처사(權處士)가 살았는데 기자치성을 드리고 딸을 얻어 이름을 운향(雲香)이라 하다.
2. 하간(河間)에 사는 이승상(李丞相) 역시 늦도록 자식이 없다가 부인 곽씨(郭氏)에게서는 채운(彩雲)이라는 딸을 얻고 좌부인인 전씨(錢氏)에게서는 경운(卿雲)이라는 아들을 얻다.
3. 권처사 부부가 선거(仙去)하여 가자 운향이 유리(遊離)하다가 용궁에서 용왕의 장래 예언을 듣고 이승상에게 구함을 받다.
4. 승상이 운향과 경운을 혼인을 시키니 운향이 옥석(玉石), 금석(金石) 두 아들을 낳다.
5. 이승상이 죽고 경운이 과거에 장원급제하여 경사로 올라가자 전

---

41) 특히 작자는 권처사와 이승상의 행동을 서술하는 부분에 가서만 일인칭으로 표현하여 작자 자신의 시점을 투사하고 있다.

씨가 운향을 학대하다.

6. 운향과 시비 계월에게 독약을 먹이고 노복을 시켜 강에 버리게 하다.

7. 운월암의 여승 우희(又喜)가 관음의 현몽에 의해 운향을 살려 내고 운월암(雲月庵)에 데려가다.

8. 오랑캐가 침입하자 경운이 대원수가 되었는데, 관음이 현몽하여 운향에게 출정을 지시하다.

9. 운향이 신장(神將)들을 부리고 도술을 써서 오랑캐를 물리치고 하간으로 돌아가다.

10. 천자가 운향의 공을 치하하고 경과(慶科)를 베푸니 옥석이 장원급제하고 한림학사를 제수 받다.

11. 천자가 옥석과 왕상서 딸의 혼인을 주선하고, 경운부자가 금의 환향하니 가족이 모두 상봉하다.

12. 운향이 60세에 당선대에서 자손들과 즐기다가 仙化해서 가다.

2) 가정 모해담의 삽입

운향전(雲香伝)은 여성인 주인공 운향(雲香)의 영웅일대기를 표면적으로 내세우고 있으며 작품의 중반부에 와서 가정 모해담이 삽입되어 있다. 가정 모해담은 '고귀한 혈통-비정상적 출생-탁월한 능력-기아와 죽음-죽음에서의 극복-자라서의 위기-투쟁에서의 승리'라는 영웅일대기구조에서 부모를 잃고 난 후의 고아 상태를 의미하는 단락인 '기아와 죽음'과 원조자에 의한 구출을 의미하는 단락인 '죽음에서의 극복' 사이에 위치하며 주인공이 겪는 고난의 일부를 이룬다. 따라서 주인공 운향이 죽음에까지 이르는 가정 모해담은

운향이 고아상태를 극복하고 성장한 후에 다시 겪는 심각한 시련이 되며, 이로 인해 「운향전」에서 주인공이 겪는 고난은 그 자체의 흥미가 강조되어 있다고 할 수 있다.[42]

㉮ 고귀한 혈통 – 권처사의 딸
㉯ 비정상적 출생 – 만득의 무남독녀
㉰ 탁월한 능력 – 관음보살의 점지(천상의 선녀)
㉱ 기아와 죽음 – 부모의 仙去로 인한 고아
㉲ 죽음에서의 극복 – 이승상의 구출, 又喜의 구출
㉳ 자라서의 위기 – 北狄의 침입
㉴ 투쟁에서의 승리 – 河間候에 봉해짐

운향은 대당(大唐) 현종(玄宗) 연간에 조주(潮州) 한 문사인 권처사의 만득녀(晚得女)로 태어난다. 그런데 권처사는 오전(五典)과 사서삼경(四書三經) 세 번 통하여 가슴 속에 갖춘 인물로써 학문적인 소양은 있는 것으로 되어 있으나 스스로 처사라고 일컬었다[43]고 했으니 정계에서 실세를 차지한 적이 없는 인물이 분명하다. 또한 권처사는 영웅소설에서 일반적인 인물설정과는 달리 명문가의 후손도 아니고 정계에서 무슨 관직을 역임했는지도 불분명하다. 다만 '벽도

---

42) 운향전의 이러한 성격은 민찬의 「여성영웅소설의 출 현과 후대적 변모」,(『국문학연구 78』, 1986)와 전용문의 「여성계 영웅소설의 연구」, 『어문연구 10』, 1979)에서도 지적된 바 있다. 특히 민찬은 「운향전」에서는 영웅소설과 「사씨남정기」계열의 작품이 복합되는 모습을 보여주는데, 「사씨남정기」계열의 작품구조를 견지하면서 여기에 영웅소설 중 여성영웅이 삽화적 상태로 포함되었다고 볼 수 있으며 그 결과 「사씨남정기」 계열의 작품에 등장하는 여주인공이 여성 영웅이 됨으로써 가정으로의 복귀를 스스로 성취하도록 변모, 수용되어 있다고 하였다. 또한 이러한 이유로 「운향전」이 여성영웅소설의 후기작일 가능성이 높다고 하였다.

43) "自號曰, 處士, 三貫五典四書三經, 具在胸中之間", 「운향전」, 239쪽

나무와 붉은 살구나무에 낙양의 봄을 이별하고⁴⁴)'라고 했으니 일찍이 낙향한 인물이라는 것만은 확실하다.

한편 권처사는 신선의 술법을 익히고 물외(物外)에서 생활하는 도가적(道家的)인 인물로 묘사되어 있다.

> 영달을 구하지 아니하고 강호에 자취를 의탁하여 달빛 이슬을 마시며 마음을 닦고⋯⋯(손상)⋯⋯ 신선의 술법을 읽혔다.⋯⋯ 안개 낀 숲에서 즐기고 혹 물결 속에 낚시를 드리우면서 스스로 지상의 신선이라고 하였다⁴⁵)

그러나 이처럼 탈속한 인물인 권처사에게도 절손(絶孫)의 위기는 심각한 것이었다. 나이 사십이 넘도록 후사(後嗣)가 없어서 탄식하던 권처사 부부는 결국 기자치성(祈子致誠)을 드린다. 권처사는 그 정성으로 꿈에서 후원에 있는 은자를 서천 서역국(西域國) 영주사(灵住寺)에 시주하면 자식을 얻을 수 있으리라는 한 도사의 지시를 받고, 마침내 운향을 얻는다. 그런데 그 과정에서 선관(仙官)을 만난 권처사는 자신이 본래 천상의 선관으로, 『금강경(金剛經)』 다섯자를 잘못 읽은 죄로 인간세상에 오십년 기한으로 적강하였기 때문에 후사가 없을 것이나, 부인 유씨(柳氏)의 덕으로 인해 딸을 점지 받아 외손봉사(外孫奉事)를 허락받은 것을 알게 된다.

> 처사는 본래 선계의 한림이라. 금강경 다섯 자를 잘못 읽은 죄로 오십년을 인간 세상에 적강하였는데, 비록 떨어져서 십장의 아래 진세에 머물렀다 하더라도 이처럼 전세의 일을 기억하지 못하는가. 몇 년 전에 서천 영주사 세존께서 옥황상제께 고하기를, "당

---

44) "碧桃紅杏, 別洛陽之春", 「운향전」, 239쪽
45) "不求聞達, 托迹江湖, 飮月露而洗心, 覺仙術, 樂於雲林, 或垂釣於滄浪, 自謂地上仙矣", 「운향전」, 239쪽

나라 조주 땅의 권모가 자식이 없음이 불쌍하니 바라건데 후손을
점지하여 후사가 끊이지 않게하여 주십시오." 라고 한즉 상제가 노
하여 말하기를, "권모는 오십년 죄명이 있으니 그 전에는 불가하
다."고 명하니 세존이 또 고하여 말하기를, "권모는 스스로 죄를
지었으니 비록 구할 수 없다 하더라도 그 처 유씨의 덕으로써 연
하여 횡액을 받음이 어찌 불쌍치 않겠습니까. 이러한 연유로 이에
감히 살펴주시기 바랍니다."하니 상제가 말하기를, "그런즉 후사가
없음은 불가하니 한 딸을 얻어서 外孫으로 姓을 전하게 함이 좋
겠다." 하고 하교한 고로 오늘 밤의 만남은 다른 이유가 있어서가
아니라 한림이 전일의 일을 기억하지 못해서 혹 하늘을 원망하고
부처를 원망할까 한고로 먼저 깨우쳐 주는 것이오. 그러나 천기를
누설할 수 없는 고로 모두 말할 수는 없소. 십년 후에 남해 용왕
이 따님에게 지시하여 줄 것이니 이 뜻을 명심하여 따님에게 전하
여서 잘못된 길로 가지 않게 하는 것이 좋겠소.46)

　　도가적인 성향이 강한 인물인 권처사는 추수(推數)하는 데에도 능
해서 운향이 태어나자 관상을 보고 그 스스로 운수를 헤아려 본다.47)
여기서 권처사는 장래의 운수를 헤아리는 것이 東晋 시대의 유명한
복서가인 곽박(郭璞) 이후로 제일이었다고 묘사되어 있을 정도로 관

---

46) "處士本以紫府翰林, 講金剛經, 誤讀五字之罪, 有五十年謫降人世, 雖墜
　　於住在十丈之下, 若是其不誌, 前世事乎, 年前西天靈, 住寺世尊告于玉皇
　　曰, 大唐潮州權某之無子, 是爲哀矜, 伏願占定後孫, 不至絶嗣, 如此云云
　　則上帝怒曰, 權某有五十年罪名, 其前不可爲敎, 世尊又告曰, 權某作之罪
　　雖不可活也, 以其妻柳氏之德, 連及池魚之殃, 豈非可矜乎, 以此緣由, 玆
　　敢仰達, 上帝曰, 然則, 不可無後 使得一女, 以外孫傳姓, 可也, 如此下
　　敎, 故今夕之會, 無他, 翰林不知前日事, 或有怨天怨彿, 故先以開諭, 然
　　天機, 不可漏說, 故不敢盡言, 而日後十年後, 南海龍王指示令愛, 此意銘
　　心不忘, 傳及令愛, 使不至枉路之地也"「운향전」, 241-2쪽
47) 방각본 영웅소설에서는 보통 주인공의 부친이 관상가에게 아들을 데려가
　　서 운수를 점처보는 것으로 되어 있다는 점을 고려하면「운향전」에서 주인
　　공의 부친이 주인공의 운수를 직접 헤아려 본다는 설정은 특이한 것이라
　　고 할 수 있다.

상을 보고 추수하는데 능한 인물로 그려져 있으며, 운향의 관상을 통해서 권처사가 헤아려본 운향의 운수는 상당히 구체적으로 서술되고 있다.

> 만약 이 아이의 앞날을 논할 진데, 長壽할 것인지 短命할 것인지를 가히 알 수 있고 窮達을 가히 판별할 수 있다. 콧마루와 눈썹 사이가 串天하니 壽限을 들어 가히 알 수 있고, 이마가 반듯하니 만리 밖에서 백만의 병사를 거느릴 것이요, 귀가 얼굴보다 희니 이름이 천하에 가득할 것이요, 눈썹 사이가 넓으니 창을 휘둘러 가히 세 장군의 머리를 벨 것이요, 官骨이 넉넉하니 부귀를 끝내 누릴 것이요, 天道가 어두우니 일찍 부모를 이별할 것이요, 잠저에 누워 재물이 없으나 자식복은 끝이 없을 것이요, 法令이 입으로 들어가니 천하를 두루 돌아다님을 면하지 못할 것이다. 이 아이의 관상이 반은 흉하고 반은 길하니 그 年數를 헤아려 본즉, 열 살 전에 부모와 이별할 것이요, 열다섯 후에 영웅을 선택하는 경사가 있을 것이요, 스물에 아들을 낳는 경사가 있을 것이요, 서른에 적을 막으러 나갈 것이요, 마흔에 公侯에 봉해질 상이요, 오십에 남편이 죽고, 육십에 신선이 될 것이다.[48]

위의 인용문을 보면 운향의 관상을 보는데 수요(壽夭), 산근(山根), 곶천(串天), 오악(五岳), 이백어면(耳白於面), 관골(官骨), 천도(天道), 자궁(子宮), 법령입구(法令入口) 등 골상학(骨相學)에서 사용하는 용어들을 구체적으로 열거하고 있음을 알 수 있다.[49] 또 이를

---

48) "若論此兒之前程, 壽夭可知, 窮達可辨, 山根串天, 遽壽限可知, 五岳留精, 領百萬兵於萬里之外, 耳白於面, 名滿天下, 眉間三朶衝戈, 可斬三將之頭, 官骨豊厚, 富貴從享, 天道暗暗, 早別父母, 臥潛無圓子宮無限 法令入口, 難免轍環, 此兒之相, 半凶半吉, 推其年數, 則十歲離別父母, 十五歲後有挑英之, 慶 二十有弄璋之慶, 三十有禦賊之行, 四十有封侯之像, 五十有崩城之痛, 六十有化仙之尼", 「운향전」, 242-3쪽

49) 이는 일상적인 어휘가 아니라 골상학의 전문적인 용어이다. 이는 「운향전」

통해서 운향의 운수를 헤아리는 것도 초분(初分)은 흉하고 후분(後分)은 길하다는 식의 추상적인 언급으로 끝나는 것이 아니라, 부모와 이별한 후 혼인을 하여 아들을 낳고, 출전하여 공을 세운 후에 공후에 봉해지며, 남편이 죽고 난 후에 신선이 되어서 가기까지 운향의 운명을 비교적 자세하게 나열하고 있다.

운향의 탄생 이후에 운향과 결연하게 되는 경운(卿雲)의 탄생이 서술된다. 경운의 부친 이승상은 개국공신인 세적(世積)의 후예로 낙향하여 농부로 자처하는 인물로 명문가의 후예이자 한때, 실세를 누렸던 인물로 되어 있다. 이승상 역시 나이 사십이 넘도록 아들을 얻지 못해 탄식하다가 부인의 말을 듣고 자식을 빌기 위해 남악(南岳) 연화봉(蓮花峰) 아래 연화사(蓮花寺)에 시주를 하고 경운을 얻는다. 그런데 이승상이 경운을 얻기까지의 과정 또한 단순하지가 않다. 우선 이승상은 연화사에 들렀다가 꿈을 꾸는데 그때, 한 대사가 전해 주는 『금강경(金剛經)』 한 편을 보고 자신이 자식이 없는 이유와 자신의 덕으로 인해 한 아들과 딸을 점지 받았음을 알게 된다.

비몽사몽간에 한 대사가 금강경 일 편을 들고서 예를 마치고 자리에 앉아서 말하기를, "상공은 이 글을 한 번 보십시오." 내가 역시 놀라 깨닫고는 무릎을 단정히 모으고 꿇어 앉아 죽 살펴보니 한편의 총론이 모두 인간 세상에 자식이 있고 없음과 禮이 있고 없음의 公法었다. 세존이 연화대사와 더불어 상제께 이름을 이어 목록을 작성하였는데, 문서가 역시 그 중에 있었다. 그 글에 이르기를, "…… 하교하시기를, 이모는 심덕이 있으니 마땅히 아들이 있어야 할 것이나 그 처 두씨가 몸가짐이 너무 청결하니 이 어찌 禮가 있겠느냐, 하니 세존이 고하여 말하기를 아내의 죄로써 그 남편에게 미치니 어찌 한스럽지 않겠습니까.…… 상제가 갑자기 얼굴

의 작가가 골상학에 관심을 가졌던 인물이었다고 추정해 볼 수 있는 대목이다.

색을 변하여 말하기를, 세존의 말이 옳다.······ 두씨에게는 한 딸을 허락하고 이승상은 좌부인으로써 한 아들을 허락한즉, 법은 權道를 씀에 잃지 않을 것이다." 하였다.50)

금강경은 그 총론(總論)이 곧 '인간의 자식 있고 없음과 복이 있고 없음의 공법(公法)'으로, 이승상의 후사(後嗣)를 둘러싸고 상제(上帝)와 세존(世尊)의 문답이 쓰여 있다. 거기에서 상제는 처음에는 이승상이 개국공신의 후예로 심덕(心德)이 있으므로 마땅히 아들이 있어야 할 것이나 부인 두씨(杜氏)의 지나치게 청결한 몸가짐 때문에 무자(無子)할 수밖에 없다고 판결을 내리고 있다. 그러나 아내의 죄가 그 남편에게 미치는 것은 옳지 못하다는 세존의 변론에 의해 마침내 이승상이 두씨에게서는 딸을 얻고 좌부인(左夫人)에게서는 아들을 얻는 것이 허락되었음이 드러난다. 그런데 이러한 설정은 앞에서 자신이 천상에서 지은 죄로 인해 무자할 운명이었다가 부인 유씨의 심덕으로 인해 운향을 얻어 외손봉사만을 허락받았던 권처사의 경우와 반대되는 것이다.51)

이승상에게 금강경을 보여준 대사는 이어서 '십년 후에 자연히 감응(感應)하는 도리가 있어 반드시 구해주어야 할 사람이 있을 것이니 거두어서 기르면 가문이 창대할 것52)'이라는 것을 일러주고 사라

---

50) "似夢非夢間, 一大師, 手持金剛一偏, 禮畢坐定曰, 相公試看此文, 余亦驚悟, 斂膝危坐, 閣以覽之則一偏總論, 都是人間, 有子無子, 有朴無朴之公法, 世尊與蓮花大師, 聯名宣目于上帝, 文業亦在其中, 文曰 下教內, 李某心德, 宜有一子, 其妻杜氏, 持身過於淸潔, 此豈有朴耶, 世尊曰, 以妻之罪, 連及其夫, 豈非冤恨乎 上帝勳然改容曰, 世尊之言, 是也 杜氏以一女許洽, 李丞相以左夫人處許洽一子, 則法不失於用權矣, 云耳", 「운향전」, 244-5쪽

51) 여기에서 작가가 흥미를 위해서 고심한 흔적을 엿볼 수 있다.

52) "十年後, 自然有感應之道, 必見愛恤之人, 收以養之, 則丞相門戶, 必昌大矣", 「운향전」 쪽245

진다. 이는 이승상이 십 년 후에 운향을 구해주게 되는 것을 예언한 것으로 권처사가 추수(推數)했던 대로 열 살에 부모와 이별하여 열다섯에 혼인할 것이라는 운향의 운수와 정확하게 일치하는 것이다.

권처사에게서 현묘지리(玄妙之理)와 추수지법(推數之法), 풍운조화지술(風雲造化之術)을 전해받은 운향은 권처사가 먼저 신선을 따라 선거(仙去)해 가고 모친마저 서왕모(西王母)의 편지를 받고 청조(靑鳥)를 따라 우화등선(羽化登仙)하여 감으로써 자신의 운수대로 고아가 된다. 이로써 운향의 집안은 현실적인 의미에서 몰락하는 양상을 보인다. 따라서 운향이 부모가 남긴 글과 족보를 품고 집을 나서서 모친이 간 곳을 찾아 헤매는 것은 이후의 운향의 삶이 외손으로써 집안을 잇는데 있음을 나타낸다.

사고무친(四顧無親)한 신세가 되어 떠돌아다니던 운향의 고난은 동정호에 이르러 자살하려고 하는데서 극대화된다. 그러나 운향은 남해 용왕의 부름을 받아 용궁으로 갔다가 자신의 전생이 본래 옥경의 시비였는데 청련거사(淸蓮居士)가 들어와 강론할 때 옥배로 수작한 죄로 적강하였다는 것과 이러한 전생의 인연으로 하간 이승상 집에 시집갈 것임을 알게 된다. 또 용왕은 지기석(支機夕)을 운향에게 맡기면서 운향이 시집을 간 후에 두 아들을 얻을 것인데 큰 아들의 이름은 옥석(玉石)으로 옥배(玉杯)에 가탁한 것이며 둘째 아들의 이름은 금석(金石)으로 지기석(支機夕)에 가탁한 뜻임을 알려준다.

자신의 운수에 대해 듣고서 용궁을 나온 운향은 택부(擇婦)에 노심초사하다가 동정소와 오강 사이에 길성(吉星)이 비침을 보고 찾아온 이승상에 의해 구함을 받는다. 이승상은 운향이 진실로 여자 중에서 영웅임을 알아보고 운향을 자기 집으로 데리고 간다. 그런데 이승상이 운향으로 택부(擇婦)하려 하자 두부인은 이승상의 지인지 감을 믿고 따르는데 비해 전씨는 운향의 '부모 없음을 싫어하고 또 유리하던 것을 부끄러워한 고로 마음에 차지 않았으나 다만 승상과 두부인이 돌보고 사랑하니 감히 얼굴에 드러내지는 못53)'한다. 이러한 전씨의 태도는 나중에 운향을 박대하여 죽음에까지 이르게 하는 것에 복선이 된다.

　가정에서의 모해담의 확장은 운향이 금석을 낳고 나서 이승상이 별세함으로써 시작된다. 이승상은 죽으면서도 경운에게는 부인의 깨우침을 잘 들을 것을 당부하고 운향에게는 경운의 모자라는 부분을 도와서 나라에 공을 세울 것을 부탁한다. 이승상이 별세 한 후에 두부인 마저 세상을 떠나는데, 전씨를 불러서 채운을 기출처럼 대하고 경운을 효제(孝悌)로써 가르쳐 가란(家亂)이 생기지 않도록 할 것을 경계한다. 그러나 전씨의 운향에 대한 모해는 경운이 과거에 급제하여 한림학사의 직분을 맡아 집안을 비움으로써 본격적으로 시작된다. 가장이 없는 상태에서 전씨는 집안의 일을 오로지 하며 이치에 맞지 않게 처리하고 운향을 박대한다. 마침내 전씨는 운향이 시비 계월과 짜고 자신을 능멸하고자 하였다는 죄를 뒤집어씌우고는 일을 법대로 처리할 것이나 '일이 불미하여 혹 한림의 얼굴을 더럽힐까 두려운 고로 두 사람을 때려 죽여 가법(家法)을 바로잡을 것54)'이라 하면서 형장을 차려 운향과 계월을 잡아들인다. 채운이 전씨를 만류하기가 어려울 것임을 알고 우선 독주(毒酒)로써 벌하고 한림이 돌아오기를 기다려서 죄를 다스리자고 하는데, 전씨는 두 사람에게 독주를 계속 마시게 하여 두 사람을 죽음에 이르게 한다. 채운이 운향의 죽음을 보고 기절하는 가운데 전씨는 운향이 거짓으로 죽은 체한다하고 다시 형장을 설치하게 할 정도로 악독한 모습을 보이는데, 곧 운향과 계월의 숨이 끊어진 것을 확인하고는 가복을 시켜서 강물에 수장하게 한다.55)

---

53) "嫌其父母之不存, 又恥其流離之餘生, 故不滿於心, 而但以丞相杜夫人之眷愛, 而莫敢形於色也"「운향전」, 252쪽
54) "事關不美, 恐或洗翰林之顔, 故將欲打殺兩人, 以正家法"「운향전」, 256쪽

그러나 운향은 관음의 지시를 받은 운월암(雲月庵) 여승 우희(又喜)에 의해 감로수를 마시고는 죽음으로부터 소생하여 운월암에 의탁하게 된다. 이때, 북적(北狄)이 침입하여 천자가 파촉(巴蜀)으로 피난하고 남편 경운이 병마도원수를 제수 받아 출전하게 되자 운향은 관음으로부터 출전하여 나라를 구할 것을 지시 받는다. 그러나 운향은 자신이 여자임을 들어서 적을 감당할 수 없을 것이라 하며 소극적인 모습을 보이는데, 관음은 '남자 중에도 감당하지 못하는 사람이 있고 여자 중에도 감당할 수 있는 사람이 있다[56]'고 하면서 운향의 출전을 거듭 권유한다.

한편, 경운은 '너의 재주와 지략으로는 이 적을 물리칠 수 없는 고로 초하루를 기다리면 어진 며느리가 너를 위해 와서 미치지 못하는 곳을 도와줄 것[57]'이라며 가벼이 움직여 낭패함에 이르지 말라는 모친의 현몽(現夢)을 얻고는 출전을 지연한다.

운향은 무관(武官)의 신분에다 병사도 거느리지 않고 단신(單身)으로 출전한다. 따라서 군담은 철저히 남해 용왕으로부터 얻은 신물(神物)인 운금포(雲金袍), 두우검(斗牛儉), 추풍마(秋風馬)과 부친 권

---

55) 전씨는 처음에 시집올 때는 '우아한 태도와 정순(貞順)한 덕이 위로는 공경(公卿)의 집안에 부끄럽지 아니하고 아래로는 사대부의 집안에 합당(「운향전」 쪽246)' 하였다고 하며 덕이 있는 인물로 묘사 된 바 있다. 그런데 이승상이 운향을 택부(擇婦)한 때부터 운향의 빈한함을 혐의하면서 처음의 온순하고 덕이 있는 모습에서 조금씩 성격이 변화하는 양상을 보여준다. 그러다가 마침내 전씨는 이승상 내외가 별세하고 경운마저 관직을 맡아 집을 떠남으로 인해 집안에 가장(家長)이 부재하고 가권(家權)이 자신의 손아귀에 놓이게 되자 운향을 무고하여 죽음에 까지 이르게 하는 악인(惡人)의 모습으로 변모하게 된다. 이러한 전씨 성격의 급격한 변화는 「운향전」 후반부의 가정 모해담이 확장됨으로 인해서 일어난 것으로 보인다. 이는 전씨의 갑작스런 회개와 함께 Ⅳ-2에서 병렬식 합성법에 대해 논하는 가운데 자세히 설명하기로 한다.

56) "男子有不可當者, 女子有可當者", 「운향전」, 263쪽

57) "汝之才略 不能退此賊 故待月朔 則賢婦爲汝來 助未及處矣", 「운향전」, 265쪽

처사로부터 배운 풍운조화지술(風雲造化之術)을 이용한 운향 개인의
능력에 의해서만 펼쳐지게 된다.

   ㉠ 운향이 팔진생사문의 방위를 분변하여 미리 신장(神將)과 신병
      (神兵)들에게 각처를 지키게 하다.
   ㉡ 운향이 호장(胡將)에게 격서를 보내어 격동시킨 후, 호장 굴돌창
      회기와 연이어 단기전을 벌여 승리하다.
   ㉢ 호장 굴돌철이 나서자 운향이 풍백(風伯)에게 명하여 바람을 일으
      켜 호진 장졸들이 동서남북을 분변치 못하게 한 후에 호진을 치다.
   ㉣ 운향이 미리 배치해둔 신장과 신병들로 호장 세 명을 포위하여
      항복을 받다.

   그러나 여기서 군담은 신장과 신병을 부리는 팔진생사문금사진(八
鎭生死門金巳鎭) 등의 진법(陣法)과 단기전(單騎戰), 도술전(道術戰)
등 군담 그 자체의 흥미가 부각되어 있다.
   북적을 물리치고 하간으로 돌아간 운향은 회개한 전씨에 의해 다
시 가정에 받아들여지게 되고 천자로부터 하간후(河間候)를 제수 받
는다. 이러한 운향의 입공은 작품에서 두 가지 의미를 가지게 된다.
하나는 운향이 북적을 물리친 후에 베풀어진 경과(慶科)에 큰 아들
옥석이 장원급제하여 한림학사에 제수되고, 운향의 공으로 남편 경
운이 상국사 및 관내후(關內候)를 제수 받음으로써, 시아버지 이승
상이 예견했던 대로 그 가문이 창대하게 되었다는 것이다. 다른 하
나는 천자의 배려로 권씨(權氏) 성을 받은 둘째 아들 금석이 권씨
가문의 대를 잇게 됨으로써 권처사 내외가 선거(仙去)해 간 뒤에 현
실적인 의미에서 몰락했던 운향의 집안은 운향의 입공을 통해 다시
회복할 수 있게 되었다는 점이다. 이처럼 「운향전」은 운향의 입공에
의해 두 집안이 번성하게 됨으로써 사실상 운향의 영웅일대기는 마

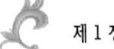

무리 된다. 그 뒤에 운향의 두 아들과 경운의 여동생 채운의 혼사와 남편 경운의 죽음, 자손의 번성 등이 간략하게 서술된 후에 운향이 나이 육십에 구름을 타고 선화(仙化)해서 가는 것으로 작품은 끝이 난다.

3) 열행(烈行)의 강조

「운향전」의 주인공 운향의 행동은 북적(北狄)의 침입을 물리치기 위해 출전하여 나라를 구하는 영웅적인 군담을 제외하고는 지극히 순종적이고 전통적인 여인상을 보여준다. 그런데 이러한 군담 역시도 병마절도사로 임명되어 출전해야 하는 남편을 돕기 위한 것이니 그 목적에 있어서는 전통적인 조선조 여성의 덕목인 열행에서 벗어나지 않는다고 할 수 있다. 여기에서는 영웅의 일대기를 보여주면서도 조선조 여성의 덕목인 열행을 보다 중시하고 있는 운향의 면모를 확인해 보기로 한다.

운향은 먼저 시어머니 전씨의 횡포에 저항하지 않고 죄를 받아들이는 절대 순종의 모습을 보여준다. 이승상과 두부인이 세상을 떠난 후에 가권(家權)을 손아귀에 쥐게 된 전씨는 거칠 것이 없이 운향을 본격적으로 박대하기 시작한다. 그러나 운향은 항상 화평한 얼굴빛으로 심기(心氣)를 얼굴에 드러내지 않는다. 이러한 전씨의 횡포는 집안의 가장이 되어야 할 경운이 집을 떠나 있음으로 해서 실질적인 가장권(家長權)이라는 성격까지 띠기 때문에 누구도 저항할 수 없는 것이다.

한편, 전씨는 경운의 누이 채운이 이승상이 세상을 떠나는 날에 운향을 특히 부탁하였으니 그 유언을 잊지 말고 운향을 잘 대해주라

고 간하자 딸이 어미를 가르치는 법은 없다고 하며 부모의 권위를
내세워서 자신의 횡포를 정당화하기까지 한다.

운향에 대한 전씨의 이러한 폭력은 형틀을 설치하여 아무 이유 없
이 계월과 운향을 잡아들이는데서 극대화된다. 전씨는 먼저 운향과
한통속이 되어 자신을 업신여겼다는 죄목으로 운향의 시비 계월을
잡아들인다. 이에 운향은 전씨의 분이 가라앉을 때까지 기다리라는
만류를 물리치고 '시어머지가 진노하시니 며느리가 죄를 기다림은
도리에 마땅하니 어찌 조용히 듣고만 있겠느냐.58)'고 하며 전씨에게
나아가 엎드려 죄를 청한다.

> 저는 본래 어리석은 사람으로 어려서 부모를 잃어 시집오는 날
> 에 시금결막지교(施衿抉幀之敎)도 없이 바닷가를 떠돌아 다녔고
> 양봉잠옥지계(良朋潛玉之誡)도 없어 새벽에 살피고 밤이면 물러나
> 는 도에도 어두워 어머님을 진노케 하였으니 저의 죄악을 글로 쓰
> 고자 하여도 초산의 대나무가 오히려 부족하고 첩의 죄를 씻으려
> 하니 동해 파도를 씻는 어려움을 다해야 합니다. 옛글에 이르기를
> 나를 낳은 것은 하늘이요, 나를 기른 것은 부모라 하였으니 바라
> 건대 어머님께서는 벼락같은 진노를 거두사 도끼 같은 위엄을 참
> 고 누르시어 형장 아래의 목숨을 보존케 하여 주십시오.59)

여기에서 운향은 모든 일을 조실부모(早失父母)하여 부모의 가르
침을 받지 못해 시모를 제대로 모시지 못한 자신의 죄로 돌리고 있
다. 이에 채운이 우선 독주로써 벌을 내리고 후일 한림이 돌아오기

---

58) "舅姑振怒, 子婦大罪, 於道理可也, 何可恬然聽之乎", 「운향전」, 255쪽
59) "妾本愚昧之人, 幼失父母, 于歸之日, 無施衿結幕之敎, 流離海畔, 無良朋
藏玉之誡, 昧晨省夜退之道迢怒尊姑, 欲書妾之罪惡, 以楚山之竹, 猶爲不
足, 欲洗妾之罪名, 決東海波之難, 可以盡也, 古語云, 生我者天, 養我者
父母, 伏願尊姑, 收寄雷霆之怒, 忍鎭鐵鉞之威, 以保丈下之命", 「운향전」,
255-6쪽

를 기다려 벌을 내리자고 하자 전씨는 운향으로 하여금 독주를 연이어 마시게 하여 기어이 죽음에 이르게 한다.

전씨에 의해 죽임을 당해 바닷가에 버려졌다가 운월암 여승 우희에게 구출되어 소생한 운향은 운월암에 의탁하는 중에도 전씨를 원망하지 않고 '꽃피는 아침과 달 밝은 밤에 위로는 시어머니의 안부를 걱정하고 아래로는 두 아들의 별고 없음을 생각60)'하며 노심초사하는 모습을 보여준다. 운월암에 처음 도착하여 우희와 함께 불전에 가서 불공을 드리던 운향은 죽림(竹林)을 헤치고 아이를 안고 있는 관음상(觀音像)을 보고서 아들인 옥석을 떠올리며 눈물을 흘린다.

　　관음이 아이를 안고 앉아 있는데, 나는 그렇지 못하고 파도 천
　리 밖에 옥석을 버려두었으니 어찌 슬프지 않겠습니까.61)

이는 운향이 시모의 모해로 축출되고 나서도 자신의 신세 보다는 집에 두고 온 자식 걱정을 앞세우는 전형적인 여인임을 보여준다. 또한 운향은 운월암에 계속 머무르는 중에도 죄인으로 자처하면서 집으로 돌아갈 날만을 기다리며 축출될 때의 복색을 바꾸지 않는다. 그러나 운향은 그 스스로는 시가으로 돌아갈 의지나 행동을 보여주지 못한다. 이는 꿈에 두부인이 옥석 형제가 잘 자라고 있음을 알려주러 나타나자 운향이 '한을 참고 구차하게 살아가는 것이 도리어 죽음만 같지 못하니 바라건대 시어머니께서는 저를 거두어서 길이 슬하를 따르게 해 주십시오.62)'라고 하며 무기력한 모습을 보이는데서 잘 나타난다.

---

60) "花朝月夕, 仰慕侍姑之安否, 下念二子之無恙", 「운향전」, 259쪽
61) "觀音抱兒而坐, 我獨不然, 棄玉石於海波千頃之外, 豈不悲哀之理乎", 「운향전」, 259쪽
62) "忍恨偸生, 反不如死, 伏願尊姑, 收養賤婦, 永從膝下", 「운향전」, 260쪽

운향이 자신의 죄를 벗고 시가로 복귀하는 계기는 외부로부터 갑작스럽게 주어진다. 그 계기는 바로 북적이 침입하여 나라가 어지러워 졌으니 나라의 위기를 구하는 동시에 병마대원수를 제수 받은 남편인 경운을 도우라는 관음의 현몽이다. 그러나 나라의 위기를 구하라는 것은 어디까지나 표면적인 것에 불과하다. 왜냐하면 관음은 '계책을 펴 적을 물리친 후에 공은 한림에게 돌아갈 것63)'이라고 언명함으로써 운향의 입공이 가지는 의미를 남편의 위기를 돕는 아녀자의 부덕(婦德) 정도로 한정짓고 있기 때문이다. 이는 운향이 전장에서 적들에게 자신을 '대당(大唐) 천하(天下) 병마도원수(兵馬都元帥) 겸(兼) 승상(丞相) 이경운지부인(李卿雲之夫人) 조주(潮州) 권낭자(權娘子)'라고 칭하면서 어디까지나 이경운의 부인으로써 행동하는 것에서 드러난다. 또한 운향은 단신으로 출전하여 적을 물리치고 난 후에 자신이 누구인지 확인하러 온 상장군(上將軍) 왕상서에게도 자신이 어디까지나 남편을 위해 출전한 것이라 말한다.

다만 저의 남편이 중임을 맡아 종사의 업을 회복시키기로 기약하게 되어 그 형세를 살펴보니 저의 남편이 도끼 아래 목이 베여 죽게 된 고로 감히 여자가 나선다는 혐의를 무릅쓰고 진실로 천한 재주를 다하게 되었습니다. 다행히 밝은 하늘의 돌보심을 입어 오랑캐의 먼지를 쓸어버리고 항복 문서를 받게 되었으니 바라건대 상서께서는 원수께 고하여 멀리 계신 천자께 고하게 해 주시기 바랍니다.64)

---

63) "破賊之後, 功歸于翰林", 「운향전」, 263쪽
64) "但使妾夫, 受之重任, 期於回復, 宗社之業, 故揆其事勢, 妾夫難鐵鉞之誅, 故敢冒牝鷄司晨之嫌, 誠盡賤技, 幸蒙明天之顧助, 退去胡塵, 受其降書, 伏願尙書, 傳告元帥, 使告遠天庭", 「운향전」, 270쪽

왕상서에게 자신의 신분을 밝힌 운향은 자신을 대신하여 첩서(捷書)를 올리는 일을 부탁하고는 서둘러서 하간으로 돌아가 버린다. 여기서 운향이 나라를 위해 공을 세우는 일 보다는 자신의 죄를 씻고 시가로 돌아가는 일을 보다 중시하고 있다는 것을 확인할 수 있다.

따라서 운향은 단신으로 적장의 목을 벨 정도로 무용이 뛰어나고 신병을 거느리고 진법을 펴서 적병을 물리칠 정도로 도술과 지모가 뛰어난 여성영웅임에도 불구하고 이러한 군공 보다는 여성으로서의 위치를 지키는 것을 우선시 하고 있다고 할 수 있겠다.

3. 「蓬萊新說」

1) 서지 및 서사단락

「봉래신설」에는 앞의 두 작품에 비해서 세 종류의 이본이 존재하고 있다. 따라서 먼저 이러한 이본들의 양상을 정리해 보기로 한다.[65]

㉮ 이가원본 「봉래신설」은 한문으로 되어 있으며 단권 82면의 18개의 소제목이 있는 장희체(章回體)로 마지막 면에 '丁巳 流 火月 盡書'라는 간기가 있다. 정사년은 간기로만 볼 때 1857년과 1917년 중의 하나인데 선행연구에서는 1857년으로 추정되고 있다.[66]

---

65) 「봉래신설」의 필사시기가 1857년이라는 것과 그 한글 번역본이 「방운전」이라는 것은 김경미의 「「방운전」 「봉래신설」 해제」 (『열상고전연구』 1, 1988, 대학사)에서 지적되었고, 필사순서에 따른 「봉래신설」 「방운전」 「봉닉 신션녹」의 선후관계는 심재복의 「봉닉신셜녹 연구」에서 지적되었다. 여기서는 선행연구에서 지적된 내용을 다시 확인 정리했다.

㉯ 이가원본 「방운전」은 단권 143면의 한글본인데 첫장에 '戊午, 臘月, 晦日, 粧'이라는 간기가 있으므로 1858년에 필사된 것으로 추정된다. 「방운전」이라는 제목 밑에 「봉닉신셜」이라는 제명이 부기되어 있고 마지막 면에 '이 칙은 본듸 진셔칙으로 번역하여 ······(손상)······ 여시니 ᄉ연도 혹 모호하고 글씨도 용열하니 그듸로 눌너 보기 바라압 동왕공의 ᄋᆞᆯ 경난은 방제현의 아들 방운되고 남천영의 쌀 정옥은 쥬슝의 쌀 치란이 되고 국향은 남성부 진담의 쌀 경월이 되고 설난은 슌쳔부 장홍의 쌀 형옥이 되고 금연은 경원니 양홍의 쌀 향난이 되고 칙쥬난 청풍 노찬니 남원되이라'라는 후기(後記)가 첨기되어 있다.67)

㉰ 김동욱본 「봉닉신션녹」은 단권 139면의 한글 본으로 말미에 필사후기가 있고 '光武, 八年'이라는 필사시기가 기록되어 있다. 광무 8년은 조선 헌종 10년에 해당하는 시기로 1904년이기 때문에 「봉닉신션녹」이 세 이본 중에서 가장 후대의 이본이라고 할 수 있다. 「봉닉신션녹」의 뒤에는 '셰차 광무팔년 갑진십월망간에 싱이 홀노 안져 젹젹무요허기로 칙을 지엿슨즉 말도 아니되고 글시도 용열허매 눌러보시옵 심싱우사ᄂᆞ셔'라는 후기(後記)가 첨가 되어 있고 작품이 끝난 뒷부분에는 평조 질음 여창 형장가 쇼츈양가 졔비자 나비타령 유산자 가셰타령 백구사 등의 시가가 실려 있다.68)

일단 「봉래신셜」이 본래 한문본으로 창작되었음이 '이 칙은 본듸 진셔칙으로 번역ᄒᆞ여지여시니'라는 「방운전」의 후기에서 드러난다. 「봉래신셜」은 한문으로 된 원본을 필사한 한문이본들 가운데 하나였을 것으로 추정할 수 있다. 「방운전」은 이러한 한문본을 그대로 옮긴 번역본으로 보인다. 「방운전」은 「봉래신셜」에 나오는 한시나 제문

66) 「蓬萊新說」『열상고전연구』이가원 소장본, 태학사1988
67) 「방운전」, 『열상고전연구』, 이가원 소장본, 태학사1988
68) 「봉닉신션녹」『필사본 고소설자료총서』, 김동욱 소장본, 보경문화사1991

등을 생략한 것을 제외하고는 「봉래신설」의 내용을 그대로 옮기고 있으며 문체도 한문문장에 토를 단 정도의 번역투를 그대로 유지하고 있다. 한편 「봉닉신션녹」은 가장 후대의 이본으로 전체 구조상의 차이는 없지만 세부 내용에서 가감이 이루어지고 있다. 또 「봉닉신션녹」은 「봉래신설」의 한시제문(漢詩祭文) 등을 거의 생략하지 않고 있으나 가끔 생략이 이루어지고 있고, 어떤 부분은 한시의 내용을 개작자가 임의대로 바꾸어놓기까지 하고 있다.[69]

이러한 세 이본의 차이를 구체적으로 살펴보기로 하자.

㉮ 경란이 이에 가파른 바위에 올랐다. 절벽을 지나서 배회하며 둘러보고 있을 때에, 옥이 울리는 소리가 바람을 타고 이르는데 은은하여 들을 만하였다. 이상하게 여기고 한 곳을 찾아가니 맑은 개울가에 한 작은 누각이 있는데 좌우가 넓으며 밝았다. 비록 봉황루와 광한전이라고 해도 이에서 더할 수 없었다. 황금으로 이름을 써 놓았는데, 그 현판에 이르기를 집선루라 하였다. 진실로 신선이 머물 만한 곳이었다. 이에 사다리를 타고 올라가 난간에 기대고 앉았다. 그 동쪽으로는 맑은 물에 차가운 빛이 피부에 스미고, 그 서쪽으로는 아름다운 숲에 꽃향기가 코를 찔렀다. 또 한 당이 있어 이름 하여 영춘각이라 하였는데, 곧 루의 북쪽 가의 별당이었다. 노닐며 완상한지 오래되어 인하여 절구 한 수를 지어 벽에 쓰기를, '요사이 사람이 바다로부터 쫓아왔더니 집선루 아래가 봉래산이라. 푸른 풀과 아름다운 꽃이 불가한 것은 아니나 광한전

69) 박영희는 「방운전」을 필사한 남원댁이 소설의 이야기 줄거리에만 관심을 기울인 반면에 「봉닉신션녹」을 필사한 심생우사는 내용 전개에 크게 상관없는 한시와 상소문 등에도 관심을 가져 지식인 남성의 취향을 반영하고 있다고 지적하였다. 또 두 번역본 간의 태도의 차이는 「봉래신설」이란 제목을 심생우사는 그대로 수용하여 '-녹'자만 추가한 것에 비해 「방운전」은 19세기에 유행하던 다수의 영웅소설의 제목을 흉내내어 주인공의 이름을 내세우는 제목으로 바꾼 것에서도 드러난다고 하였다.(박영희, 「봉래신설 연구」, 「한국고전연구」 2, 한국고전연구학회 1986)

의 매화 한 가지가 없음을 한하노라.' 시를 마침에 복숭아꽃이 영
롱하고 난조와 학이 높이 날았다. 경운이 수려함을 탐하고 기이함
을 좋아하여 마시지 않아도 취하고 자지 않고도 꿈을 꾸었다. 조
금 있다가 석양이 산에 지고 어두운 빛이 나무로 들어갔다. 사방
을 둘러보니 사람이 없어 갈 바를 알지 못했다. 빈 난간 위에서
휴식하면서 동방이 밝기를 기다렸다.[70]

㉯ 경난이 이에 층암절벽을 지나 빈회고면할 즈음에 영옥지성이
바람을 짜라 이르러 은은이 들니거날 드르미 괴이ᄒ여 한 고즐 츠
자 일른즉 청계지상의 한 져근 주가 잇서 익년이 발거시니 비록
봉황누 광한젼이라도 뼈 이여서 더ᄒ미 음더라 황금으로 그 익즈
을 뼈왈 짐선누라 ᄒ엿더라 참선인 가이 거할 고절너라 어시예 반
제이 등ᄒ고 빙난이 좌ᄒ니 기 동즉 청뉴한광이 핌긔ᄒ고 기 서즉
경임이 화향이 촉비라 유 뉴일당ᄒ니 명왈 영츈각이라 곳 누부변
별당이라 오릭 귀경ᄒ다가 인ᄒ여 시 한수을 지여 벽상의 뼈시되
한무광한일지미ᄅ ᄒ고 시을 파하미 도리ᄀ 영농ᄒ고 난학이 상집
이라 경난이 수려ᄒ고 긔절한데 벽이 인난 고로 불음이 취ᄒ고 불
면이 몽이니라 석양이 지산ᄒ고 명싴이 싱한구라 사고무인이요 막
지소향이라 빈 난간을 의지ᄒ여 뼈 동방 발기을 기다리더니[71]

70) "景鸞, 乃蹋巇岩絶壁, 徘徊顧眄之際, 鈴玉聲隨風而至, 隱隱可聞, 聞而異
之, 尋至一處, 則淸溪之上, 有一小樓, 翼然而明, 雖鳳凰樓, 廣漢殿, 無以
加此, 以黃金題其額曰, 集仙樓, 眞仙人可居之處也, 於是, 攀梯而登, 憑
欄而坐, 其東則淸流寒光逼肌, 其西則瓊林而花香觸鼻, 又有一堂, 名曰迎
春閣, 卽樓之北, 邊別堂, 遊賞良久, 因題一絶于壁上曰, 近日人從海上來,
集仙樓下是蓬萊, 碧草瓊花, 非不可, 恨無廣, 寒一枝梅, 詩罷桃李玲瓏,
鸞鶴翶翔, 景鸞耽乎秀麗, 癖於奇絶, 不飮而醉, 不眠而夢, 而已, 夕陽在
山, 暝色入樹, 四顧無人, 莫知所向, 休憩乎虛欄之上, 以待東方之明矣",
「봉래신설」, 451쪽
71) 「방운전」, 『열상고전연구』 378-9쪽, 1988

㉰ ······(손상)······ 한 누각이 잇스니 부연이 놉고 환연이 발가 비록 봉황누 광한젼이라도 이예셔 더헐슈 읍는지라 황금으로 그 현판에 씃스되 집션누라 허엿거을 이에 칭게을 붓들고 빙난에 올나 본니 그 동편은 청계요 서편은 경님이니 ᄭᅩᆺ향긔가 고을 ᄶᅵᆯ으고 ᄯᅩ 일당이 닛스니 일홈은 영츈각이라 허엿스니 집션누에 별당이라 홀노 놀기을 올ᄅᆡ 허다가 일졀 시을 지여 벽상에 걸엇스니 그 글에 왈 건일에 사람이 ᄒᆡ상으로 ᄶᅩᆺ차왓스니 집션누 알ᄋᆡ가 이 봉ᄂᆡ산 일너라 벽츄와 경화가 ᄶᅩᆺ치 안인건 안이연마는 광한에 일지ᄆᆡ 읍심을 한허노라 글을 붓치ᄆᆡ 도리가 영농허고 난과 학이 날ᄀᆡ을 치는 듯 허더라 경난이 그 슈려헌 것슬 탐허여 마시지 안코 취허며 ᄌᆞ지 안코 ᄭᅮᆷᄭᅮ더니 이읍고 셕양이 ᄌᆡ산허고 명ᄉᆡᆨ이 넙슈허ᄆᆡ 향헐바을 몰으고 빈 누에 혼ᄌᆞ 안져 동방 발기만 기다리드니[72]

위 인용문들은 「봉래신설」 세 이본에서 집선루의 풍경을 묘사하고 있는 부분만을 뽑아놓은 것이다. 우선 한문본 「봉래신설」과 「방운전」을 비교해 보면, 「방운전」은 「봉래신설」을 번역하되 한문투를 그대로 옮기면서 토를 단 수준이라는 것을 알 수 있다. 다만 경난이 지은 칠언절구(七言絶句)의 한시는 넷째구만 한글음으로 옮기고 있음을 볼 수 있다.

한편, 「봉ᄂᆡ신션녹」은 「방운전」과 비교해서 보다 자연스러운 한글 문장으로 되어 있다. 그러나 「방운전」이 한시구를 제외하고는 한문본 「봉래신설」의 내용을 가감 없이 옮기고 있는데 비해서, 「봉ᄂᆡ신션녹」은 한시구는 매끄러운 한글 표현으로 번역하고 있되 내용상의 생략이 이루어지고 있다. 한문본 「봉래신설」의 '眞仙人可居之處也'는 「방운전」에서는 '참선인 가이 거할 고절너라'로 그대로 옮겨지고 있으나 「봉ᄂᆡ신션녹」에서는 이 부분이 생략되고 있다.

따라서 특히 한문본 「봉래신설」의 내용이 「봉ᄂᆡ신션녹」에 와서 어

72) 「봉ᄂᆡ신션녹」, 『필사본 고전소설전집』, 109-110쪽

떻게 변개되어 있는가 하는 점을 알아볼 필요가 있게 된다. 다음은 한문본 「봉래신설」의 내용 중에서 「봉닉신션녹」에 와서 생략된 부분이다.

㉠ 4회에서 방운이 봉래산을 찾아가며 뱃전에서 지은 시
㉡ 13회에서 방운이 사방을 다니며 부모를 찾기 위해 지위를 사양하는 상소
㉢ 11회에서 방운이 과거급제한 후 주시랑의 묘를 찾아가 지은 제문
㉣ 16회에서 방운이 소흥의 역모를 제압하고 초국왕에 봉해진 뒤 모친과 처첩들의 처소를 정해주는 장면
㉤ 17회에서 방운이 처첩들과 함께 잔치를 하며 부모께 獻酬를 올리고 각자 돌아가며 시를 한수씩 짓는 장면
㉥ 18회에서 방운이 처첩들과 만수전에서 잔치를 열고 각자 전날의 고난에 대해서 술회하고 지금의 부귀영화에 만족해하며 즐기는 장면

이상에서 보면 한시상소제문 등의 일부 한문학 양식들이 「봉닉신션녹」에 와서 생략되어 있음을 볼 수 있다.
「봉래신설」의 내용을 서사단락으로 정리하면 다음과 같다.

제1회 山靈海王上訴天帝 神女仙郎下降人間
1. 봉래산은 신선이 노니는 곳으로 상제가 동왕공과 남천령으로 하여금 인간의 접근을 막게 하다.
2. 동왕공의 아들 경난이 나이 약관에 재주가 뛰어나자 동왕공이 경란을 남천령에게 보내어 수학하게 하다.
3. 남천령에게 가는 길에 옥류동의 집선루에 올랐다가 남천령의 딸

정옥을 만나서 시를 화답하고 벽금향과 연수단을 신물로 교환하
고 헤어지다.

4. 상제가 벽금향과 연수단을 찾으니 사사로이 신물로 교환한 것이
탄로나 경란은 방제현의 아들 방운으로 정옥은 주시랑의 딸 채란
으로 적강하여 부부의 연을 맺게 하고 세명의 시비중 국향은 채
란의 시비 경월로 설란은 아전 장흥의 딸 형옥으로 금연은 촌민
양홍의 딸 향난으로 내쳐서 방운의 첩이 되게 하다.

제2회 群小織貝君子垂翼 老釋酬恩善人獲珠

5. 이부상서 방제현이 기자치성하여 아들 방운을 얻다.

제3회 母子相失脫身兵火 夫妻各離寄跡叢林

6. 방운이 10세 때 도적의 난을 만나 부모와 헤어지다.

제4회 八字眞言能破賊謀 一個女子以積仙緣

7. 방운이 밀라도의 해적에게 감금되었다가 蘭香과 결연하고 탈출하다.

제5회 白雲菴見雲師之營造 集仙樓聞仙官之指導

8. 방운이 부친을 찾으러 봉래산에 갔다가 집선루에서 동왕공과 남
천령을 만나다.

제6회 得良師而鬼谷復生 學兵法而太公不死

9. 방운이 우연히 영산도인을 만나 병법과 천문지리를 배우다.

제7회 房公子纔遇淑女 朱侍郎遽作古人

10. 방운이 수업을 마치고 遊離 걸식하다가 주시랑에게 구함을 받
고 주시랑의 딸 채란과 정혼하다.

제8회 朱小姐一札通意 房公子四方遠遊

11. 주시랑이 죽자 방운이 부인에게 박대를 받다가 주시랑의 집을 떠나다.

제9회 權臣恃寵欲奪 貞女逃禍不變其操

12. 채란이 우승상 소흥의 늑혼 위협을 피해 도망하다.

제10회 暫遇月下有三生之佳約 久繫獄中雖九死而靡悔

13. 방운이 순천부의 아전 장홍의 종이 되었다가 장홍의 딸 형옥과 결연하다.

제11회 天時漸還名登金榜 往事追感文祭荒原

14. 방운이 장원급제하여 한림학사가 되다.

제12회 神助雲夢達不世之勳 路遇平湖結百年之緣

15. 방운이 남만의 침입을 평정하고 돌아오는 길에 평호의 정시랑 집에 들러 채란과 만나서 혼인을 이루다.

제13회 爲之孝省相君謝位 嘉其忠烈天子不許

16. 방운이 부모를 찾기 위해 사직하고자 하나 천자가 허락하지 않다.

제14회 賊臣一呼群黨 元帥再造家國

17. 방운이 간신 소흥의 역모를 평정하다.

제15회 至誠所感慈母乃遇 前緣復續佳人雙隨

18. 방운이 밀라도 해적의 난을 평정하는 길에 난향과 재회하다.

19. 방운이 回軍하는 길에 단원사에 들러 모친과 상봉하다.

20. 방운이 순천부에 들러 부사의 수청 위협에 의해 옥에 갇혀있
    던 형옥을 구해내다.

第16회 山靈化鹿而指路 大人夢獜而還宮

21. 방운이 초국왕에 봉해져 사냥을 하다가 우연히 남악 보경사에
    들러 부친과 상봉하다.

第17회 萬壽宮爲父母而置酒 太上王與婦子而賦詩

22. 방운이 부모를 위해 잔치를 열고 獻酬하며 시를 짓다.

第18회 榮辱無常已了塵緣 死生有命復還玉京

23. 방운이 제낭자와 함께 부귀를 누리다가 천상의 부름을 받고 부
    인들과 함께 승천하다.

2) 적강화소의 삽입

a. 적강화소

「봉래신설(蓬萊新說)」은 표면적으로는 '천상계－지상계－천상계'
라는 적강소설의 구조를 내세우고 있고, 그 적강구조 가운데 주인공
방운의 지상계에서의 삶은 영웅일대기 구조로 되어 있다.[73] 그러나
이 두 구조는 작품 내에서 동등하게 결합되어 있는 것이 아니다. 「봉

─────────

73) 이 점은 박영희에 의해서도 이미 지적된 바 있다. 그러나 본고는 「봉래신
   설」이 국문영웅소설과 같은 영웅일대기구조를 근간으로 적강화소를 단지
   삽화 차원에서 삽입하고 있다는 입장을 취한다. 「봉래신설」이 국문영웅소
   설의 영웅일대기에 「구운몽」이나 「옥루몽」과 유사한 적강화소를 수용하고
   있는 점은 특이하다고 볼 수 있는데, 이 점에 대해서는 Ⅳ-2에서 자세히
   살펴보기로 한다.

래신설」은 어디까지나 방운의 영웅일대기를 중심으로 하고 있다. 천상계에서 상희(相戲)한 죄로 남녀 주인공들이 적강했다가 다시 승천한다는 적강구조는 방운이 지상계에서 여러 여인과 결연하는 애정성취의 근거를 지상계에서 구하지 않고 지상의 질서보다 우위에 있는 천상의 질서를 통해 보장받으려는 목적에서 설정된 것이다. 따라서 「봉래신설」은 적강구조를 통해서 초월적인 의미를 추구하려 하기보다는 이를 통해 주인공의 영웅일대기에서 결연의 과정을 보다 부각시키려는 목적에서 설정된 것이라고 할 수 있다. 때문에 작품의 서두에 나오는 적강화소는 생략해도 사건의 전개에는 별다른 영향을 주지 못한다.

한편, 천상계가 지상계와 완전히 동떨어진 공간으로 묘사되어 있는 것이 아니라 다분히 현실화된 공간으로 그려짐으로써 적강구조에서 전형적인 이원적 세계관이 완화되어 있다는 점 역시 적강화소가 단순히 삽화 차원으로 삽입되었다는 증거가 된다. 「봉래신설」에서 배경이 되는 천상계는 바로 발해 동쪽에 있는 봉래산인데, 작품은 이러한 봉래산에 대한 묘사로부터 시작한다.

> 발해의 동쪽에 산이 있는데, 그 이름은 봉래산이다. 봉래라 하는 것은 세상에서 소위 삼신산(三神山)이라고 하는 것 중의 하나이다. 그 산은 특히 그 신령이 극히 영험해서 호흡하니 상서로운 구름과 천둥이 되고, 죽 늘어서서 기이한 꽃과 풀이 많았다. 들은 자 중에 세상에 남긴 뜻이 있고 보는 자 중에 신선이 되어 올라가는 뜻이 있는 고로 그 이름이 연나라제나라진나라한나라의 사이에서 가장 드러났다. 이후로는 속세와 인연을 끊고 진세를 떠난 무리들과 단약을 만들고 안개를 먹는 무리들이 왕왕 와서 거하면서 스스로 신선이라 일컬었다. 배워서 수명을 얻기도 하고 약한 힘으로 약을 캐기도 하며 돌아가지 않는 자는 안개와 수석의 사이에서 서로 바라보았다.[74]

여기서 봉래산은 지상계의 인간 중에서 속세와 인연을 끊은 사람들이 들어와서 단약(丹藥)을 만들고 약초를 캐면서 선도(仙道)를 닦는 공간으로 묘사되어 있다. 따라서 「봉래신설」의 천상계는 적강구조를 가지고 있는 다른 작품에 비해서 상당히 현실화되어 있음을 알 수 있다. 천상계의 공간인 봉래산의 이러한 면모는 집선루에 대한 묘사에서 드러난다. 선관(仙官)인 경난과 선랑(仙郎)인 정옥이 만나서 시를 짓고 음률을 즐기던 공간인 봉래산의 한 누각 집선루는 천상적 공간이면서도 인간인 방운이 걸어서 도달할 수 있는 지상적 공간으로 설정되어 있다.

> 마침내 백운봉에 올라……홀연히 한 곳을 보니……꽃다운 향기의 기운이 바람을 따라 이르고 학의 소리가 구름을 헤치고 이르렀다. 방운이 인가가 있음을 알고 한 길을 찾아가니 푸른 계울 가에 푸른 옷을 입은 동자 두 사람이 반석 위에 앉아있었다. 방운이 오는 것을 보고 앞에서 읍하며 말하기를, "선생의 명을 받들어 공자를 맞이하러 왔습니다." 마침에 앞에서 이끌고 가서 누각 아래에 이르렀다. 방운이 올려다 보니 집선루라 하였다.[75]

위의 인용문은 방운이 부모와 헤어져서 헤매다가 부친을 찾아 봉래산으로 가는 장면이다. 여기서 방운은 선동에게 이끌려 천상적 공간인 집선루에 가는데, 이곳에서 방운은 천상계에서 자신의 부친이었

74) "渤海之東有山, 其名曰, 蓬萊者, 旣世所謂三神山之一也, 其山特異, 其神至靈, 呼吸而爲祥雲瑞, 雷森列而多奇花異草, 聞之者有遺世之意, 見之者有乘仙之意, 故其名最著於燕齊秦漢之間, 自是之後, 絶俗離塵之輩, 鍊丹餐霞之徒, 往往居之, 而自謂神仙, 可以學得年壽, 可以力錦採藥, 而不返者, 相望於煙霞泉石之間", 「봉래신설」, 450쪽

75) "遂登白雲峰忽見一處芳馥之氣, 隨風而至, 鸞鶴之聲, 披雲而到, 雲知其人家, 尋得一路, 緣溪而上, 靑童二人坐於盤石之上, 見房雲之來, 揖于前曰, 奉先生之命, 來迎公子, 遂前導而去, 至於樓下, 雲仰視曰, 集仙樓", 「봉래신설」, 464쪽

던 동왕공과 남천령을 만나게 된다. 방운이 두 선관에게 부모를 찾을 수 있는 방도를 묻자 이들은 인간세계의 액을 겪고 있으면서도 지금 또 천명을 어기려 하느냐고 하며 방운에게 술을 마시게 하여 전생의 일을 기억하게 한다. 그리고 동왕공은 '헤어지면 합쳐지게 되고 합쳐 지면 헤어지는 것이 이치의 당연함이니 스스로 고통스러워하지 말고 천명을 기다리거라[76]'고 당부한 뒤에, 문하에 의탁하기를 청하는 방 운에게 다시 술을 한잔 먹여서 전생의 일을 다시 잊게 한다. 결국 여 기에서 지상계의 인간인 방운을 굳이 천상계의 공간인 집선루에 이 르게 한 이유가 초월적 존재인 동왕공과 남천령을 만나게 함으로써 방운에게 십년곤액(十年困厄)을 상기시키고 천명(天命)을 따를 것을 깨우쳐 줌으로써 앞날을 지시하기 위함이었음이 드러난다.[77]

> 마침내 루를 내려가니 길을 잃고 동서를 분간하지 못하였다. 절 벽을 잡고 올라가며 엎어지고 넘어지며 쳐다보니 바다 입구에 한 사람이 배를 대어놓고 기다리며 말하기를, …… 이 물은 삼천리 약 수입니다. 내가 어제 동왕공과 남천령과 함께 집선루에서 노니는 데, 동왕공이 나에게 말하기를, 내일 어떤 동자가 길을 잃고 서쪽 에서 약수에 이를 것인데 약수는 인간이 건널 수 없는 것이라 그 대가 가서 건네주라 하신 고로 와서 기다리고 있었을 뿐입니다.' 방운이 절하여 감사하고 배에 올랐다. 정장이 바람을 타고 노를 저으니 배가 나는 듯이 가서 순식간에 육지에 이르렀다. 사방을 둘러보고 돌아오니 그 사람은 이미 가버렸고 오직 대나무 잎 한

---

76) "離則合, 合則離, 理之常也, 無爲自苦, 以待天命"「봉래신설」, 465쪽
77) 이 장면의 성격에 대해서는 두 가지 견해가 있는데, 김경미의「방운전」,「봉래 신설」해제, (『열상고전연구』 1, 1988)와 심재복의「봉래신설녹연구」, 『어문 연구』26, 어문연구회, 1995)은 이 장면으로 인해「봉래신설」의 구조가 '천 상-지상-천상-지상-천상'의 이중구조를 가진다고 보았고, 박영희의「봉 래신설 연구」, 『한국고전 연구』1996)은 이 장면이 분량이 소략하고 일시 적이기 때문에 이중구조로 보기에는 무리가 있다고 보았다. 본고는 후자의 견해에 동의한다.

조각만이 물 위에 떠 있을 뿐이었다. 방운이 동쪽 봉래산을 향하
여 두 번 절하고 갔다.[78]

위의 인용문은 집선루가 인간이 건널 수 없는 약수를 경계로 하여
인간이 임의로 다닐 수 있는 공간과 분리되어 있는 곳임을 보여준
다. 따라서 집선루는 지상계의 봉래산에 있는 한 누각이되 보통 인
간은 접근할 수 없는 공간임을 알 수 있다. 방운이 집선루에서 두
선관을 만날 수 있었던 것은 방운의 전신이 선가(仙家)의 인물이었
기 때문이다.

봉래산(蓬萊山)에 대한 묘사 이후에 작품의 1회에서는 주인공들이
적강하게 된 이유와 과정이 서술된다. 「봉래신설」에서 적강은 봉래
산을 지키는 두 선관인 동왕공의 아들 경난과 남천령의 딸인 정옥이
만나 상희(相戲)하고 천상의 선약(仙藥)인 벽금향과 연수단을 사사로
이 신물로 교환하여 상제에게 득죄했기 때문에 이루어지는데, 이 두
가지는 적강소설에서 주인공들이 적강하는 일반적인 이유가 된다.[79]
다음은 이들의 적강과정이다.

㉮ 동왕공의 아들 경난이 부친의 명을 받아 남천령에게 수업을 받으
러 가다.
㉯ 옥류동을 방문하러 가는 길에 집선루에 들러서 시를 짓고 노닐
다가 집선루에 구경 온 남천령의 딸 정옥 일행을 만나다.

---

78) "遂下樓而行, 迷失路, 莫分東西, 攀壁緣崖, 且顚且到, 闚目而海口, 有一
人, 艤船而待曰, 此水卽三千里弱水也, 吾昨日與東王公南天令, 遊於集仙
樓, 東王公謂我曰, 明日, 何許童子, 誤失其路而至于弱水, 弱水人之所不
能渡也, 君其往濟之云, 故來待之耳, 雲拜謝而登舟, 亭長臨風搖櫓, 船往
如飛, 瞬息之間, 至於登陸, 回視波頭則其人已去, 惟竹葉一片, 浮於水面
而已, 雲東向蓬萊再拜而去", 「봉래신설」, 465쪽
79) 성현경, 『한국소설의 구조와 실상』, 1989, 23쪽

㉠ 경난과 정옥이 동석하여 시를 짓고 음률을 논하다가 헤어질 때에 벽금향과 연수단을 교환하다.

㉡ 상제가 벽금향과 연수단을 찾음에, 봉래산 신선이 경난과 정옥이 서로 사사로이 주고받았음을 고하다.

㉢ 상제가 북극성군에게 죄를 논하게 하니, 경난과 정옥이 부모의 명과 매파의 말을 기다리지 아니하고 사사로이 주고받았고 국향 등도 함께 음률을 주고받았음을 들어 쫓아낼 것을 고하고, 다시 남극성군에게 운수를 정하게 하니, 팔십년 기한에 십년 곤액을 주어 적강할 것을 고하다.

㉣ 봉래산신이 남극성군에게 경난 등이 인간에 적강하여 거처할 곳을 주선하니, 경난은 청주 가흥리 방상서의 아들로, 정옥은 남성부 주시랑의 딸로 삼아 부부의 연을 맺게 하고 국향은 주시랑의 집사인 진담의 딸로, 설난은 순천부 아전 장홍의 딸로, 금연은 경흥리 촌민 양홍의 딸로 삼아 경난의 첩이 되게 하여 황건역사에게 호송하게 하다.

이렇게 적강하여 지상계에서 영웅적인 삶을 살며 여주인공들과 결연을 완수한 방운은 18회에서 다시 천상계로 복귀한다. 18회에서 방운은 처첩들과 만수전(萬壽展)에서 서로 고난을 겪던 이야기를 하면서 즐기다가 '진세의 인연이 이미 끝났고 선가(仙家)의 기약이 장차 돌아오려 하는 고로 짐이 너를 용서하였으니 너는 스스로 새롭게 하여 인간세상의 고락을 이별하고 다시 옥경으로 돌아오[80]'라는 상제의 부름을 받는다. 방운과 처첩들은 상제의 사자(使者)가 따라주는 하로주(霞露酒)를 마시고 집선루의 일을 깨우치고 마침내 천상계로 복귀한다.

---

80) "塵緣已了, 仙期將還, 故朕其赦汝, 汝其自新, 謝人間之苦樂, 復還玉京 可也",「봉래신설」, 490쪽

b. 영웅일대기구조

적강한 이후의 주인공들의 삶은 방제현의 아들 방운으로 태어난 경난의 영웅일대기를 중심으로 전개된다.

㉮ 고귀한 혈통 – 이부상서 방제현의 아들
㉯ 비정상적 출생 – 만득의 독자
㉰ 탁월한 능력 – 천상의 선인의 적강
㉱ 기아와 죽음 – 고아
㉲ 죽음에서의 극복 – 영산도인에게서의 수학과 주시랑의 구출
㉳ 자라서의 위기 – 남만의 모반, 소흥의 난, 해적의 난
㉴ 투쟁에서의 승리 – 초국왕에 봉해짐

방운(房雲)은 우선 이부상서 방제현(房齊賢)의 만득의 아들로 태어난다. 방제현의 집안은 당나라 태위관의 후예로 대대로 서울에 살면서 왕실 일에 종사하여 사람들이 그 마을을 '관개지리(冠蓋之里)'라 하고 그 집을 '충효지가(忠孝之家)'라 할 정도로 명망 있는 가문으로 되어 있다. 방제현은 나아가서는 충을 다할 것을 생각하고 물러나서는 허물을 도울 것을 생각하는 인물로 천자와 조야(朝野)가 모두 그를 공경하고 의지한다. 때문에 간신들이 그를 꺼려 백방으로 비방하여 천자가 의심하자 방제현은 마침내 병을 칭탁하고 낙향한다. 그러나 방제현은 비록 조정 밖에 있으면서도 간신들이 전권(專權)하여 나라를 어지럽히는 것을 근심하여 마침내 상소를 올리는데, 이로 인하여 방제현은 가흥리로 귀양을 가게 된다. 이후 방제현의 무고함을 안 천자가 그를 해배(解配)하여 다시 불러들이지만 본래 벼슬에 뜻이 없는 방제현은 가속들을 거느리고 청주 가흥리에 정착한다. 여기서 방제현은 소인과 상합(相合)하지 못하여 낙향했다가, 천자에게 간신을 멀리 하라는 상소를 올리고 귀양을 갔다가 다시 해

배되는 등 정치적으로 부침을 거듭하고 있지만 그 모든 과정에는 정치적으로 뚜렷한 이유가 제시되지 않고 있다. 이러한 점은 특히 방제현을 귀양 보냈던 천자가 특별한 이유 없이 그를 해배하는 것에서 드러난다.

방제현은 가흥리에 낙향한 뒤로 부인 유씨(柳氏)와 함께 몸소 밭을 갈고 친히 베를 짜면서 생활을 하는데, 의식은 넉넉하나 나이 사십이 넘도록 자식이 없음을 염려한다. 이러한 절손에 대한 위기는 방제현이 길에서 얼어 죽을 뻔한 봉래산 백운화상을 구해주어 덕을 베풂으로써 해결된다. 방제현에게 은혜를 갚기 위해 백운화상은 봉래산 백운봉 아래에 삼간짜리 오두막을 지어 기자치성을 드리는데, 방제현은 이 덕분으로 황건역사가 한 선관과 네 선녀를 데리고 구름을 타고 와서 선관을 맡기는 꿈을 꾸고 방운을 얻게 된다.

지상계에서 방운의 십년 곤액은 방제현이 방운의 숙성함을 염려하여 관상을 보는 장처사에게 데려감으로써 드러나게 된다. 장처사는 방운의 상을 보고, 장차 장상(將相)이 될 것임과 본래 신선의 무리였음을 말한 후에 이름이 천하에 떨치고 귀함이 왕후(王侯)에 이를 것이나 십년 곤액이 있을 것임을 말한다. 곤액을 면할 방도를 묻는 방제현에게 장처사는 팔자진언(八字眞言)을 써서 주는데, 이 것은 나중에 방운이 밀라도의 해적 소굴에서 빠져나오는데 결정적인 도움이 된다.

방운의 십년 곤액은 방운의 나이 열네 살에 방상서가 봉래산 백운화상의 은혜에 보답하고 방운의 곤액을 기도드리기 위해서 봉래산으로 떠남으로써 시작된다. 방상서를 기다리던 방운모자는 해적의 노략을 피해서 산중으로 도망하는데, 모친을 위해 먹을 것을 찾으러 마을로 내려간 방운이 그의 비범함을 알아본 도적에게 끌려가게 된다. 그런데 도적 무리로부터 간신히 몸을 빼내어 돌아온 방운은 유씨 부인이 동악사 여승에게 구함을 받아 몸을 의탁하여 감으로써 양

친과 완전히 헤어지게 되고 부모를 찾아 헤매게 되는 본격적인 고난의 길로 접어들게 된다.

모친의 간 곳을 모르게 된 방운은 부친의 행적을 찾으러 봉래산으로 가는 길에 해적의 소굴인 밀라도(密羅島)에 갇히게 된다. 청주 경원리 양홍의 딸로 역시 이 섬에 잡혀와 있던 난향(蘭香)에게서 이 사실을 알게 된 방운은 공중으로부터 들려오는 소리를 듣고 장처사의 부적을 사용하여 위기에서 벗어난다.

그러나 봉래산 백운암을 찾아간 방운은 끝내 부친을 만나지 못하고, 굶주림과 추위를 이기지 못하여 깊은 산중으로 들어가 죽을 결심을 한다. 그러나 거기서 방운은 자신을 알아보는 도동(道童)들에게 이끌려서 영산도인(永山道人)을 만나 문하에서 수학을 하게 된다. 처음에 방운은 난을 평정하고 백성을 구제하는 대장부의 뜻을 말하는 영산도인에게 '난을 평정하고 백성을 구제하는 것은 바라지도 않으니 몸을 보전할 방도나 들려주십시오.81)'라고 하며 고난과 시련에 지쳐 무기력한 모습을 보인다. 이에 영산도인은 방운에게 대장부의 세 가지 길을 설명한 후에, 국가 내적으로는 간신이 전횡하여 장차 난리가 일어나려 하고 외적으로는 남만이 일어나려하는 정세를 설명하면서 제갈량(諸葛亮)의 재주와 관중(管仲)의 지모를 닦을 것을 촉구한다.

> 태평한 시대에 태어나면 요순의 성인을 도와 위계의 업을 도모할 것이요, 어지러운 세상에 태어나면 탕무 같은 임금을 도와 이윤이나 여상 같은 공을 세우는 것이 대장부라 할만하며, 그렇지 못한 즉 산림에 자취를 숨기고 파도에 갓끈을 씻어 선왕의 도를 강론하고…… 하면서 빈천을 근심하지 아니 하고 곤액과 곤궁을 걱정하지 아니하며 거친 밥에 물마시고 즐기며 그 속에 있는 것 역

---

81) "平亂濟民, 非敢望焉, 而願聞資身之策", 「봉래신설」, 466쪽

시 대장부의 일이라. 지금 방군은 이것에 하나라도 있는가…… 지금 간신이 조정에 있으면서 총명을 막아 위로는 원망하고 아래로는 반란을 일으켜 온 나라 안에서는 장차 난리가 일어나려 하고, 남만이 일어나고 동이가 때를 탔으니 손빈과 오기의 재략과 관중과 제갈량의 지모가 아니면 평정할 수 없는 지라. 지금 그대가 읽은 것은 무슨 책이며 이루어놓은 것은 무엇인가.[82]

마침내 수학(受學)한지 수개월 만에 장수로써 반드시 알아야할 천시지리진법(天時地理陣法) 곧, 변화지술(變化之術), 공수지책(功守之策), 훈련지법(訓鍊之法)에 정통(精通)하게 된 방운은 곤액이 다하고 부귀가 다가오려고 하니 세상을 유람하다가 때를 응하여 일어나 천하의 백성들을 구하라고 하는 영산도인의 명에 따라 하산한다. 그럼에도 불구하고 방운은 곧바로 과거에 급제하거나 군공을 세우지 못하고 두 번에 걸쳐서 고초를 겪으며 주소저와 형옥과 결연을 이룬 후에야 영웅적인 면모를 발휘하는데, 특히 주시랑의 지인지감에 의한 택서(擇婿)는 방운을 고난으로부터 구출하는 의미를 가진다.[83]

과거에 급제하여 한림학사를 제수 받은 방운은 남만(南蠻)의 난소흥의 모반밀라도 해적의 난 등 세 차례에 걸친 군담을 치른다. 이 중에서 I2차 군담은 지모 싸움과 도술전이 전개되어 군담 그 자체의 흥미가 부각되어 있고, 특히 1차 군담은 헤어졌던 주소저와 상봉하여 혼례를 치르고 그 시비 경월까지 첩으로 맞이하는 계기가 된다.

---

82) "生於太平之世, 則佑堯舜之聖, 而做魏契之業, 生喪亂之世, 則補湯武之君, 而成伊呂之功, 此之謂大丈夫也, 不然則逐跡山林濯纓滄浪, 講先王之道貧賤而不憂, 阨窮而無憫, 蔬食飮水, 樂在其中者, 亦大丈夫之事也, 今房君有一於是乎今奸臣在朝, 壅蔽聰明, 上怨下叛, 海內將亂, 南蠻伺釁, 東夷乘時, 非有孫吳之才略, 管葛之智謀, 不能底定, 今君所讀者何書, 所業者何事", 「봉래신설」, 466쪽
83) 결연에 의해서 영웅으로써의 입공과정이 지연되는 면모에 대해서는 다음 장인 III. 3에서 살펴보기로 한다.

그에 비해 3차 군담은 싸움다운 싸움도 전개되지 않고 간략하게 결과만 서술하고 끝난다. 대신 3차군담은 난향형옥과의 상봉, 모친과의 재회하는 등 앞에서 헤어졌던 사람들과 다시 만나는 계기로써의 의미가 보다 부각되어 있다.

⑦ 1차 군담 – 南單于의 침략

㉠ 방운이 적을 회유하기를 주장하는 신하들에 반대하며 출전을 자청하다.

㉡ 남선우가 호련개에게는 선공(先攻)을, 군지(軍志)에게 기습을, 정충(丁充)에게는 계곡에 나무를 쌓아두었다가 방운이 오기를 기다려 화공(火攻)할 것을 명하다.

㉢ 방운이 매복계를 써서 만병(蠻兵)을 무찌르고 호련개를 죽이다.

㉣ 방운이 영산도인의 풍우지부(風雨之符)를 써서 적의 화공을 물리치니 남선우가 달아나다.

㉤ 방운이 유진(留陣)하고 첩지를 올린 뒤, 수십기를 거느리고 운몽에서 사냥을 하다가 적에게 포위되다.

㉥ 방운이 포위를 벗어나지 못해 자결하려 하자 천태산(天台山)의 상환대사(上幻大師)가 와서 구해주고 매복계를 일러주다.

㉦ 방운이 상환대사의 말대로 운몽의 입구에서 병사를 매복하여 이기고 남선우에게 항복받다.

㉧ 방운이 대사마 대장군 겸 병부상서를 제수받고 회군하는 길에 평호(平湖) 정시랑의 집에서 주소저와 만나 혼례를 치르고 시비 경월을 첩으로 맞다.

㉯ 2차군담 – 소흥(蕭興)의 모반

㉠ 좌승상 소흥이 주소저와 더불어 혼인하지 못한데 대해 앙심을 품고 천자에게 방운을 모함하다가 도리어 좌천되자 모반하다.

ⓛ 방운이 자청하여 소흥을 제압하겠다고 나서다.

ⓒ 방운이 군사를 나누어 한 대는 매복시켜 놓고 한 대는 자신이 거느리고 남양산(南陽山) 위에 진을 친 뒤에 사향계를 써서 적의 선봉 석권의 군사를 몰살하다.

ⓔ 소흥이 비장을 시켜 익주(益州)에 방운을 묶어놓게 한 뒤에, 서울을 습격하자 천자가 동도(東都)로 파천하니, 소흥이 자칭 천자라 하고 방운의 집을 포위하다.

ⓜ 방운이 풍백(風伯)을 불러 경성에 이르러 단신으로 소흥을 사로잡고 집에 가서 부인을 구하다.

ⓗ 천자가 소흥을 거열(車裂)하여 죽이고 방운에게 이부상서 겸 좌우승상을 더하다.

ⓣ **3차군담 – 밀라도(密羅島) 해적의 난**

㉠ 밀라도 해적이 중국의 어지러움을 틈타 충주(充州)를 노략질을 하자 방운이 출전하다.

㉡ 방운이 밤에 군사들로 하여금 밀라도의 벽상에 써둔 시를 외게 하니 적장들이 놀라서 싸우지도 않고 항복하다.

㉢ 방운이 진영 밖에서 해적을 따라 출전한 난향과 상봉하고, 동악사에 유람가서 모친과 재회하고, 순천부에 들러서 형옥을 구출하여 돌아오다.

㉣ 방운이 초국왕을 제수받다.

세 차례의 군담 결과 처첩들과 함께 모친을 모시고 초국왕에 부임한 방운은 형산에서 사슴을 사냥하며 쫓아가다가 남악(南岳)의 보령사(寶靈寺)에서 부친을 만나게 된다. 이로써 방운의 영웅일대기는 사실상 끝이 나며 이후부터 방운 등이 다시 천상계로 돌아가기까지는 후일담에 해당한다.

3) 미인 결연담(結緣談)의 확대

방운의 영웅일대기에서 미인 결연담이 확대될 수밖에 없는 것은 주인공들의 적강사유에서부터 드러난다. 상희(相戲)와 신물교환(信物 交換)의 죄로 적강하게 된 주인공들은 지상에서 10년 곤액을 겪는 동시에 부부의 연을 맺는 것이 바로 벌이 된다. 따라서 지상계에서의 방운의 영웅일대기는 이러한 운수를 실현하기 위해 정옥, 난향, 경월, 형옥의 네 미인과의 결연이 모두 이루어지기까지 계속 반복되는 것이다.[84]

이러한 결연담의 반복은 방운의 영웅일대기를 지연시키는 역할을 한다. 일단 방운과 미인들의 결연은 방운이 부모와 헤어져서 고난을 겪는 과정에서 이루어진다. 따라서 결연이 모두 이루어지기까지 방운의 고난은 계속되는 반면 영웅적 입공은 지연되는 것이다. 방운이 과거에 급제하고 외적을 물리치는 군담의 영웅이 되는 것은 결연이 모두 이루어진 후부터 시작되며 방운의 고난도 여기서부터 완전히 끝나게 된다. 그런데 채란의 시비인 경월과의 결연은 다른 세 여주인공의 경우와는 다르다. 방운과 채란이 재회하여 혼인을 이루고 난 뒤에 채란이 함께 고생해준 은혜를 갚기 위해 방운에게 추천하는 식으로 이루어지기 때문에 경월과 방운의 사이에는 특별한 결연의 과정이 설정되어 있지 않다.

우선 난향과의 결연은 방운이 부친을 찾으러 봉래산으로 떠나는 길에 밀라도 해적에게 감금된 상황에서 이루어진다. 적강하기 전 정

---

84) 「봉래신설」에 남녀 결연담이 강조되어 있다는 것은 이미 박영희 앞의 논문에서 지적된 바 있다. 박영희는 이러한 남녀 간의 애정성취의 강조는 작가가 독자 대중의 흥미에 부합하기 위한 의도에 의한 것이라고 보았다. 본고는 이러한 측면 외에도 결연담의 강조와 그로 인한 영웅일 대기주조의 지연이라는 측면에 주목하였다.

옥의 시비 금연이었던 난향은 청주 경원리 촌민인 양흥의 딸로 나이 열 살에 도적에게 잡혀 와서 사 년 째 밀라도에 머물고 있던 것으로 되어 있다. 여기서 난향은 밀라도가 도적의 소굴인지 모르고 있는 방운에게 위험을 알려줌으로써 원조자의 역할까지 한다. 또한 난향은 하룻밤을 함께 보낸 후에 방운이 장처사의 주문을 써서 철벽을 열고 함께 빠져 나가려 하자, 자기까지 따라간다면 둘 다 목숨을 보전할 수 없으니, 훗날 다시 만날 때까지 기다리겠다, 하며 적극적인 면모를 보인다.

> 천첩이 황천의 도움을 입어 남은 목숨을 보전하여 다시 인간 세상에 나가 공자께서 뜻을 얻으신 후에 멀리하시지 않으신다면 첩은 마땅히 머리를 봉하여 기다릴 것입니다. 바라건대 공자는 다행히 빠져나갈 길을 얻으시면 아녀자를 생각지 마시고 귀한 몸을 스스로 돌보시어 첩의 구구한 소망을 이루어 주십시오.[85]

채란과의 결연은 방운이 영산도인에게 수학을 마친 후에 때가 다가오려 하니 하산하라는 명을 받고 다시 걸식하며 다니다가 주시랑의 지인지감에 의해 사위로 발탁되면서 이루어진다. 그러나 채란과의 결연은 앞서의 난향과의 결연과는 달리 주시랑의 집안과 현실적으로 몰락한 상태인 방운의 집안 사이의 신분 차이로 인해 갈등을 야기한다. '우리 집안의 형편으로 우리 딸에게 사위가 없을까, 하여 무슨 걱정으로 천하고 의탁할 곳 없는 사람으로 짝을 삼는단 말입니까.[86]'라며 반대하던 주시랑의 부인과 아들 형제는 주시랑이 별세하자 방운을 박대하여 방운으로 하여금 주시랑의 집을 떠나게 만든다.

---

85) "使賤妾皇天之冥祐, 以保殘命, 復出於人間, 而公子得志之後, 不爲退棄, 則妾當封髮以待矣, 伏願公子, 幸得出之路, 則勿以兒女爲念, 自愛萬全之資, 以副妾區區之望也",「봉래신설」, 464쪽
86) "以吾家勢, 以吾女息, 何患無婿, 而配之以寒賤無依之人乎",「봉래신설」468쪽

따라서 채란과의 결연은 주시랑이 방운을 고난으로부터 구출한 결과 이루어진 것이지만 신분차이로 인한 혼사장애 때문에 방운에게는 새로운 고난이 되고 있다고 할 수 있다. 한편 채란은 방운이 모친의 박대를 받으면서도 주시랑의 은혜와 자신과의 인연에 연연하여 떠나지 못하자 편지를 보내어 주시랑의 집을 떠나서 뜻을 사방에 펼 것을 촉구할 정도로 결단력 있는 면모를 보여준다.

제가 듣기로 남자는 사방에 뜻을 둔다 하였는데, 방군께서는 장부의 뜻과 기운을 굽히어 주인의 소홀히 대함을 받으며 탄식하는 소리가 입에서 일찍이 끊어진 적이 없고 고통스런 기운이 얼굴에 드러나나 오히려 연정에 매여 주저하며 가지 않는 것은 다만 아녀자 때문입니다. 바라건대 공자께서는 동서남북 지나는 곳에 뜻을 두시어 큰 뜻을 펼쳐 천리의 뛰어난 재주를 펴신 즉 저는 마땅히 눈으로는 이별하나 맹세컨대 머리카락을 봉하여 기다리겠습니다. 방군께서 아녀자를 돌아보시어 구구함을 지키신다면 저는 스스로 죽어 대장부의 매인 연정을 끊고자 합니다.[87]

방운의 세 번째 결연은 주시랑의 집을 떠난 방운은 다시 사방을 떠돌아다니다가 순천부(順天府)에 이르러 이름을 계연(桂然)이라고 바꾸고 고을 아전 장홍(長洪)의 집에 종이 되면서 이루어진다. 이때 방운의 처지는 주시랑의 집에 의탁할 때보다 더욱 몰락해 있음을 알 수 있다. 방운은 부모와 주소저를 생각하다가 화원에서 잠이 드는데, 형옥이 한 마리 용이 화원에서 하늘로 오르는 몽조(夢兆)를 얻고서 화원에 나왔다가 자신의 비범함을 알아보고 금가락지를 채우고 돌아

---

87) "妾聞, 男子有四方之志, 房君屈丈夫之志氣, 受主人之疏忽, 嗟歎之聲, 未賞不絶於口, 愀苦之氣, 未賞形於面, 而猶有係戀, 盤桓不去者, 徒以兒女之故也, 伏願公子, 東西南北惟意所適, 奮圖南之鵬翼, 展千里之驥足, 則妾欲自截以斷, 丈夫係戀之情也",「봉래신설」469쪽

감으로써 두 사람의 결연은 이루어지게 된다.

> 공자의 모습을 보니 오래지 않아 다른 사람의 아래에 있을 분이
> 아닙니다. 족히 저의 한 몸을 의탁하니 여자가 먼저 청혼하는 것
> 이 비록 불가하다 하나 어찌 한때의 작은 일을 꺼려서 백년의 큰
> 절개를 펴지 못하겠습니까. 훗날 공자가…… 천첩을 잊지 않으신다
> 면 저의 영화가 족할 것이요, 받은 것이 많겠습니다.88)

그런데 난향과 마찬가지로 형옥 역시 자신의 배필을 스스로 선택
하여 자신의 일신을 의탁하기를 청하는 적극성을 보여준다. 이는 형
옥과 난향이 사대부가의 딸인 채란과는 달리 각각 중인인 아전과 촌
민의 딸이라는 신분의 차이를 고려한 설정으로 보인다.

이렇게 볼 때 「봉래신설」에서의 결연담은 비록 반복에 의해 강조
되어 있다 할지라도 방운의 영웅일대기에서 보면 고난의 일부에 지
나지 않는 셈이다. 그러나 이러한 결연성취의 과정은 여성주인공들
의 입장에서도 역시 고난의 과정이 된다. 모든 여성 주인공들은 애
정의 성취를 위해 고난을 겪거나 외부에서 가해지는 압력에 대해 죽
음으로써 저항하는 모습을 보여준다.

채란은 방운이 떠난 후에 소흥의 늑혼(勒婚) 위협을 받게 된다.
본래부터 방운을 반대했던 모친과 형제들은 소흥의 청혼을 부귀영화
를 도모할 수 있는 기회로 여기고 채란에게 소흥 집안과의 혼인을
강요한다. 그러나 채란은 방운과의 혼약(婚約)을 지키기 위해 단호하
게 거절하는 모습을 보여준다.

---

88) "視公子形貌, 非不下於人者也, 足以托婢子之一身, 而女子(손상), 曰, 不
可嫌一時之小事, 而不伸百年之大節乎, 且此地非公子久留處也他日公子
(손상) 馳天下, 倘不忘賤妾於車塵馬跡之間, 妾之爲榮足矣, 受賜多矣", 「
봉래신설」, 473쪽

미천한 자식이 비록 상을 받드는 행동이 없고 절개를 지키는 행실을 잘 알지 못하나 부친께서 이미 미천한 자식을 방군에게 부탁하였으니 어찌 부귀와 빈천으로서 두 마음을 품겠습니까.[89]

채란의 거부에도 불구하고 모친인 호씨는 '너는 단지 부친의 망령된 명만 믿고 어미의 말은 따르지 않는 것이냐.[90]'라고 하며 어미로써의 권위를 내세우며 강요하자 채란은 '진실로 어머님의 말과 같다면 나는 죽겠습니다.[91]'라며 죽음으로써 저항한다. 이에 호씨와 채란의 형제들은 채란에게 알리지 않고 혼례를 감행하겠다는 계획을 세우는데, 채란은 부친의 현몽을 통해 이 사실을 알고 경월과 함께 도망친다. 부친의 지시대로 남쪽을 향해 가면서 사대부가의 규수로써 채란이 겪는 고초는 자결을 결심하는데서 극대화된다. 그러나 채란은 부친의 몽중 지시를 받은 고모인 정시랑 부인에 의해 구출을 받고 남만의 난을 평정하는 길에 정시랑의 집에 들린 방운과 마침내 혼인을 하게 된다.

그런데 채란과 방운의 혼인은 정치적인 문제까지 야기한다. 소흥은 방운이 남만의 침입을 물리치고 회군하는 길에 채란과 혼인하자 앙심을 품고 천자에게 모함을 한다. 그러나 천자가 자신의 말을 들어주지 않고 오히려 자신을 검남 절도사로 강등시키자 마침내 모반을 한다. 소흥은 방운이 자신을 진압하러 출전하자 군대를 둘로 나누어 한 쪽으로 방운을 상대하게 하고 그 사이에 자신은 나머지 군사를 이끌고 가서 황성을 점령하고 방운의 집을 핍박한다. 소흥의 모반은 결국 방운 개인의 힘으로 진압되지만 채란과 방운의 혼인은 단지 개인간의 문제만이 정치적 대결과 체제의 위기를 초래할 정도

---

89) "賤息, 雖之擧案之行, 粗知守節之行, 大人旣以賤息付託於房君, 則何可以富貴貧賤, 有二其心", 「봉래신설」, 470쪽
90) "汝只信乃父之亂命, 不從乃母之言也", 「봉래신설」, 471쪽
91) "誠如母之言, 吾死決矣", 「봉래신설」, 471쪽

로 정치적인 문제로 확대되고 있음을 볼 수 있다.

난향은 방운이 밀라도를 탈출한 후에 점점 장성하여 몸이 더럽혀질 위기에 처한다. 이에 난향은 적도의 소굴에서 정절을 지키기 위해 칭병하고 혹은 미친 체 하고 혹은 벙어리인체 하며 몸을 보전한다. 난향과 방운의 재회는 용녀가 전해준 거문고 곡조를 통해서 이루어진다. 밀라도 해적들은 나라가 어지러운 틈을 타서 모반을 하는데, 난향은 자기가 한 선녀에게 거문고와 환약을 받았으니 공을 이룰 수 있다고 적도들을 속여서 함께 출전을 한다. 밀라도 해적들이 방운이 외는 시귀를 듣고 싸우지도 않고 항복해버리자, 난향은 진영 밖에서 거문고를 연주하며 방운이 헤어질 때 자신에게 주었던 시를 노래하다가 방운을 다시 만나 결연을 성취하게 된다.

형옥은 여주인공 가운데서 방운과의 인연을 지켜내기 위해 가장 심한 고초를 겪는다. 형옥은 방운을 떠나보낸 후에 부친이 공금을 유용한 죄를 대속(代贖)하기 위해 순천부의 관노가 된다. 그런데 형옥이 자신의 미모를 탐낸 순천부사의 수청요구를 거부함으로써 형옥의 고난은 시작된다.

> 소녀가 듣기로 충신은 두 임금을 섬기지 아니하고 열녀는 두 지아비를 바꾸지 않는다 하였습니다. 제가 비록 비천하기는 하나 이미 다른 사람과 백년의 약속이 있으니 의로도 도중에 길을 바꿀 수는 없습니다. 만약 부귀로써 그 지조를 바꾸고 위세와 무력으로써 그 뜻을 굽힌다면 맥상(陌上)의 지조는 어찌 들린 수 있었겠습니까?[92]

---

92) "小女聞之, 忠臣不事二君, 烈女不更二夫, 小女雖曰, 卑賤, 旣與他人有百年之約, 則義不可中道改路, 若以富貴而易其操 威武而屈其志, 則陌上之操, 何由以得聞", 「봉래신설」, 473쪽

형옥의 뜻을 굽힐 수 없음을 안 부사가 위세로써 위협하고자 매를 치고 옥에 가두지만 형옥은 '하늘이 무너져도 이 마음은 변하지 않을 것93)'이라며 굳은 마음을 보여준다. 오년 동안 옥에 갇혀 있던 형옥은 마침내 밀라도의 해적을 평정하고 회군하는 길에 들린 방운에게 구출됨으로써 마침내 결연을 성취하게 된다.

─────────────

93) "皇天可墜, 此心不變", 「봉래신설」, 473쪽

Ⅳ

조선후기 통속적 한문소설의
서사적 특성

1. 국문영웅소설의 서사구조 지향

1)「장풍운전」의 서사적 특징 수용

앞에서 살펴본 바와 같이 「김진진」과 「봉래신실」은 국문영웅소설의 영웅일대기구조를 기반으로 하고 있다. 그런데 이 두 작품은 정적과의 지속적인 대결이나 충의 문제보다도 가정에서의 분리와 복귀 과정, 남녀결연의 문제를 중심으로 하고 있다는 점에서 국문영웅소설 중에서도 특히 「장풍운전」과 유사하다. 「장풍운전」은 국가 단위의 충과 렬의 문제보다는 가족 혹은 가정의 문제에 보다 관심을 기울이고 있는 작품이다.[94] 정치적 적대세력과의 대결이 주인공의 부친의 대에서부터 주인공의 대에 이르기까지 지속적으로 문제의 핵심

이 되는 「유충렬전」이나 「조웅전」과는 달리 「장풍운전」에서는 풍운
의 부친 장희가 한림인 조후의 참소에 의해 삭탈관직하고 고향에 돌
아와 농사를 짓게 되었다고만 되어 있고 무슨 이유에서 참소를 당했
는지에 대해서는 밝혀져 있지 않다. 또한 장희는 가달의 난이 일어
나자 다시 좌승상 조전의 추천으로 변방의 진무사로 등용되게 되는
데 이때에도 장희를 일시적으로 실세케 만들었던 한림 조후에 대한
어떠한 징치도 이루어지지 않는다. 따라서 「장풍운전」은 정치적 갈
등이나 대결은 존재하지 않으며 일시적인 정쟁만이 존재할 뿐이며
이러한 일시적인 정쟁에 의한 장희의 정계로부터의 낙향과 복귀는
풍운과 장희가 분리되는 일종의 계기로써만 기능하게 된다.

「장풍운전」 연구에서 일반적으로 기본 텍스트로 다루어져 왔던 구
활자본의 경우 작품의 흥미는 두 가지 점에 집중되어 있다고 할 수
있다. 한 가지는 주인공 풍운이 부모로부터 분리되어 고난을 겪다가
과거에 급제한 후에 다시 차례로 부모와 상봉하는 과정에 있고, 다
른 한 가지는 풍운이 부모와 분리되어 떠돌아다니는 과정에서 이경
패, 왕부용, 원황화의 순으로 여러 여인들과의 결연을 성취하는 과정
에 있다. 「장풍운전」의 이러한 서사전개상의 특징은 작품에서 풍운
의 운명이 '십셰젼에 부모를 리별ᄒ고 타향에 유리포박ᄒ다가 이십
에 등과ᄒ야 부모를 다시 만나고 부귀와 공명이 텬ᄒ에 읏듬이 될
것이오 삼쳐이쳡의 육자오녀를 두리니 가장 조흐나 초분을 도망키
어렵도소이다.'[95])에 함축적으로 나타나 있다. 여기에서 보듯이 풍운
의 운명은 부모와 헤어졌다가 다시 만나는 과정과 삼쳐이쳡을 두는
데에 집중되어 있음을 알 수 있다.

전자의 측면에 의해서 작품의 서두 부분에서는 주인공의 이별 수

---

94) 이에 대해서는 서인석, 「고전소설의 결말구조와 그 세계관」, (『국문학연구』
   66, 1984)과 이창헌「장풍운전」(『한국고전소설 작품론』, 1990) 참조.
95) 「장풍운전」, 『구활자본 고전소설전집』 31, 2-3쪽

에 대한 강조가 두드러진다. 부친 장희가 풍운이 너무 숙성함을 념려하여 풍운을 절강땅의 양진인이라는 사람에게 데려가서 길흉화복을 점치게 하니 이별수가 목전에 있음을 알게 된다. 이별수에 대한 강조는 바로 풍운이 부모와 분리되었다가 다시 재회하는 과정이 이 작품의 핵심임을 서두에서부터 드러내주고 있다.

이러한 이별수를 극복할 수 있도록 하는 것이 바로 신물(信物)이다. 양부인은 혹시 풍운에게 이별수가 있을까를 염려하여 시랑에게 권해 풍운의 생년월시를 써서 금낭에 넣어 옷깃에 감추어 두고 장희가 가달을 평정하러 떠나면서도 풍운에게 자기가 찼던 장도를 채워주고서야 비로소 떠난다. 이는 풍운이 가족으로부터 분리되었을 때 서로를 확인하기 위한 것이다. 금낭에 든 생년월시와 장도는 각각 풍운이 모친과 부친과 재회하는데 신물이 되며 이로 인해 해체된 가족은 다시 회복되게 된다.

후자의 결연담은 일반적인 영웅소설의 유형논의를 고려할 때, 다른 영웅소설 어디에서도 찾아보기 어려울 정도로 확대되어 있음을 볼 수 있다. 이때, 후자는 전자와 긴밀히 연관되어 있음을 볼 수 있는데, 이경패, 왕부용, 원황화 세 여인 중에서도 가장 비중 있게 서술되고 있는 이경패 와의 결연은 풍운이 모친과 상봉하는 자리에서 다시 재회하여 비로소 완전히 성취하게 된다. 최근의 연구에서 새롭게 조명을 받고 있는 방각본과 필사본의 경우는 천자의 사혼(賜婚)에 의해 경패와 동등한 위치를 차지한 유씨의 음해로 인해 경패가 고난을 겪는 과정에 중점이 주어져 있는데, 이는 전반부에서 경패가 호씨의 위해를 극복하고 풍운과의 결연을 성취하는 과정의 연속이라고 할 수 있으며, 역시 가정문제에 속한다는 점에서 「장풍운전」의 전체적인 성격으로부터 벗어나지 않는다.

「김전전」과 「봉래신설」은 위와 같은 「장풍운전」의 특징을 그대로 보여주고 있으며 특히 세부의 서사전개에서조차 거의 일치하고 있

다. 다만 「김전전」은 「장풍운전」에 비해 부모와의 상봉과 남녀결연의 두 과정이 보다 축소되어 있고 「봉래신설」은 가족의 해체의 정도가 심화되어 있고 남녀결연 과정에서는 디테일상의 확대를 보여준다는 차이점을 지닌다.

먼저 「김전전」은 김전의 부친 김할이 일시적인 정쟁에서 패배하여 낙향하기까지의 과정이 「장풍운전」에서보다는 상세하게 서술되어 있음을 볼 수 있는데, 4페이지에 걸쳐서 적대자에 대한 성격묘사, 실세의 이유와 과정, 삭탈관직 되어 문외출송 되기 전에 천자가 친국을 하고 김할이 여기에 항변하는 과정이 모두 서술되어 있다. 권신인 우승상 최자성은 유도(儒道)를 가까이 하지 않고 비략(秘略)을 숭상하여 천자에게 아첨하며 어진 이를 질투하고 유능한 이를 시샘하여 단지 스스로의 명성에만 힘쓰고자 하는 자로 김할의 명성을 시기하여 꺼리는 인물로 묘사되어 있다. 김할이 실세하게 되는 결정적인 계기는, 간신이 득세함을 근심하여 친구인 허욱과 함께 낙향할 것을 의논한 것을 심부름꾼을 통해서 안 최자성이 천자에게 무고하면서부터 이다. 좌승상 허연의 조사로 사실이 아님이 드러났음에도 불구하고 천자는 친국하여 김할의 목을 베고자 한다. 이에 김할은 조금도 굴하지 않고 자신을 충신인 비간에 비유하고 천자를 간신의 음해에 넘어가 충신 오자서에게 촉루검을 보내어 자결케 했던 오왕(吳王) 부차에 비유하며 항변하고 있다. 김할이 만약 형벌을 받는다면 신하들은 두려워하고 모든 신하들은 이로부터 충성심을 잃을 것이라며 극간하는 좌승상 허연에 의해 일은 김할의 참수로까지 진행되지 않고 관직을 깎고 문외출송(門外出送)되는 것으로 마무리 된다.

그런데 「김전전」은 이에서 끝나지 않고 남만의 침입을 계기로 적대자 최자성이 천자에 의해 징치되는데 까지 이른다. 그러나 이때의 징치는 천자가 스스로 최자성의 죄상을 인식하고 나서 이루어지는 것이 아니라 직접 남만의 침입을 막아야 하는 군사들의 움직임을 매개로 해서 이루어진다. 남만이 장차 서울을 범하려 하자 천자가 십만 병사를 내어서 막으려 하였으나 군사들이 애써 싸우지 않으므로 뜻을 이루지 못하게 되자 비로소 최자성을 군문에서 목을 베고 김할을 다시 불러들이게 되는 것이다.

그러나 이렇게 「김전전」에서 정쟁의 문제가 「장풍운전」에 비해서 그 과정이 보다 자세하게 서술되고 있고 적대자의 징치로까지 이르고 있다고는 하지만 이러한 확대가 「유충렬전」에서처럼 지속적인 '대립'으로서 작품의 주제를 이루고 있지는 않다.96) 이러한 과정은 단지 김할의 정계로부터의 낙향과 복귀 과정이 배경을 이루고 있는데 지나지 않으며 이를 통해 김할과 김전 간의 분리의 계기가 마련되고 있다는 점에서는 「장풍운전」과 차이가 없다.

「장풍운전」은 먼저 부친이 가달의 난을 평정하기 위해 풍운 모자로부터 분리되고, 난리 중에 풍운이 적도들에게 끌려감으로써, 또한 모자가 헤어지게 되는데, 모친은 모친대로 이미 불타버린 집으로 돌아가지 못하고 단원승방에 의탁하게 되고 풍운은 풍운대로 적도에게 버려져서 떠돌아다니게 된다. 따라서 풍운의 가족 구성원은 그 구성원 하나하나가 완전히 해체되는 양상을 보여주는 것이다. 반면에 「김전전」에서는 부친 김할이 남만의 난을 평정하기 위해 김전 모자로부터 분리되고, 난리 중에 적도들에게 김전이 끌려감으로써 모자가 이별하게 되나 곧 모친은 집으로 돌아가 남만을 평정하고 청기자사로 부임하는 길에 들른 김할과 상봉하게 된다. 따라서 「김전전」은 가족 구성원 하나하나가 해체되었다가 재편되는 과정이 아니라 가족으로부터 분리된 김전이 다시 가족과 재회하는 과정을 보여주고 있는 작품이라고 할 수 있다.

「김전전」에서 부친 김할과 모친은 일시적으로 헤어졌다가 곧 재회

---

96) 이에 대해서는 임치균 「유충렬전」, (『한국고전소설작품론』, 1990) 참조

하고 김할이 부람태수로 부임하고 난 뒤에도 인편을 통해 서로의 소식을 전할 수 있는 상태였기 때문에 부부간의 분리는 일어나지 않는다. 따라서 김할과 김전의 상봉은 곧바로 모친과의 상봉으로 이어지게 된다. 이 때문에 김전은 과거에 급제한 후에 김할이 신장원을 보고자 불러들인 자리에서 서로를 확인한 후에 다시 모친을 찾는 과정 없이 바로 자신이 과거에 급제하고 부친을 만나게 되기까지 은혜를 베풀어준 사람들을 찾아다니며 사례하러 다니게 된다. 먼저 팽봉의 위승상 묘에 가서 제문을 지어 소분한 후에 설씨 집을 방문하여 사례하고 금릉 허욱의 집을 방문하여 잔치를 베풀어 사례한 후에야 비로소 김전은 절강부 옛집으로 돌아가 모친과 상봉하게 된다.

그런데 「김전전」에는 주인공 김전에게 군담이 설정되어 있지 않다. 이는 과거를 보는 과정이 없이 단지 군담을 통해서 적대자를 제거함으로써 실세를 회복하기 때문에 군담이 서사전개상 필수적인 「유충렬전」 유형과는 달리 군담이 부모와 상봉하는 계기라는 기능적인 의미를 가지는 「장풍운전」 유형에서는 군담이 필연적인 것이 아니기 때문이다.

남녀결연의 축을 보면 「김전전」에서는 김전과 형옥과의 결연담만 설정되어 있다. 이는 「장풍운전」의 결연담 중에서 풍운과 경패와의 결연담에 해당하는데 그 이유는 일단 두 가지로 생각해 볼 수 있다. 우선 풍운과 경패의 결연담이 작품의 전체 서사에서 차지하는 비중이 다른 경우보다 더 크다는 점에 있다. 우선 결연의 상대자인 경패가 작품에서 차지하는 비중이 상당하다는 점을 들 수 있다. 경패의 삶은 풍운처럼 영웅일대기의 구조로 완전히 도식화 할 수 있는 것도 아니고 풍운의 삶에 종속되어 있는 것이기는 하지만 풍운 못지않은 고난을 겪고 있다. 풍운이 호씨의 박대를 못 이겨 집을 나간 후에 이전부터 호씨의 살해 음모에 시달리던 경패는 이번에는 호씨의 늑혼 위협을 못 이겨 집을 떠나게 된다. 집을 나선 경패는 '몸이 곤한

지라 즈란을 마을에 보닉여 비러 요긱흐고 아모딕로 갈 바를 아지 못흐야 노쥬 셔로 붓들고 울다가 곤핍하야 잠간 조으더니'97)에서 보이듯 고난을 겪다가 부친의 현몽에 의해 단원승당으로 찾아가게 된다. 이후 경패는 풍운 모친의 상좌가 되어 의탁하다가 풍운이 이별시에 신물로 준 옷과 옷깃에 감춰둔 생년월시가 든 금낭으로 서로가 자부 관계임을 확인하게 되고 서달의 난을 평정하고 회군하는 길에 들른 풍운과 비로소 재회하게 된다. 이처럼 경패는 풍운의 다른 결연자들과는 달리 집을 떠나 고난을 겪은 끝에 직접 풍운의 모친과 상봉하고 있고 이러한 과정은 풍운이 모친과 재회하는 과정과 긴밀히 연결되어 있다. 이처럼 작품에서 경패가 차지하는 비중에 의해 남녀결연의 과정에서 쉽게 발견되는 혼사장애주지 역시 경패에게만 설정되어 있다.

또한 경패와의 결연담과 관련하여 풍운이 이운경의 지인지감에 의해 구출되어 그의 사위가 되었다가 경패의 계모 호씨의 박대로 인해 그 집을 떠나 다시 떠돌아다니게 되는 과정은 지인지감화소 또는 가난한 사위 박대형이라 하여 수많은 고소설 작품들에 삽입되어 있을 정도로 당대에 널리 회자되고 인기를 끌었던 화소라는 점을 들 수 있다. 같은 방각본 영웅소설로서 이른바 「장풍운전」 유형을 이루는 「소대성전」, 「장경전」이나 그 외에 「낙성비룡」, 「신유복전」, 「영이록」, 「박씨부인전」 등에도 똑같은 화소가 삽입되어 있다. 이러한 두 가지 점에서 「김전전」이 다른 부분에서는 「장풍운전」과 거의 유사한 서사전개를 보이면서도 남녀결연담에 이르러서는 풍운과 경패의 결연에 해당하는 김전과 형옥과의 결연담만으로 축소되어 있는 양상이 설명될 수 있을 것이다.

「봉래신설」에서는 방운의 부친인 방상서의 낙향과정이 「장풍운전」

---

97) 「장풍운전」, 13쪽

에 비해서도 더욱 간략하게 되어 있다. 여기에는 뚜렷한 적대자의 참소도 없고 삭탈관직 되어 문외출송 되는 과정도 없다. 단지 벼슬이 이부상서에 이르렀던 방상서가 간신의 해악을 말하니 '여러 소인배들이 그를 꺼리고 싫어하여 백방으로 비방하니 천자가 또한 그를 의심하여 예(禮)의 뜻이 어둡고 멀어'[98]져 마침내 병을 칭탁하고 고향으로 돌아와 문을 닫고 두문불출 하였다고만 되어 있을 뿐이다. 또한 방상서는 낙향한 이후로는 다시 정계로 복귀하지 못했다는 점을 함께 고려한다면 이는 대신 「봉래신설」이 「장풍운전」이나 「김전전」에 비해서 오히려 가족의 해체와 재회 문제에 더욱 집중하고 있다는 반증이 될 수 있다.

「봉래신설」은 「장풍운전」에 비해 부자간의 분리의 계기가 다르다. 방운의 부친 방제현은 오랑캐의 난을 평정하기 위해 천자의 부름을 받고 다시 상경하는 것이 아니라, 방운을 얻도록 봉래산에서 백운암을 짓고 대신 기자치성을 드려준 백운화상의 은혜에 보답코자 방운 모자와 이별하고 봉래산으로 떠나게 된다. 그러나 백운화상을 만나지 못하고 돌아온 방상서는 적화(賊火)에 이미 집이 소실되고 방운 모자가 간 곳이 없음을 발견하게 되고 한 노인의 현몽에 의해 남악 보령사 법운대사에게 구함을 받아 의탁하게 된다. 방운 모자의 분리는 해적의 노략질이 계기가 되는데, 피난도중에 방운이 모친의 주림을 걱정하여 먹을 것을 구하러 마을에 내려왔다가 방운의 비범함을 알아본 도적에게 잡혀가게 된다. 방운은 곧 풀려나나 이미 방운이 잡혀갔다는 것을 피난가던 사람에게서 전해들은 모친은 동악사 여승에게 구함을 받아 의탁하게 되는데, 이로써 방운은 모친을 잃고 헤매게 된다.

그런데 「봉래신설」은 주인공 가족의 해체 정도가 「장풍운전」 보다

---

98) "群小嫌忌嫉之, 誹謗百端, 天子亦疑之, 禮意寢疎", 「봉래신설」, 457쪽

더 심화되어 있다. 「장풍운전」에서는 풍운의 부친 장희는 가달을 평정하여 부람태수를 제수 받고 풍운 모자의 생사를 모르게 되자 부임지에서 진씨를 재취하여 다시 한 가족을 이루고 살게 된다. 장희는 부람태수라는 지위를 갖고 있기 때문에 전의 가족이 해체되자마자 곧 새로운 가족을 구성할 수 있는 능력을 소유하고 있는 것이다. 그렇기 때문에 장희 스스로는 가족의 해체로 인해 떠돌아다니거나 다른 이에게 의탁하는 고난의 대상자가 되지 않는다. 반면에 「봉래신설」의 방상서는 낙향한 뒤로는 다시 환로에 오르지 못했기 때문에 가족의 해체를 극복할 방도를 달리 갖고 있지 못하다. 따라서 한 노인의 현몽대로 남쪽으로 가면서 주리고 곤함을 겪게 되는 것이다.

해체된 가족은 방운이 밀라도 해적의 난을 물리치러 출전했다가 회군하는 길에 들린 동악사에서 모친을 만남으로써 부분적으로 회복된다. 방운은 동악사에서 모친의 곡성을 듣고 나서 연고를 확인하다가 결정적으로 모친의 수품(手品)인 자신의 아이적 옷을 신물로 모자관계를 확인하게 되는데, 이러한 과정은 「장풍운전」에서 풍운이 모친 양씨와 재회하는 과정과 동일하다.

방운은 모친을 모시고 처첩을 거느리며 초국왕에 부임함으로써 새로운 가족을 만들게 되지만 부친을 찾지 못했기 때문에 이러한 새로운 가족의 형성은 완전한 것이 되지 못한다. 「봉래신설」은 가족의 해체 정도가 「장풍운전」 보다 훨씬 심화되어 있기 때문에 서달의 난을 평정하고 회군하는 길에 차례로 모친과 부친을 찾게 되는 「장풍운전」의 경우와는 달리 부모 찾기의 과정은 한꺼번에 완수되지 않는다.

모친과의 재회는 군담이 그 직접적인 계기가 되었지만 부친 방상서와의 재회는 이러한 계기가 없기 때문에 다분히 우연성이 개입된다. 일단 초국왕에 부임하여 불완전하게나마 가족의 형태를 갖추게 된 방운은 사냥감으로 쫓던 사슴을 따라 남악 보령사까지 이르게 되고 그 곳에서 마침내 부친과 재회를 하게 된다. 또 이때 방상서는

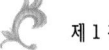

꿈에 기린을 보고 방운과 만날 징조임을 알게 되며 방운의 등에 있는 삼태흑자(三台黑子)를 보고 아들임을 확인한다. 그러나 이러한 점에 대해서는 앞에서 아무런 설명이 없었던 것으로 여기에 와서 갑자기 친자확인의 증거로 제시되었다.

남녀 결연의 축을 보면 「봉래신설」은 「장풍운전」에서 경패와 원황화에 해당하는 채란과 형옥과의 결연이 설정되어 있다. 채란은 사대부가의 여성이라는 점, 부친의 지인지감에 의해 방운과 결연한다는 점, 부친의 별세 이후 모친의 늑혼 압력에 시달리다가 집을 나서서 고난을 겪는다는 점에서 경패와 동일하다. 그러나 방운과의 결연에 있어서 적대자가 되는 모친이 계모가 아니라는 점, 늑혼의 위협자였던 소흥이 나중에 방운의 정치적 적대자로 등장한다는 점, 집을 나선 채란이 방운의 모친이 있는 동악사에 의탁하는 것이 아니라 부친의 현몽으로 고모인 정시랑 부인 댁에 의탁했다가 나중에 방운과 재회한다는 점 등이 다르다.

한편 형옥은 순천부 아전의 딸로서 중인계층이라는 점에서 부상(富商)의 딸인 원황화의 경우와 동일하다. 그러나 「장풍운전」에서 왕부용에게 설정되어 있던 용이 후원에 깃들어 있는 꿈을 꾸고 지환을 상대에게 채워주어 결연을 이루는 혼사장애(婚事障碍)가 형옥에게 설정되어 있다는 점에서 형옥은 왕부용과 원황화의 특징을 함께 가진 인물이라는 점을 알 수 있다.

그런데 형옥과의 결연 장면은 「춘향전」식으로 확대되어 있다. 그러나 사설까지 「춘향전」처럼 판소리조로 확대되지는 않는다. 방운이 떠난 후에 형옥은 공금을 유용한 아비의 죄를 속하기 위해 관비가 되는데, 순천부사가 형옥의 미모에 반하여 수청을 강요하게 된다. 그러나 형옥은 '忠臣不事二君, 烈女不更二夫'라고 하며 거절한다. 이는 완판본 「춘향전」에서의 춘향의 항변과 동일하고 순천부사-형옥-방운 사이의 삼각구도 역시 「춘향전」과 동일하다. 「춘향전」이 인

기를 끌게 되면서 19세기에 오면 춘향전식의 갈등구조가 다른 작품
에서도 중간에 삽입되는 것을 볼 수 있는데, 「봉래신설」 외에도 같
은 영웅소설인 「장경전」에서도 주인공 장경과 기생인 초운, 신임부
사 마등철 사이의 갈등구조를 볼 수 있다. 그런데 「봉래신설」과 「장
경전」에서는 「춘향전」식의 삼각 갈등구조가 영웅일대기구조에서도
주인공이 고난을 겪는 도중에 여성과 결연을 하게 되는 부분에 삽입
되어 있다는 점에서 특이한 양상을 보인다고 할 수 있다.

  방운이 3차군담 후에 순천에 들러서 형옥을 구출하는 부분 역시 「춘
향전」에서 이몽룡이 춘향을 구출하는 장면과 유사하다. 방운은 순천
부에 가서 형옥을 불러내어 바로 자신을 밝히지 않고 자신의 수청을
들겠느냐며 형옥의 지조를 시험한다. 형옥은 이에 '만약 부귀함으로
써 사모하고 가난하고 천함으로써 버린다면 세상에 어찌 충신과 열
녀가 있겠99)'느냐며 죽어도 정절을 꺾을 수는 없다고 한다. 이에 형
옥의 지조를 확인한 방운은 비로소 헤어지는 날 형옥에게서 받았던
금환을 내어주며 서로를 확인하게 된다. 또한 방운은 죄를 청하는
순천부사에게 '관리로서 색계(色界)에 빠졌으니 그 허물이 없을 수
없으나 어찌 여자의 일로 국가의 관리를 제멋대로 폐할 수 있겠는
가'100)하며 용서 한다.

  2) 여성영웅소설에서의 위치

  여성영웅소설로서의 「운향전」의 위치는 일단 국문으로 된 여성영
웅소설인 「이대봉전」과 「정비전」 사이에서 비교하는 가운데 보다 명

---

99) "若以富貴而慕之, 貧賤而棄之, 則世豈有忠臣烈女乎", 「봉래신설」, 485-6쪽
100) "君爲帥臣, 而溺於色界, 不無其過, 而豈以女子之故, 擅廢國之帥臣", 「봉
   래신설」, 486쪽

확하게 규명할 수 있을 것으로 보인다. 「이대봉전」은 유충렬전 유형으로 함께 분류되어 연구될 정도로 적대자와의 대결, 가문회복의식, 국가단위의 충의 문제가 보다 부각되어 있는 작품이다. 반면에 「정비전」은 혼사 이후에 시댁에서 모해자에 이해 가정에서 축출되었다가 복귀되는 과정이 중심으로 부각되어 있다. 곧 국가 단위의 충의 문제보다도 가정에서의 음모와 그로 인한 축출과 회복의 과정이 작품의 핵심을 이루고 있다고 할 수 있다. 이때, 여성주인공이 가정에서 축출된 뒤에 여화위남(女化爲男0하여 세우는 영웅적 행위 곧 군담을 통한 입공의 과정은 축출되었던 과정으로 복귀하기 위한 계기가 된다. 따라서 두 작품은 국가 혹은 정치적인 문제가 보다 부각되어 있는가 아니면 가정적인 문제가 보다 부각되어 있는가 하는 점에서 대별된다고 할 수 있다.

그런데 「이대봉전」과 「정비전」을 포함한 모든 여성영웅소설에서는 그 작품이 적대자와의 대결 및 국가적 충의 성취를 중심으로 하건 가정으로의 복귀를 중심으로 하건 간에 남녀결연의 문제가 중요하게 부각되어 있다. 이때, 남녀결연의 성취과정은 서사전개상 전자와 후자의 문제 모두에 각각 관련되어 있다. 곧 전자에서는 적대자의 징치 및 국가적 충의 성취의 결과로서 남녀 결연이 성취되며, 후자에서는 여주인공이 입공을 계기로 가정에 복귀함으로써 헤어졌던 남녀주인공이 다시 결합하게 된다.

먼저 「이대봉전」에서는 정치적 적대세력과의 대결의 축과 남녀결연의 축이 교직되어 있다. 대봉의 집안과 애황의 집안은 자식들의 혼사로 인해 정치적 유대관계를 맺고 있으며 이는 대봉과 애황의 혼인의 천정성(天定性)으로 인해 더욱 견고해 진다. 따라서 왕희는 정치적 적대자로써 두 주인공의 징치의 대상이 되는 동시에 혼인의 천정성을 실현하기 위해서 반드시 제거되어야할 대상이 된다. 이러한 두 축에 의해서 애황이 여화위남 하여 외적을 물리치고 나라에 공을 세우는 과정도 두 가지 의미를 가지게 된다. 하나는 입공을 통해 나라에 명분을 얻어서 소인배인 정치적 적대자를 처치한다는 충에 관련된 의미이고 다른 하나는 정혼자의 집안을 위한다는 열의 의미이다. 동일한 행위가 두 가지 방향에서 이해되는 것은 애황이 여성이기 때문이고 그가 나라에 공을 세우고 집안의 적대자를 징치하고자 하는 행위도 여화위남한 후에야 비로소 가능했던 일시적인 것이었기 때문이다. 따라서 애황의 행위에는 남성적 이념인 충성과 여성적 이념인 열행이 동시에 존재할 수밖에 없게 된다.

「이대봉전」에서 정치적 적대세력과의 대결의 축은 대봉의 부친 이시랑을 삭탈관직 하여 무인도로 정배 보내고 그 종족을 모두 서인으로 강등시켜 종족을 거의 멸문의 지경에까지 이르게 할 정도로 심화되어 있다. 이는 집안의 대를 이어야할 독자인 대봉마저 함께 정배의 길에 이르게 하는데서 극대화되는데 이는 이시랑으로 하여금 아들인 대봉을 통해 신원할 기회마저도 주지 않겠다는 것으로 의미가 단순하지 않다. 이로 인해 「이대봉전」에서는 적대세력에 대한 주인공의 복수심이 강렬하게 표출되어 있다. 대봉은 모친과 이별하고 부친을 따라 적소로 떠나면서 '반복 소인 왕희와 진태열 등을 업시지 못ᄒ고 우리를 먼져 수만리 격소로 보ᄂᆡ시오나 국가의 만분위태 ᄒ옵실터이니 엇지 원통치 아니ᄒ리요.'[101]라고 하며 왕희의 무리에 대한 적개심을 표출한다. 그런데 이러한 적개심은 정배 도중 왕희의 암계로 이시랑이 먼저 물에 던져지고 자신 또한 그렇게 될 위기에 처하자 대봉이 '무죄흔 우리 부자 어복의 혼이 되어 굴숨녀 오자셔를 반가히 맛나보고 츙졀고ᄉ나 의논'[102]하겠다 하며 물속에 뛰어드는 부분에서 충과 열의 의미로까지 확장된다. 여기에서 대봉은 왕희의 세력에 대항하다가 패배하여 정배되는 자기 부자의 처지를 충

---

101) 「이대봉전」,『활자본 고소설전집』11, 4-5쪽
102) 「이대봉전」, 5쪽

신열사와 동등하게 보고 있음이 드러난다. 이러한 충에 대한 대봉의 인식은 대봉이 용왕의 도움으로 살아난 후에 북흉노의 침범에 의해 위기에 처한 천자를 구하여 왕희를 징치할 명분을 얻음으로써 비로소 실현된다.

대봉의 집안과 애황의 집안은 혼사를 통해 정치적 유대관계를 공고히 한 바 있기 때문에 왕희는 대봉 부자의 정치적 적대자인 동시에 애황 집안의 정치적 적대자가 된다. 이는 애황의 부친 장한림이 이시랑 부자가 왕희의 참소로 정배됨을 분해하다가 병을 얻어 죽으면서 애황에게 '네몸이 남자갓트면 황텬에 도라가는 아비원수도 갑흐려니와 아녀자라 엇지 흐리요'103)하며 왕희에게 복수심을 나타내는 것에서도 드러난다. 때문에 애황이 왕희의 겁혼을 피해 여화위남한 후에 과거에 급제하고 남선우의 침범을 정벌하는 일련의 과정은 정치적 적대자를 징치하고자 하는 것인 동시에 '풍운조화를 임의 용신할 쯧과 신출귀몰흔 의수 쳡쳡흐야 호풍환우흐야 세상에 막힐 거시 업슬 듯 흐고 사람됨이 충효강직을 흉즁에 품엇더라'104)에서 보이듯 역시 충의 문제와 연결된다.

한편, 애황의 입공에는 충과 함께 열의 문제까지 내재되어 있다. 교지국에서 선우를 소통하고 돌아와 교지를 올려 자신의 본색을 밝힌 애황은 천자에게 이상서 부자의 죄를 사해 줄 것을 청하게 되는데, 천자는 이상서 부자를 사면하여 불러들이는 동시에 애황에게 좌승상의 지위와 열녀문을 내린다. 이는 애황의 영웅적인 입공이 국가에 대한 충성의 표출인 동시에 소극적이나마 정혼자를 위한 열의 의미를 함께 가지고 있다는 것을 보여준다.

그런데 전반부에서 나타난 정치적 대결의 심각성에 비해 후반부에서 이루어지는 적대자에 대한 주인공들의 징치는 강도가 약화되어

---

103) 「이대봉전」, 6쪽
104) 「이대봉전」, 16쪽

있다. 애황이 남선우를 무찌르고, 대봉이 북흉노의 침범으로부터 천자를 구하는 군담은 이들이 국가에 공을 세워 왕희를 징치하기 위한 명분을 얻기 위한 간접적인 계기로 작용할 뿐, 「유충렬전」에서처럼 적대자와의 직접 대결은 일어나지 않는다. 이는 왕희가 비록 권신(權臣)이기는 했지만 모반을 하거나 호적(胡賊)의 반란에 동참하여 천자에게 대항하지는 않았기 때문이다. 따라서 부친의 대에서 첨예화 되었던 정치적 대결은 군담을 통한 직접적이고도 지속적인 대결로 이어지지 못하고 있음을 볼 수 있다. 때문에 왕희는 결국 대봉의 용서를 받게 되고 아들과 함께 정배되는 것으로 마무리 된다.

「이대봉전」에서 남녀결연의 축은 천정(天定)에 의해서 강조되어 있기는 하지만 그 자체가 중시된다기보다는 정치적 대결의 축에 종속되어 있는 모습을 보여준다. 따라서 두 주인공의 결연에 관련된 축은 대봉의 부자가 정배된 후에 애황이 왕희에 의한 겁혼의 위협을 피해 남장하여 떠나는 부분을 제외하고는 보이지 않으며, 애황과 대봉이 각자 군담을 통해 몰락했던 가문을 회복하고 부친의 대에서 축출되었던 정계에 복귀하고 나서야 비로소 두 주인공이 서로 정혼자임을 알아보고 결연을 성취하게 된다.

한편 「정비전」에서는 남녀결연의 축과 가정에서의 모해로 인한 축출과 복귀의 축이 교직되어 있다. 일단 성취되었던 결연은 가정에서의 모해로 인해 파탄에 이르렀다가 여주인공이 가정에 복귀함으로써 전자는 재성취 된다. 그런데 이 두 축의 교직에는 각각 두 번에 걸친 주인공 정비의 군담이 그 계기가 된다.

먼저 정비와 태자와의 결연 성취는 정비가 부친 정유의 위기를 구하고자 출전하여 교지국의 침범을 물리침으로써 나라의 공을 세운 것이 결정적인 계기로써 작용하였다. 정비는 어려서부터 여공(女工)보다는 손오병셔와 뉵도슴약을 공부하고 말달리기와 활쏘기를 익히는데 보다 힘을 쏟는 것으로 묘사되어 있다. 부친인 정공이 '녀즈

화틱 침션치가와 열녀젼 현힝놀을 공부ㅎ미 마당ㅎ거니와 뉵도습약과 무예를 익힘은 남즈의 홀빅여늘 네 웃지 힝코져 ㅎ는다'[105]하며 걱정하자 정비는 고인 중에 여자로서 출장입상한 예를 들면서 '소녜 골뉵형제 업스오니 부모의 뒤를 뉘가 보오릿고'[106]라고 하며 뜻을 꺾지 않는다. 이러한 적극적인 면모는 양경의 겁혼 위협에 지모로써 적극적으로 대처하는데서도 드러난다. 양귀비의 동생으로 권신인 양경은 정공에게 구혼했다가 거절당하자 앙심을 품고 교지국이 침범하자 정공을 대원수로 추천하여 출전시킨다. 이에 정비는 양경의 위협에 그대로 노출되는데, 정비는 자신의 운명을 한탄하고만 있지 않고 자신이 급사한 것처럼 꾸민 후에 후원 별당에 은신함으로써 양경의 눈을 속인다.

태자와의 만남은 바로 이때, 미복으로 다니던 태자가 정비의 독서성을 듣고 배회하다가 한 무리의 홍운(紅雲)에 휩싸여서 정비의 별당을 엿보게 됨으로써 이루어지는데, 태자는 이후로 정비의 색덕을 사모한 나머지 여자로 변장하여 정비에게 접근하는 적극성을 보인다. 그런데 이들의 결연은 정비가 여화위남하여 단신으로 출전, 부친을 구출하는 동시에 나라에 군공(軍功)을 세울 때까지 지체된다. 정비가 군공을 세우고 나서야 태자가 정비로 간택할 것을 천자에게 주청한다는 점, 정비가 태자비로 간택된 후에 양귀비가 자기 질녀로 간택하고자 하다가 뜻을 이루지 못하고 앙심을 품는 다는 점을 고려할 때, 정배와 태자의 결연성취 이전에 설정된 이 군담이 단순히 부친을 위기에서 구한다는 표면적인 의미 외에도 정비가 태자비로써 인정받기 위한 계기로써 작용하고 있음을 알 수 있다.

---

105) 「정비전」, 『활자본 고소설전집』 7, 527쪽
106) 「정비전」, 『활자본 고소설전집』 7, 527쪽

한편 정비가 양귀비의 모해로 인해 가정에서 축출되었다가 다시 복귀할 수 있었던 것도 양귀비의 동생 양경 무리의 모반을 진압하여 천자를 위기에서 구해내었기 때문이다. 그러나 정비가 양경 무리의 모반에 출전하기 전까지는 양비의 모해에 속수무책으로 당하는 모습을 보여주는데 이는 전반부에서 정비가 양경의 겁혼 위협에 지모로써 맞섰던 것과는 대비되는 모습이다. 양귀비는 자기 질녀를 간택하려던 것이 실패로 돌아간 뒤로 정비의 '현숙함을 보고 심중에 불열ᄒ야 ᄆᆡ양 독한 눈을 흘리여 뎡비를 무러싱킬 듯'[107]이 미워한다. 그러나 정비는 양귀비가 어질지 못함을 개탄하면서도 양귀비를 극진히 모시는 모습을 보여준다. 양귀비는 정비가 태자를 위해 용포를 지으며 역심을 품고 있다고 무고하고 자기 아들이 병들어 죽자 정비가 독살한 것이라고 몰아세워서 결국 정비를 죽음에까지 이르게 한다.

양귀비의 음모를 둘러싼 작품의 후반부는 정비가 자신의 운명을 스스로 타개하는 전반부에서의 모습과는 달리 정비를 둘러싼 모든 설정은 가정에서의 모해로 인한 여성주인공의 수난이라는 가정소설의 일반적인 양상에 맞추어서 진행된다. 때문에 어려서부터 무예를 익히고 부친을 위기에서 구해내던 정비의 영웅적인 모습은 이 부분에 와서는 잠복되어서 드러나지 않고 철저하게 수난을 감내하는 모습만이 부각된다. 특히 가해자인 양귀비가 정비에게 가정에서 수직적인 위치에 있기 때문에 정비의 수동성은 더욱 강화된다.

정비는 태자의 기지로 목숨을 구하여 정부에 은신한 이후, '첩의 화익은 도시 신쉬 불길ᄒ미니 엇지 남을 원망ᄒ오릿가 이졔 젼하의 내궁이 비엿스니 양가녀ᄌ 현숙ᄒ여 젼하의 내조를 지내면 엇지 아름답지 ᄋᆞ니ᄒ릿가 젼하ᄂᆞᆫ 밧비 환궁ᄒᆞᄉᆞ 첩의 일신을 ᄉᆞ렴치 마르시고 양젼을 지효로 밧드러 후셰의 셩덕을 빗내쇼셔 첩은 맛당이 일

---

107)「정비젼」, 553쪽

누를 보젼ᄒ얏다가 일후 죄명을 신션ᄒᆞᆫ 후 노복을 밧드러 규즁의셔 늘고ᄌᆞ ᄒᆞ옵ᄂᆞ니 젼하ᄂᆞᆫ 신쳡을 조곰도 거리끼지 마르쇼셔'108)라고 하며 모든 일을 자기 죄로 돌리며 자기 대신 태자비로 간택된 양씨에 대해서도 일절 시기하지 않는 현숙한 태도를 견지한다.

이러한 정비의 여성적 수난은 사정을 알아챈 황후의 명에 의해서 하방(下方) 깊은 곳으로 다시 쫓겨가게 됨으로써 극대화되는 동시에 정비가 다시 여화위남하여 적극성을 회복하는 계기가 됨으로써 소멸하게 된다. 부친의 고우(故友)인 이시랑에게 구함을 받아 손오병서를 다시 공부하고 무예를 닦던 정비는 양경이 여섯주의 자사들과 결탁하여 모반을 일으키고 천자와 태자를 핍박하자 다시 출전하여 천자와 태자를 구출함으로써 자력으로 가정에 복귀하게 된다. 정비의 복귀로 인해 가정의 적대자였던 양귀비는 냉궁에 안치되고 양귀비와 결탁했던 양경은 능지처참됨으로써 모두 징치된다.

「정비전」에서 군담은 철저하게 개인적인 차원에서 전개된다. 1차 군담은 부친을 위기에서 구해내기 위한 것이었고 2차군담은 남편과 시아버지를 구해내기 위한 것이었으며, 전자를 통해서 정비는 천자를 가장으로 한 가정에 편입되고 후자를 통해서 축출되었던 가정으로 다시 복귀한다. 따라서 정비의 모든 행위에는 국가에 대한 忠 보다는 가정에서 여성으로써의 열행이라는 의미가 더욱 부각된다. 이는 정비가 공식적인 지위 없이 단신으로 출전을 한다는 점, 적과 싸움의 시작부터 대결하는 것이 아니라 부친과 천자, 태자가 위험한 지경에 빠졌을 때야 비로소 출전하고 있다는 점, 부친인 정공이 정비에게 '원컨딕 셩심을 다ᄒ여 상후를 봉양ᄒ고 틱ᄌᆞ을 어질게 도와 칭찬ᄒᆞᄂᆞᆫ 소릭 노부 귀의 들니면 이에셔 깃불 일이 업'109)으리라고 당부하며 출전하여 입공하는 것보다 여성으로써의 덕행을 강조하고

---

108) 「정비전」, 561쪽
109) 「정비전」, 581쪽

있다는 점 등을 들어 볼 때, 더욱 분명해진다.

「운향전」은 가정에서의 모해와 이로 인한 여주인공의 축출과 복귀 과정에 중심이 맞추어져 있기 때문에 「이대봉전」보다는 「정비전」의 의미구조에 보다 가깝다. 또한 「운향전」역시 주인공 운향의 영웅적인 입공에 의해서 축출되었던 가정으로 복귀한다는 점에서 「정비전」과 동일하다. 그러나 「정비전」이 남녀결연의 축과 가정에서의 모해의 축이 교직되어 있으며 남자주인공의 적극적인 구혼의 과정에 의해서 비해서 특히 전자가 확대되어 있는데 비해서 「운향전」은 남녀 결연의 축이 보다 약화되어 있다. 대신 「운향전」에서는 「장풍운전」에서 흔히 보이듯이 시아버지의 지인지감에 의한 결연과 시아버지의 죽음 이후의 시어머니의 박대라는 지인지감 화소가 삽입되어 전반부의 의미망을 구성하고 있으며 이는 시어머니의 모해로 인한 여주인공의 수난이라는 후반부의 의미망으로 연결되고 있다. 따라서 「운향전」은 「정비전」에 비해서 작품 후반부의 가정에서의 모해과정이 「장풍운전」과 같은 영웅소설의 구조 속에 보다 잘 녹아 있다고 볼 수 있으며 이는 지인지감 화소에 의한 매개가 있었기에 가능한 것이었다. 그 결과 후반부에 확대되어 있는 모해담은 여주인공이 부모와 이별하고 나서 유리(流離)하면서 겪는 고난상의 일부로 자연스럽게 편입될 수 있는 가능성을 가지는 것이다.

먼저 지인지감 화소에 의한 결연의 축을 살펴보면, 부모가 모두 선거(仙去)해 가고 난 뒤에 사고무친(四顧無親)한 신세가 된 운향은 모친을 찾아 헤매다가 동정호에서 이승상에게 구출을 받게 된다. 이승상은 전씨를 좌부인으로 맞이하여 어렵게 얻은 아들 경운을 위하여 어진 며느리를 얻고자 동정호에 갔다가 운향이 여중영웅(女中英雄)임을 알아보고 데려와 며느리를 삼는다. 이처럼 운향은 가정의 파탄 이후에 거리를 헤매다가 장차 시아버지가 될 사람을 만나서 고난으로부터 구함을 받고 있으며 시아버지가 될 사람의 구출은 철저

하게 구출자의 지인지감(知人知鑑)에 의해서 이루어지고 있다. 이러한 이승상이 지인지감에 의해서 운향을 택부하는 것은 「소대성전」이나 「장풍운전」과 같은 작품에서 주인공이 부모를 잃고 헤매다가 장차 장인될 사람의 지인지감에 의해 구함을 받는 지인지감화소와 동일하다. 다만 「운향전」에서는 장인의 지감(知鑑)에 의한 택서(擇婿)에서 시아버지의 지감에 의한 택부(擇婦)로 바뀌어져 있는 것이 다를 뿐이다.

이러한 결연의 과정에서 주인공 운향의 자의(自意)는 전혀 개입되어 있지 않다. 「운향전」에서 결연은 운향이 이승상의 지감에 의해 며느리로 선택됨으로써 자신의 현재의 처지를 역전시킬 수 있는 기회를 맞이하게 되는 계기로써 작용할 뿐이다. 그러나 결연 당시의 운향의 처지와 시댁 가문과의 차이는 결국 반대자를 성립시키게 된다. 이승상이 신분도 모르는 운향을 데려올 때부터 못마땅해 했던 전씨는 이승상과 정실인 두씨가 세상을 떠나자마자 드러내 놓고 운향을 박대하기 시작하는 것이다. 이러한 전씨의 박대는 운향의 죽음으로까지 이르게 되는 가정에서의 모해담으로 이어지게 된다.

가정에서의 모해담을 보면 「운향전」은 적대자가 주인공과 형식상 상하관계를 맺고 있는 시어머니이며 주인공은 이러한 적대자의 모해에 대해 일방적으로 수난을 당한다는 점에서 「정비전」과 동일하다. 그런데 시어머니인 전씨의 박대로 인해 운향이 겪는 수난은 이로 인해 운향이 죽음에까지 이르게 됨으로써 극대화되는 양상을 보인다. 운향을 지인지감에 의해서 택부(擇婦)했던 이승상과 운향을 감싸 주었던 정실부인 두씨가 죽자 운향의 신분을 싫어했던 시어머니 전씨는 운향을 학대하다가 독살한다. 이러한 수난의 과정에서 운향은 전씨의 학대에 전혀 반항하거나 항변하지 않고 끝까지 순종하면서 죽음을 고스란히 받아들인다.

이처럼 전씨에게서 학대를 감내하다가 죽음에 이르는 운향은 전형적인 여성의 덕목을 지킴으로써 수동적인 여성상을 보여준다. 그러나 운향은 관음의 지시를 받은 여승 우희의 도움으로 소생하고 난 후, 역시 관음의 지시를 받아 호적의 침입에 출전하여 공을 세움으로써 자력으로 가정에 복귀할 수 있는 명분을 마련한다. 수동적인 여성에서 군담의 영웅으로 급변한 것이다. 그러나 운향의 출정은 국가의 위기를 돕기 위해서라기보다는 어디까지나 남편인 경운을 돕기 위한 목적에서 이루어진 것이었다. 때문에 오랑캐에게 항복을 받은 운향은 모든 전후 뒷마무리를 다른 사람에게 맡기고 시댁으로 복귀하는데 급급해하는 것이다. 따라서 이러한 군담은 영웅으로서의 입공이라는 의미보다는 여성으로서 쫓겨났던 가정에 복귀하려는 수단으로서의 의미와 남편을 돕겠다는 열행으로서의 의미를 지닌다고 할 수 있는 것이다.

2. 서사기법상의 특성

1) 전작(前作)의 파생작으로서의 창작

조선후기에 오면 한 작품의 인기를 업고 그 작품의 각 인물들을 독립된 주인공으로 하여 한 편의 작품으로 독립시키는 창작방식이 유행하게 된다. 이러한 창작방식에 의해서 독립된 작품으로 성립된 작품을 파생작(派生作)[110]이라고 할 수 있겠는데, 파생작의 창작은

---

110) 여기에서는 파생작의 개념을 아류작과 구분해서 사용하기로 한다. 파생작도 광의의 의미로 보면 아류작에 속한다고 할 수도 있겠으나, 여기서는 아류작

일찍부터 장편가문소설의 창작에서 이루어져 왔다. 최근에 장편소설에 관한 연구에서 연작과 구분하여 파생작을 따로 정의하는 논의를 자주 발견할 수 있는데, 일반적으로 장편가문소설에서 파생작은 전체 이야기 구조나 주제에 일치를 보이지 않고 부분적인 삽화나 인물, 사건을 제재로 취해서 이야기를 확장시켜 새로운 독립작품을 형성한 것[111])으로 정의되고 있다.

이러한 장편가문소설에서 파생작 창작의 의미는 본전(本傳)에서 주목받지 못했던 인물에게 관심을 기울이고, 가문에서 개인으로 관심이 옮겨져 있다는데 있다. 17세기에 창작된 작품으로 알려진 「소현성록」은 「한씨삼대록」, 「옥환빙」, 「설씨이대록」, 「영이록」 등 이례적으로 많은 파생작들을 거느리고 있는데, 이러한 작품들은 모두 본전에서는 그 역할이 미미했거나 전혀 등장하지 않았던 인물들, 특히 여성인물들을 중심으로 하여 이들이 다른 가문에 시집가서 겪는 수난과 갈등을 핍진하게 그려내고 있다고 한다. 따라서 이들 「소현성록」 파생작들은 자신들의 이야기에 대한 여성독자들의 욕구가 확산되면서 본전의 전체 흐름과는 무관하게 독자의 흥미나 통속적 관심에 따라 부분적인 이야기를 확대해서 형성된 것으로 파악되고 있다.[112])

「숙향전」의 주인공 숙향의 아버지 김전을 독립시켜서 국문영웅소설과 같은 작품으로 만들어낸 「김전전」 역시 이러한 전작의 인물이나 삽화를 끌어와서 독립된 작품으로 만들어낸 파생작에 속한다. 그

을 한 작품이 인기를 등에 업고 그 작품이 지니고 있는 문제의식이나 상황설정 인물구도 등을 본뜬 작품으로 정의한다. 이 경우 아류작은 전작을 문학성 있는 작품으로 인정케 했던 본래의 작가의식 문제의식은 거세되고 상황, 인물, 구도, 구성방식만이 일종의 하나의 패턴으로 존재하게 되는데, 문제의식이 사라진 자리에 덧붙여지는 것이 바로 흥미소들이다. 「구운몽」과 똑같은 설정을 가져와서 흥 미소들을 첨가하여 분량을 늘인 작품인 「구운기」가 여기에 속한다고 할 수 있다.

111) 박영희 「소현성록 연구」, 179쪽, 이대박론, 1994
112) 박영희, 앞의 논문, 206-212쪽

런데 「숙향전」은 작자연대 미상의 애정소설로서 주로 18세기의 소작
으로 연구되고 있는 작품이다. 따라서 「김전전」과 「숙향전」의 파생
작 관계가 인정된다면 18세기말에 필사된 이본인 유일본 「김전전」의
존재는 숙향전 창작시기의 하한선을 증명하는 또 하나의 증거가 될
수 있을 것이다.

이 두 작품의 상관성을 논할 수 있는 근거는 이 두 작품에 모두
김전이라는 동일한 이름의 인물이 등장한다는 점과 두 작품 모두 방
구보은(放龜報恩) 모티프를 수용하고 있다는 점에 있다. 여기에서는
이 두 가지 점을 중심으로 하여 두 작품의 파생작 관계를 살펴보고,
전작(前作)의 파생작으로서의 작품 창작이 통속적 한문소설에서 가
지는 의미를 알아보기로 한다. 먼저 「숙향전」에서 김전은 숙향의 아
버지로 송나라 남양 땅의 선비로 되어 있다.

> 화설 송시졀의 남양ᄯᅥ히 일위 현시 이시니 셩은 김이오 명은 션
> 이라 유시로부터 직고 과인ᄒᆞ여 십세젼의 문필이 특츌ᄒᆞ미 일셰
> 사룸이 츄앙ᄒᆞ는 비오 그 부친 운슈간 션싱은 념결졍직ᄒᆞ여 부귀
> 룰 부운ᄀᆞ치 아라 산림의 쳐ᄒᆞ엿시니 텬지 드르시고 간의ᄃᆡ부룰
> 졔슈ᄒᆞ시되 굿이 ᄉᆞ양ᄒᆞ고 산즁미록으로 벗을 삼아 음풍영월하여
> 셰월을 보닉니 이런고로 형셰 쳥한ᄒᆞ지라[113]

그런데 김전은 젊은 시절에 친구를 전송하러 반하수가에 이르렀다
가 어부들에게 잡힌 거북을 구해줌으로써 은혜를 베풀게 된다.

> 일일은 김싱이 벗을 젼송ᄒᆞ라ᄒᆞ고 나귀룰 타고 반하슈의 니르니
> 어부들이 그물을 들너 고기룰 잡을ᄉᆡ 거북을 잡아 구어 먹으려 ᄒᆞ
> 거늘 김싱이 보고 말녀 골오딕, 이거시 가쟝 이상ᄒᆞ니 죽이지 말

---

113) 「숙향전」, 『한국고전문학전집』, 5, 16쪽, 고대민족문화연구소, 1993

나 혼되 어뷔 답 왈, 비록 이상흐나 우리들이 종일토록 고기잡은
거시 업고 다만 이거슬 잡아 시장흐기로 구어먹겟노라 흐니, 김싱
이 드시 보니 이마의 텬쪄 잇고 빅의 왕쪄 분명흔지라 그 거북이
눈물을 먹음고 김싱을 울얼너 보며 죽기를 앗기는 듯 흐거늘 싱이
잔잉이 넉여 즁가를 쥬고 거북을 밧고아 물의 너흐니 거북이 직삼
도라보며 물속으로 드러가더니[114]

이후에 김전은 집으로 돌아오는 길에 물이 불어 강을 건너지 못하
게 되자 전날의 거북의 구함을 받고 '목숨 수(壽)'자와 '복 복(福)'자
가 새겨진 구슬을 받게 된다.

그 후의 김싱이 양양찌히 벗을 차즈보고 도라 오다가 운교드리
를 당흐여 마춤 비가 와 물이 창일흐여 드리 문허지민 드리의 몰
낫던 사룸들이 다 쩌져 죽게 되엿는지라 김싱이 여러 사룸을 붓들
고 앙텬통곡 왈, 흔 김싱을 술니소셔 흐더니 문득 본즉 깁흔 물속
으로셔 민판굿흔 거시 즈긔 압희 향흐여 섯거늘 싱이 수셰 급흐민
그 우희 올나셔니 그거시 변흐여 쇼리를 치고 네발을 허위여 물가
흘 님흐니 싱이 뭇희 나려 정신을 차려 보니 분명 반하슈의 넛튼
거북이라 싱이 졀흐여 사례흔되 거북이 닙으로 안기를 토흐니 싱
의 압희 무지기 셧는지라 싱이 황홀흐여 무슈 직빅흐더니 문득 그
긔운이 스러지며 제비알 굿흔 구슬 노혓거늘 즈셰보니 오식광쳐
찬난흐고 그 속의 은은흔 글쩌 이스되 흐나흔 목슘 슈쩌오 흐나흔
복복쩌라 김싱이 혜오되, 일졍 반하슈의셔 구흔 은혜로 이 구슬을
쥬미라 흐고 가지고 오니라[115]

그런데 「숙향전」에서 김전이 거북에게 은혜를 베풀고 보은(報恩)
을 받는 것은 김전 일대(一代)에서 끝나는 것이 아니라 주인공인 숙

──────────────────────

114) 앞의 책, 16쪽
115) 앞의 책, 16-8쪽

향의 운명에까지 영향을 미치는 중요한 계기가 된다. 가난하여 혼인
을 하지 못하고 있던 김전은 거북에게서 받은 구슬을 폐백으로 하여
장씨와 혼인을 이루게 되고 이로 인해 숙향이 태어난다. 그리고 숙
향은 이 구슬을 계기로 해서 남편인 이선과 결연하게 되고 헤어진
부모와 만날 때에도 바로 이 구슬이 신물이 된다.[116]

한편 「김전전」의 주인공 김전(金銓)은 당나라 절강부 이부상서 김
할의 아들로 되어 있다. 비록 작품의 시대적 배경이 다르기는 하지
만 「김전전」에는 반하수 가에서 거북을 구해주고 다시 구함을 받는
다는 식의 「숙향전」과 똑같은 모티프와 서사단락 13과 14에 동일하
게 들어있다.

먼저 김전은 설씨의 박대를 받다가 형옥과 헤어져서 위승상의 집
을 나선다. 변수강(汴水江) 가에 이르러 김전은 한 마리의 거구(巨
龜)가 어부들의 그물에 걸려 있는 것을 보고는 불쌍히 여겨 형옥이
마련해 준 오십 냥 은자를 모두 써서 거북을 놓아 준다.

> 변수강(汴水江) 가에 이르러 피곤하고 기력이 없어 강머리 주막
> 에서 조금 쉬었다. 강가에 한척 배가 떠 있는데 그물에 큰 거북이
> 걸려 있었다. 뱃사람들이 뱃전을 두드리며 매우 기뻐하여 말하기
> 를, 우리들이 강에서 수렵을 하면서 낚은 것이 새우와 두꺼비요,
> 잡은 것이 작은 잉어였다. 오늘 얻은 것은 원하던 것 보다 족히
> 더 나은 것이라 하고, 각자 칼을 잡고 마침내 배를 가르려 하니

---

116) 이처럼 「숙향전」에서 방구보은 모티프는 작품 전개와 전체 구조상 중요한
의미를 가지고 있다고 할 수 있다. 그런데 이와 관련해서 윤경희는 「숙향
전」이 적강과 보은, 탐색의 삼중구조로 분석될 수 있으며, 천상에서 죄를
짓고 적강한 주인공 숙향과 이선의 죄갚음의 과정의 첫 계기가 바로 김
전의 거북에 대한 시혜라고 하였다. 따라서 작품의 전개는 김전의 시혜
와 그에 대한 보은으로 전개되며 숙향의 삶 전체도 시혜와 보은으로 짜
여져 있다고 분석하였다. 윤경희, 「이대본 숙향전에 나타난 照明論的 세
계관-천상계 존재의 기능과 그 의미를 중심으로」, 『한국고전연구』, 1995

그 거북이 생을 향하여 눈물을 흘리는 것이 슬퍼하는 마음이 있는
듯 하였다. 생이 자못 오래도록 바라보다가 그 거북이 죄 없이 죽
는 것을 참지 못하여 마침내 뱃사람들의 앞에 가서 말하기를, 이
거북을 팔 마음이 없으십니까, 하니 뱃사람들이 말하기를, 우리들
은 이것으로써 업을 삼아 장차 팔고자 합니다. 생이 말하기를, 이
거북의 값은 얼마입니까 하니, 뱃사람들이 말하기를, 이 거북은 거
북 중에서도 큰 것이니 다만 오십 냥은 받아야겠습니다. 생이 조
금도 주저하지 않고 마침내 주머니를 풀어서 오십 냥 은을 주고
거북을 사서 강 속에 놓아 주었다. 그 거북이 물속으로 들어가면
서 머리를 때때로 들고 돌아보았다. 생을 향하여 곁눈질을 하며
머리를 조아리는 것이 생에게 감사하는 것 같았다. 생이 마침내
뱃사람들에게 감사하고는 곧 길을 떠났으나 갈 곳을 몰랐다.[117]

거북을 사서 놓아 주고 난 후, 김전은 주머니에 돈이 없어서 민가
에서 밥을 빌어먹고 들판의 초막에서 몸을 의지하는 신세가 된다.
변수강을 떠난 지 여러 달 만에 한 계곡에 이른 김전은 갑자기 불어
난 물길 속에서 위급한 상황에 놓이게 되는데, 이때 전날의 거구 이
나타나서 김전을 태우고 무사히 계곡을 건너게 해 준 후에 갈 곳을
몰라 하는 김전에게 갈 길까지 지시해 준다.

　　김생은 반강변에서부터 길을 떠난 지 여러 날 만에 한 곳에 이
　　르렀는데, 숲과 계곡이 깊고 울창하며 산과 물이 수려했다. 잠시

---

117) "行至汴水江上, 有一葉舟, 擧綱得龜族之巨者, 舡漢, 叩舷甚喜曰, 吾等
獵盡江湖, 所漁者蝦蟆, 所捉者細鱗, 今日之得, 足據所慾, 各執刀刃, 遂
欲屠之, 厥龜向生落淚, 如有感慽之心, 生頗不忍, 其若無罪而就死, 遂
進江汗等之前曰, 豈無此龜販賣之心乎, 舡漢等曰, 五等以此爲業, 將以
欲賣矣, 生曰, 此龜價乃幾何, 江漢等曰, 此龜則龜之巨者, 但不下五十
兩, 生少無煩米, 遂解給五十兩銀帒而賣之, 投於江中, 厥龜投水, 擧頭數
數, 顧眄向生叩首, 有若感遇於生也, 生遂辭江漢等, 卽爲登程, 莫料所
適", 「김전전」, 310-311쪽

쉬면서 머뭇거리며 떠나지 못했다. 갑자기 한 노승이 높은 곳에
올라 크게 부르며 말하기를, 너는 어떤 사람이건데 이 곳에 물이
일어남을 깨닫지 못하고 있느냐. 생이 갑자기 놀라 돌아보니 가을
물이 맑은 때라 온갖 물길이 흘러내리고 있었다. 앞에는 건널 곳
이 없고 뒤에는 (물이) 몸에 미치려 하고 있었다. 목숨이 어찌될
것인지 이미 물이 가득 차서 시내가 넘쳐 다리는 무너지고 돌이
굴러 내렸다. 생이 역시 성난 물결에 갇혀서 이미 어찌 할 수 없
었다. 한 큰 거북이 물을 거슬러 떠오다가 생의 형세가 급함을 보
고 속히 가서 등에 태우는데, 빠르기가 풍우와 같아서 소와 말이
미칠 바가 아니었다. 눈 깜짝할 사이에 물가에 이르니 어디서부터
어디로 이르렀는지 알지 못하였다. 생이 스스로 말하기를, 이 거북
이 어찌 반강의 거북이 아니리요, 반드시 은혜에 보답함이로다. 마
침내 거북을 향하여 감사하였다. 거북이 머리를 숙이고 들지 아니
하다가 머리로 생이 갈 길을 가리켰다. 생이 거북과 이별하고 길
을 떠났다.118)

　이 장면 이후로 김전은 부친 김할의 옛 친구인 허욱을 만나서 과거
를 볼 때까지 그 집에서 몸을 의탁하기 때문에, 김전이 겪어야 할
고난은 여기에서 상징적으로 끝난다. 그런데 이러한 방구보은 모티
프는 「김전전」의 영웅일대기 구조상 반드시 필요한 장면이라고는 볼
수 없다. 이는 「김전전」의 서사전개에 있어서 이 모티프가 생략되어
도 전혀 무리가 없다는 것을 의미한다. 이처럼 「김전전」의 방구보은
모티프가 작품 내에서 강한 결속력을 가지지 않는다는 것은 오히려

---

118) "金生, 自汴江邊, 發程多日, 行至一處, 林壑深鬱, 山水秀麗, 少息盤桓,
忽有一老僧, 登高大呼曰, 彼何人, 斯莫覺水立至也, 生遽驚, 顧瞻秋水,
時丞百川灌流, 前無所涉, 後將及身, 命也奈何, 而已水盛川溢, 橋落石
轉, 生亦爲怒浪所驅, 已無及矣, 有一巨龜, 逆水而浮, 見生執急, 速進背
負, 疾如風雨, 非牛馬之所及焉, 瞬息之間, 行至渚涯, 莫知從某至某而
來矣, 生自謂, 此龜, 豈非舡汗之龜耶, 必以報恩遂向龜致謝, 龜俯首不
仰, 因以頭指生去路, 生別龜登程", 「김전전」, 317-8쪽

「숙향전」과의 파생작 관계를 입증한다. 작품의 서사구조상 필수적이지 않은 모티프가 삽입되어 있는 것은 모티프 그 자체가 주는 흥미에 의한 것일 수도 있지만 본전(本傳)과의 관계에 의한 결과일 수 있기 때문이다.

한편, 「김전전」은 「숙향전」에서 주인공 숙향의 아버지를 독립시켜서 국문영웅소설의 구조에 따라 하나의 작품으로 창작한 것이기 때문에, 단순한 파생작이 아니라 연작(連作)으로서의 성격도 함께 가진다고 할 수 있다. 그런데 가문소설에서 연작은 보통 자손들의 이야기를 원작(原作)에 이어서 하나의 작품으로 구성한 것인데, 「김전전」은 오히려 원작에 나타난 주인공의 앞세대 이야기이기 때문에 독특한 성격을 보여주고 있는 것이다.

그렇다면 「숙향전」의 한 인물을 독립시켜서 영웅소설의 구조를 지닌 「김전전」을 창작한 이유에 대해 생각해 보지 않을 수 없다. 「숙향전」에서 김전은 주인공 숙향의 아버지로서 비중이 없는 인물이기는 하지만 그가 혼인하여 숙향을 낳기까지의 과정은 상당한 소설적 흥미를 가지고 있다. 일단 김전은 가난한 선비로 혼사에 쓸 폐백을 마련할 만한 돈도 없는 인물이다. 그러한 김전이 미물을 불쌍히 여기는 심덕(心德)으로 거북을 구해주었다가 그 보답으로 자신의 생명을 구하게 되고, 그때 거북으로부터 얻은 구슬을 빙물(聘物)로 하여 마침내 혼인까지 이루게 되는 과정은 우연한 선행으로 인한 보답과 원망성취라는 흥미진진한 소설적 재미를 내포하고 있는 것이다. 따라서 「숙향전」의 독자이자 「김전전」의 작가는 이러한 김전의 굴곡 있는 인행의 행로에 흥미를 느끼고 그를 독립된 주인공으로 하나의 작품을 창작했던 것으로 볼 수 있다.

2) 흥미소의 나열에 의한 병렬적 합성

여러 가지 삽화들을 따다가 조합함으로써 한 편의 작품으로 창작하는 것은 조선후기 소설 창작에서 흔히 찾아볼 수 있는 방식이다. 특히 19세기 장편한문소설에 오면 이러한 삽화의 조합이 장편화를 위한 하나의 수단이 되는 양상을 살펴볼 수 있다. 그런데 장편한문소설들은 기존의 소설 중에서 특정 소설을 대상으로 하여 그 기본구조 위에서 확대부연을 통해 장편화를 이룩하거나 기존의 삽화들을 유기적으로 구성하여 장편화를 이루고 있다. 이는 기존 소설의 기본구조에 익숙해져 있던 독자들에게 비슷한 내용이면서도 구성의 새로움을 맛보게 하는 의의가 있다. 따라서 장편한문소설에서 보이는 이러한 삽화의 조합은 단순한 삽화들의 결합방식만이 아니라고 할 수 있는 것이다. 여기에서 중요한 것은 이러한 삽화들이 작품 내에서 유기적으로 결합되어 있는 동시에 그를 위해서 삽화들이 작품의 서사구조에 맞추어서 새롭게 변용되어 수용되고 있다는 점이다. 이에 반해 작품의 통속적 흥미를 위해서 삽화를 결합시키는 흥미소의 병변적 합성 방식은 흥미소를 결합시킨다는 점에서는 장편한문소설에서 삽화의 결합에 의한 장편화 방식과 유사하다고 할 수 있다. 그러나 흥미소의 병렬적 합성 방식은 장편화와는 상관없이 흥미소들을 중첩시키는 방식으로 이루어지며, 이 경우 작품은 유기적으로 통일되지 못한 채 주로 전후반의 상이한 흥미소들이 병렬적으로 결합되게 된다는 점에서 장편한문소설의 삽화 결합 방식과 다르다고 할 수 있다.

흥미소의 병렬적 합성은 주로 가정소설의 역사적 전개양상 속에서 후대적 변모양상을 살피는 가운데 언급되어 왔다.[119] 조선후기 통속

---

119) 이에 관해서는 이원수의「가정소설의 전개양상」(『고소설사의 제문제』 1993)

적 가정소설 중에서도 특히 삽화의 병렬적 합성을 통해 통속화가 이루어진 작품으로 언급되는 것은 「정을선전」, 「어룡전」, 「양풍운전」, 「정진사전」, 「조생원전」, 「월영낭자전」, 등이다. 이들 작품들은 가정 내의 갈등사, 특히 계모 박해담을 중심으로 남녀결연담 혹은 군담이 삽입되어 있는데, 이러한 흥미소들은 그것 자체로 하나의 독립된 이야기로서 합성되어 있다. 그런데 본고에서 대상으로 하고 있는 작품 중에서도 「운향전」과 「봉래신설」은 이와 같은 삽화의 병렬적 합성을 통해 통속적 흥미를 부각시키려 한 작품이라고 볼 수 있다. 따라서 여기서는 통속적 흥미를 위한 흥미소의 병렬적 합성 혹은 나열이라는 관점에서 「운향전」과 「봉래신설」을 살펴보기로 하겠다.

a. 「운향전」에 나타난 가정 모해담과 군담의 합성

「운향전」은 「장풍운전」과 같은 국문영웅소설의 서사구조를 일단 여성주인공으로 바꾼 후에 작품의 흥미를 확대하기 위해 가정 모해담을 삽입한 것으로 보아야 할 것인가 아니면 「사씨남정기」와 같은 여성적 수난담에 영웅적 군담을 삽입시켜 놓은 것으로 보아야 할 것인가가 문제가 된다. 이러한 「운향전」의 합성적 성격에 의해 「운향전」은 그 동안 여성영웅소설 계열의 하나로 분류되어 왔음에도 불구

과 이성권의「가정소설의 역사적 변모와 그 의미」(고려대학교 박사학위 논문, 1998) 참조. 두 논문에서 통속적 가정소설로 규정하고 있는 작품들은 몇 편만 빼면 거의 일치한다. 이원수는 작품들을 두 갈래로 나누었는데, 「정진사전」, 「옥난빙」, 「김인향전」을 선행 작품들의 서사적 골격을 대체로 유지하면서 그 내용만 통속화 시키는 경우로, 「정을선전」, 「어룡전」, 「양풍전」을 서사의 골격까지도 통속적 흥미에 맞게 변형시킨 경우로 보았다. 한편 이성권은 「활자본 조생원전」, 「정진사전」, 「월영낭자전」, 「어룡전」, 「양풍전」, 「정을선전」을 모두 가정소설의 모해담에 각각 남녀 결연담과 군담이 합성된 것으로 보았는데, 이는 이원수가 「정을선전」 등을 대상으로 선행 작품들의 서사골격을 통속적 흥미에 맞게 변형시킨 작품들로 규정한 견해와 일치한다.

하고 동시에 「사씨남정기」계의 여성 고난담을 견지한 가운데 영웅담
을 결구시켜 놓은 작품이라는 모순적인 견해를 낳기도 했다. 후자라
면 「운향전」은 여성영웅소설이 아니라 가정소설의 후대적 변모에 들
어가는 것이고 전자라면 영웅소설의 후대적 변모에 들어가는 것이라
고 할 수 있다.

전자의 경우와 관련해 볼 때, 「운향전」은 운향이 출생할 때 운향
의 아들로 인해 권씨 집안이 외손으로 봉사하리라는 것이 예언되고,
실제 운향의 군공으로 인해 이는 실현된다. 이 점에서 운향전은 몰
락한 자신의 집안을 다시 일으키려는 영웅소설 주인공의 일반적인
목적을 달성하고 있다고 할 수 있다. 또한 이렇게 볼 때, 「운향전」의
가정 모해담은 구조상 「소대성전」, 「장풍운전」에서 주인공이 부모가
죽거나 부모와 이별한 후에 처가의 박대를 받다가 능력을 발휘하여
외적의 침입을 물리침으로써 고귀한 지위에 오르는 구조에서 처가박
대담이 확대되어 있는 인상이 짙다.

㉮ 「소대성전」의 처가박대담
　㉠ 소대성이 부모가 죽고 난 후 집을 떠나 걸식을 하다가 이진에
　　게 구함을 받다.
　㉡ 이진이 지감으로 소대성의 자질을 알아보고 채봉과 정혼시키자
　　부인인 왕씨가 대성의 신분을 들어 못마땅해 하다.
　㉢ 손오병서에 몰두하던 대성은 이진이 죽은 후 처남인 이생 등이
　　그를 꺼려하자 학업을 중단하고 잠만 자다.
　㉣ 왕씨부인과 이생이 박대하자 대성이 그들이 보낸 자객을 죽이
　　고 집을 떠나다.

㉯ 「장풍운전」의 처가박대담
　㉠ 풍운이 부모를 잃고 헤매다가 전 통판 이운경에게 구함을 받다.

ⓒ 이운경이 지감으로 풍운의 자질을 알아보고 풍운으로 택서하려
는 뜻을 밝히자 이운경의 후처로 이운경의 전처소생인 경패 남
매를 구박하던 호씨가 풍운의 신분을 들어 반대하다.

ⓒ 이운경이 뜻을 굽히지 않자 풍운이 기남자임을 알아본 호씨가
풍운으로 경패의 배우를 삼음을 시기하여 해칠 뜻을 품다.

ⓔ 이운경이 풍운을 총애하니 호씨가 경패를 해하려고 음식에 독약
을 탔으나 실패하다.

ⓜ 풍운이 십 육세가 되어 경패와 혼인하다.

ⓗ 이운경이 병이 들어 죽은 후 호씨의 악행이 더욱 심해지자 풍
운이 박대를 견디지 못해 집을 떠나다.

㉯ 「운향전」의 가정 모해담

㉠ 권처사 부부가 선거하자 운향이 고아로 떠돌아다니다가 이승상
에게 구함을 받다.

ⓒ 이승상이 운향의 신분에 불만스러워하는 전씨의 반대를 물리치
고 운향과 경운을 혼인시키다.

ⓒ 이승상과 두부인이 연이어 세상을 떠나고 경운마저 한림학사가
되어 상경하자 가권을 임의로 하게 된 전씨가 운향을 박대하나
운향은 전씨를 지성으로 섬기다.

ⓔ 전씨가 형장을 차려놓고 운향을 죽이려 하다가 마침내 운향을
독살하여 수장(水葬)케 하다.

여기서 보면 「운향전」은 주인공이 구출자의 지감에 의해 택서되었
다가 구출자의 죽음 이후에 처가에서 박대를 못 이겨 집을 떠난다는
「소대성전」이나 「장풍운전」에서와 같은 처가박대담이 여성주인공에
맞게 시아버지의 지감에 의해 택부된 여주인공이 시아버지의 사후에
시모로부터 박대를 받는 이야기로 바뀌어져 있다는 것을 확인할 수

있다. 그러나 「운향전」에서는 단순한 박대담으로만 끝나고 있는 것이 아니라 주인공의 죽음으로까지 극단화되고 있다는 점에서 보다 파격적인 설정을 하고 있다. 이러한 처가 박대담은 가정소설에서 문제 삼고 있는 가정 갈등사의 본질과는 의미가 다르다. 일반적으로 가정소설에서 문제 삼는 가정 갈등사의 핵심은 가장이나 차세대 가장의 혼미한 품성과 그 행태에 관련되고 있다. 이는 가정소설이 열행적(烈行的) 여성인물과 더불어 문벌가를 지탱해 나가야 할 중핵적 인물들로서 차세대 가장의 자질 문제를 중점적으로 다루고 있다는 것을 의미한다. 여기에 문벌가 내의 여성들이 지켜야 할 절대적 규범의 역할이 강조되는 것은 이러한 혼암한 가장들을 개과(改過)시키기 위한 차원에서임은 물론이다. 그래서 주인공의 군담적 활약이 등장하고 있는 경우에도 가정소설과 이들 영웅소설 및 군담소설들은 판이한 차별성을 지니게 되는 것이다. 따라서 「장풍운전」과 같은 작품의 처가박해담에 해당하는 「운향전」의 가정에서의 박해담은 후기의 가정소설에 나타나는 군담과 본질적으로 다른 의미를 가지고 있다고 볼 수 있는 것이다. 이러한 측면에서 본다면 「운향전」은 「장풍운전」과 같은 영웅소설의 구조를 견지하는 가운데 흥미를 확대하기 위해서 처가박해담에 해당하는 가정에서의 박해담을 확장시켜 놓은 것이라고 생각해 볼 수 있다.

한편, 운향의 군공은 시모의 박해로 인해 축출되었던 가정에 복귀한다는 의미도 가지고 있기 때문에 가정소설적 요소도 가진다. 운향의 출전은 나라의 위기를 구하려는 것 보다는 남편을 돕기 위한 것이기 때문에 역시 국가적 단위의 충 보다는 가정적, 개인적 의미의 열이 더욱 강조되어 있는 것이다. 이렇게 볼 때 「운향전」의 군담은 그것이 나라를 위한 영웅적 발상에서 비롯된 것이라기보다는 가정의 행복을 위한 것이라는 점에서 통속적 가정소설에 등장하는 군담이 가지는 일반적인 의미와 동일하다고 할 수 있다.[120) 또한 군담 혹은 영웅소설에서는 가정의 문제보다는 정치적 갈등사를 그 출발점으로 삼고 있는 경우가 많으며 특히 정치적 권력구조에 불만을 가졌던 몰락계층의 의식이 상당 부분 반영되어 있다. 이는 정치적 의미가 중심으로 되어 있는 「유충렬전」과는 달리 가정에서의 분리와 복귀 문제가 보다 부각되어 있는 「장풍운전」에서도 부친의 낙향 이유를 설명하는 가운데 서두에 이 문제가 언급되어 있음에서도 확인할 수 있다. 그러나 「운향전」에서는 정치적인 문제가 철저히 거세되어 있고 운향의 부친은 환로(宦路)에 나간 적도 없는 물의(物外)의 처사 특히 선도(仙道)를 닦는 인물로 묘사되어 있다. 운향의 부친인 권처사의 관심은 오직 이별수(離別數)에 의해 겪게 될 운향의 운명적 고난을 염려하는데 집중되어 있을 뿐이다.

「운향전」은 이러한 합성적 성격에 의해 작품의 유기적 통일성이 현저하게 감소되어 있다. 전씨의 이유 없는 변화나 갑작스런 회개 등이 이에 속한다.

> 전씨가 소교를 타고 부중에 들어와 상공 내외에게 절하고 가문의 종족들에게 돌아가며 인사하면서 예를 다하는데, 아름다운 태도와 우아한 뜻이 도리어 고인의 소성(小星)의 거동에 부끄럽지 아니하였다. 상공 내외가 웃음을 머금고 맞아들이니 종족과 향당이 다투어 하례 드리며 말하기를 "모두 두부인(杜夫人)의 후덕하신 결과일 뿐입니다." 하였다. 전씨가 시집온 후에 우아한 태도와 정순한 덕이 위로는 공경의 집안에 부끄럽지 아니하고 아래로는 사대부 집안에 합당하였다.121)

---

120) 이성권은 가정소설의 역사적 변모와 그 의미(고려대학교 박사학위논문, 1988, 99쪽)에서 '통속적 가정소설에 나타난 군담은 그 자체의 흥미를 추구하면서도 결국에는 계모나 첩 또는 혼암한 가장에 의해 야기된 가정사의 환난을 조정하기 위한 부차적인 차원에서 마련되는 것이며 몰락한 가문을 일으켜 세운다거나 국가적 충의의 목적의식을 내세우는 영웅 및 군담소설과는 차이가 있다.'라고 한바 있다.

이승상이 연화사에서 얻은 꿈대로 두부인이 전씨를 좌부인으로 맞아들일 때만 해도 전씨는 화용월태(花容月態)에 덕을 갖추고 있는 여성으로 그려지고 있다. 이러한 전씨에 대한 이승상 집안사람들의 평가도 그지없이 우호적이다. 그런데 이승상이 병을 얻어 세상을 떠나고 두부인 마저 죽고 나서부터는 전씨의 성격이 갑자기 변하기 시작한다.

전씨가 한편으로는 기뻐하고 한편으로는 슬퍼하니 온 집안이 상공내외가 일찍 세상을 떠난 것을 한스러워 하였다.[122]

여기서 전씨는 승상 내외의 죽음에 슬퍼하는 척하면서도 은근히 기뻐하는 표리부동한 인물로 그려지고 있다. 덕이 있는 우아한 여성으로 그려지던 전씨가 상공 내외의 죽음을 기뻐하는 악한 인물로 변모한 것이다. 그러나 비록 상공 내외의 죽음에도 불구하고 집안의 실질적인 가장은 경운이기 때문에 전씨의 악행이 행동으로 옮겨지는 것은 경운이 과거에 급제하여 한림학사를 제수 받아 상경한 이후부터이다. 이때부터 집안의 가권을 마음대로 할 수 있게 된 전씨는 집안을 망치는 인물로 그려지게 된다.

한림이 상경한 후에 전씨가 집안의 모든 일을 맡으니 일마다 이치에 맞지 않았다. 아아, 집안의 흥망성쇠가 부인의 선함과 선하지 않음에 달려 있으니 어찌 두렵지 아니하고 어찌 경계할 만하지 않겠는가. 권소저가 시집온 처음에 외로운 신세에 부모도 없고 형제

---

121) "錢氏乘小較, 入府中, 拜謁相公兩位, 傳現門內宗族, 而進退周旋之禮, 月態花容, 閒雅之意, 還不負古, 人小星儀矣, 相公兩位含笑迎之, 宗族鄉黨, 爭以獻賀曰, 徒是, 杜夫人之厚德之致云耳, 錢氏入門之後, 閒雅之態, 貞順之德, 仰不愧於公卿之家, 附可法於士大夫家矣", 「운향전」, 246쪽
122) "錢氏一悲一喜, 擧家恨 其相公內外, 早別世事矣", 「운향전」, 253쪽

도 없어 다만 혈혈단신이었던 것이 전씨의 마음에 만족스럽지 못
하였으나, 승상과 두부인의 애중함을 꺼려하여 감히 얼굴에 드러내
지 못하였더니 때가 되어 집안일을 마음대로 하게 되자 권소저를
예의와 의에 맞지 않게 대하고 박대함이 매우 심하니, 사람들이
난감해 하였으나[123]

여기서 전씨는 본격적으로 선하지 않은 인물 즉, 악한 인물로 묘
사되기 시작한다. 심지어 전씨가 집안일을 오로지 하게 됨에 따라
집안이 어지러워지는 것에 대해 작가가 직접 개입하여 개탄하는 서
술을 하고 있을 정도로 전씨를 전형적인 악인으로 몰고 가고 있다.
전씨가 악인이 되는 대신 전씨의 박대를 감내하는 운향은 역시 전형
적인 선인으로 부각된다. 따라서 전씨의 성격이 악인으로 급변하는
것은 전씨와 운향의 대립을 전형적인 선악의 대립으로 몰고 감으로
써 작품의 흥미를 부각시켜려는 데 있다고 할 수 있다.
그러나 운향이 가정으로부터 축출되고 난 후부터는 가정에서의 모
해담이 일단락되고 운향의 여성영웅으로서의 군담이 시작되기 때문
에 더 이상 전씨가 악인으로 존재할 필요가 없게 된다. 오히려 전쟁
에서 승리를 거두고 가정으로 복귀하는 운향을 맞아주어야 하기 때
문에 전씨의 성격은 다시 한 번 급변하여 전날의 자신의 악행을 회
개하는 인물로 그려지게 된다.

이때 이소저가 권소저를 한 번 이별하고 비탄을 머금고 슬픔을
참으며 위로는 부모의 영혼을 그리워하고 아래로는 옥석형제를 돌

---

123) "翰林上京之後, 錢氏主掌一家, 多非禮, 嗟乎, 人家興亡盛衰, 在於婦人
之善不善, 豈不懼哉, 豈不戒哉, 權小姐入門之初, 形影相弔, 無父母無
兄弟, 但以孑孑孤身, 錢氏於心中, 頗有不滿, 而忌於丞相杜夫人之重愛,
莫敢形色矣, 當此之時, 專主內事, 而待權小姐, 以非禮非義, 薄待滋甚,
人所難堪", 「운향전」, 255쪽

보고 날마다 좋은 얼굴빛으로 전씨에게 심히 간하니 비록 전씨가 흉악한 성품이기는 하나 정성과 효성에 감동하여 매번 채운을 대하여 말하기를, "나의 편벽된 성격으로 한때의 분을 참지 못하여 권씨를 물고기의 배속에 장사 지냈으니 내가 이 세상에 살아서는 차마 승승의 가묘 앞에서 한림을 볼 수 없고 죽어서는 지하에 돌아가 다시 어찌 두부인의 슬하에서 권씨를 보겠느냐. 후회가 막급하여 스스로 죽음만 같지 못하겠으며 옥석과 한림의 얼굴을 차마 보지 못하겠구나." 채운이 말하기를, "죽은 자는 다시 살아날 수 없고 이미 일이 그리 되었으니 옥석 형제를 잘 기른다면 살아서는 한림에게 부끄럽지 아니하고 죽어서는 권씨에게 부끄럽지 아니할 것입니다." 전씨가 말하기를, "네가 마땅히 부족한 곳을 잘 깨우쳐 주려무나." 할 뿐이었다.[124]

여기서 전씨는 채운이 날마다 좋은 얼굴빛으로 간하자 자신의 잘못을 갑작스럽게 회개하고 있다. 「운향전」에서 이러한 전씨의 갑작스런 회개는 가정에서 축출된 운향이 다시 고난의 길로 나섰다가 영웅적인 입공을 이루게 하여, 결과적으로 가정에서의 모해담과 영웅담을 합성하는 계기로써 작용하게 된다. 곧 「운향전」에서 가정모해담은 그 축출과 복귀의 과정 자체가 확장되어 있고 운향의 군담도 가정으로의 복귀를 위한 계기로써 작용할 수도 있다는 점을 고려할 때, 「운향전」은 영웅소설적인 구조에 가정모해담이 앞에서 살펴보았던 「정비전」보다 더 잘 합성되어 있는 작품임을 알 수 있다.

한편, 「운향전」은 흥미 중심으로 편집되어 있기 때문에 다양한 사

---

124) "此時, 李小姐一別父母, 含悲忍哀, 上慕父母之靈魂, 下恤玉石兄弟, 日以婉容怡色, 極諫錢氏, 雖錢氏罔頑之性, 感在誠孝, 每彩雲曰吾之偏性, 不能制一時之忿, 使權氏葬於漁腹, 我生在此世, 不忍見翰林, 於丞相家廟之前, 死歸地下, 更何見權氏於杜夫人膝下乎, 後悔莫及, 不如自盡, 不忍見玉石翰林面矣, 彩雲曰, 死者不可復生, 已然, 玉石兄弟, 保養成就生不負於翰林, 死不愧於權氏, 可也, 錢氏曰, 汝當善誨, 未及處云耳", 「운향전」, 261쪽

건을 단숨에 나열하고자 하는 가운데 인물들의 행위가 구체적인 현실적 동인 없이 이루어지고 있으며 초현실적인 신이의 경험이 더욱 부각되어 있다.125) 전씨가 운향을 단순히 축출하기만 하는 것이 아니라 죽음에까지 이르게 하는 충격적인 설정과 운향이 다시 관음보살의 도움으로 죽음에서 환생한다는 비현실적인 설정이 그러하다. 「운향전」에는 선인 곧 주인공이 겪는 시련이 중첩되어 있다. 영웅소설 일반의 주인공이 겪는 고난 즉 가문의 몰락과 함께 유리하면서 겪는 시련과 가정에서의 모해와 박해라는 시련이 중첩되어 있는 것이다. 이와 같은 흥미소의 병렬적 합성은 독자들의 동정심을 자극하려는데 그 목적이 있다. 병렬적으로 합성된 흥미소를 통해 주인공이 겪는 거듭된 시련과 그 뒤에 얻어지는 승패의 극적 반전은 더욱더 독자의 흥미를 자극하게 되기 때문이다. 또한 삽화들의 결합 외에도 새로 첨가된 삽화자체가 주는 흥미도 생각해 볼 수 있다. 통속화된 후기 가정소설인 「정을선전」, 「어룡전」, 「양풍운전」 등은 모두 군담소설의 전쟁장면을 주인공의 무용담으로 삽입하고 있다. 이때 군담은 하나의 흥미소로서 삽입된 것으로 가정소설과 영웅 혹은 군담소설의 교섭이 이루어지게 된다.

「운향전」의 이러한 합성적 성격은 국문영웅소설과 가정소설의 흥미를 모두 맛보게 하기 위한 것이다. 영웅소설의 구조에 익숙한 독자들은 처음에 국문영웅소설과 비슷하게 시작되는 작품의 서두를 보면서 운향의 여성영웅으로서 겪게 될 고난과 입공을 예상할 것이다.

---

125) 이성권은 앞의 논문에서 「양풍전」에서는 쫓겨난 자식들이 초월적 세계로 설정된 옥룡전으로 모친을 찾아가는 탐색담이 삽입되어 있고 「정을선전」에서는 신이적 위력으로 츄련이 계모 노씨를 죽이는 대목들이 나오는데 이는 모두 초현실 세계의 모습이 이들 통속적 가정소설에 와서 강화된 모습들이라고 하였다. 또 이러한 면모는 이미 가정소설에서 다뤄지는 내용들이 익숙한 유형으로서 독자들에게 각인되었기 때문에 그 현실적 논리를 과감히 생략해 가면서 충격적인 사건의 연결에서 우러나오는 흥미를 주고자 했기 때문이라고 하였다.(이성권, 앞의 논문, 108쪽)

그러나 이러한 관심은 곧 운향이 가정에서 겪는 환란 부분이 확대됨으로써 가정에서의 모해담에 흥미를 갖게 될 것이다. 그러나 오랑캐가 침입하고 운향의 영웅적 군담이 확장되면서부터는 가정사에 대한 관심은 일단 접혀지고 대신 운향이 새로 개척해 가는 영웅적 행로에 관심을 집중하게 될 것이다. 가정사에 대한 문제가 작품의 뒤로 일단 물러나는 것은 운향이 축출된 직후 전씨가 갑작스럽게 회개함으로써 더욱 강화된다. 또한 운향의 행동에서도 이러한 면모를 확인할 수 있다. 운향은 가정에서 축출된 직후 여승 우희에게 구출되어 운월암에 의탁하면서 출전하기 전까지는 두고 온 자식에 대한 걱정과 가정에서 축출된 자신의 신세에 대해 탄식하지만 일단 출전한 이후에는 도술전을 펼치면서 군담을 흥미진진하게 이끌어가며 가정에 대한 관심을 일체 드러내지 않는다. 이는 운향이 전씨에 의해 가정에서 수난을 받는 여성의 역할과 군담 영웅으로서의 역할을 각각 독립적으로 행하고 있다는 것을 의미하는 것이다. 따라서 이러한 점에서 「운향전」은 가정 모해담과 영웅담이 서로 독립적인 흥미를 위해서 합성되어 있는 작품이라고 볼 수 있겠다.

b.「봉래신설」에 나타난 적강화소와 영웅일대기의 합성

「봉래신설」은 앞에서 살폈던 바와 같이 국문영웅소설에서 유형화된 공식구인 영웅일대기 구조를 중심으로 적강화소가 삽입되어 있다. 그런데 「봉래신설」은 주인공들의 적강사실이 작품의 진행과정에서 다른 인물의 입을 빌어서 밝혀지는 대부분의 적강소설과는 달리 작품의 서두에 주인공들의 적강과정이 자세하게 서술된다는 점에서 상층 사대부에 의해서 창작된 「구운몽」, 「옥루몽」 등과 동일한 양상을 보여준다.

「구운몽」

ㄱ 성진이 스승인 육관대사의 명으로 동정용왕을 찾아갔다가 돌아오는 길에 석교에서 8선녀를 만나다.

ㄴ 성진이 도화(桃花)로 명주를 만들어 8선녀에게 주며 희롱하다.

ㄷ 연화도장에 돌아온 성진이 8선녀에게 연연해 하다가 불가에 회의를 품기 시작하다.

ㄹ 육관대사가 이를 알고 성진과 8선녀를 풍도로 추방하다.

ㅁ 염왕(閻王)이 대풍을 일으켜 성진과 8선녀를 사방을 흩어 보내다.

「옥루몽」

ㄱ 옥황상제가 백옥루를 짓고 문창성에게 백옥루시를 짓게 하다.

ㄴ 문창성이 지은 시 제 3장에 인간 세상에 대한 뜻이 숨어 있음을 옥제가 알아차리고 태을진군에게 의논하니, 태을진군이 문창성을 적강시킬 것을 아뢰다.

ㄷ 문창성이 백옥루에서 옥제의 명으로 완월하면서 인간 세상에 뜻을 두다.

ㄹ 문창성이 제방옥녀제천선녀천요성홍란성도화성 등 다섯 명의 선녀와 백옥루에서 완월(玩月)하다가 대취하여 잠들다.

ㅁ 세존의 명으로 마하지에서 없어진 옥련화 한 송이의 출처를 찾으러 온 관음이 백옥루에서 옥련화를 찾고, 문창성 등 육인이 취하여 잠들어 있는 모습을 세존에게 아뢰다.

ㅂ 세존이 진언을 외어 옥련화에 쓰인 글자로 다섯 개의 구슬로 만들고 옥련화와 함께 관음에게 주어 하계에 떨어뜨리게 하다.

그러나 두 작품에서 적강의 의미는 동일하지 않다. 「구운몽」에서 적강은 단순히 남녀 상희(相戲)의 죄로써 이루어지는 것이 아니라 그를 통해서 불교적 깨달음을 얻고자 하는 것이 더 큰 의미를 차지

한다. 「옥루몽」은 천상계로의 복귀 과정이 생략되고 강남홍의 꿈속에 관음보살이 나타나서 현세의 부귀영화가 단지 천상계 백옥루 상의 꿈에 지나지 않음을 보여주는 것으로 마무리됨으로써 현세적 부귀영화에 비중이 주어져 있다고 할 수 있다.

「봉래신설」은 「구운몽」, 「옥루몽」처럼 적강화소가 서두에서 자세하게 서술되고 있고 승천과정도 결구되어 있다. 그러나 이러한 적강과 승천 모티프는 「봉래신설」이 작품의 주된 구조로 수용하고 있는 국문영웅소설의 영웅일대기와 유기적으로 결합되지 못하고 있다. 문제는 이로 인해 「구운몽」, 「옥루몽」 등과 같이 상층 사대부 작가에 의해 창작된 작품에서 유형적으로 발견되는 삽화들과 국문영웅소설의 영웅일대기구조가 지향하는 의미구조가 작품 내에서 서로 상충되는 결과를 빚고 있다는 데 있다.

제2회에서부터 일반 국문영웅소설의 서사구조와 동일하게 주인공의 유리와 고난, 영웅적 입공에 의한 승리를 중심으로 전개되던 작품은 제17회에 와서 초왕의 지위에까지 오른 주인공 방운이 제 낭자들과 함께 부모를 모시고 인간세상의 부귀영화를 지극하게 누리는 장면이 한 회를 구성하게 된다. 이어서 제18회에 와서는 방운이 왕부인(王夫人)인 채란에게 인생사 부귀영화가 무상하다는 심정을 토로하는 장면과 방운이 제 낭자들과 잔치를 열어 각자의 바램을 물으니, 낭자들이 자신들의 전정(前程)을 술회한 후에 부귀영화가 지극하니 더 이상 바랄 것이 없다고 하며 즐기다가 상제의 부름을 받고 승천하는 장면이 더 삽입되어 있다.

> 왕이 부인에게 일러 말하기를, "내가 사방을 떠돌 당시에 어찌 오늘의 부귀하게 될 것을 알았겠는가. 이로부터 보건데 부귀는 곧 뜬 구름이라. 한 번 오므라들고 한 번 펴지고 모였다 흩어짐이 무상하니 족히 믿을 바가 아님을 알겠소. 어찌하면 천지와 함께 해

망(偕亡)하고 일월과 함께 무궁할 수 있겠소." 부인이 말하기를, "제가 듣기로 군자에게는 세 가지 不朽가 있다 하였으니 한 가지는 도덕이요, 두 번째는 문장(文章)이요, 세 번째는 사업(事業)입니다. 덕이 천지에 합하고 도가 고금을 관통하는 자는 불휴(不朽)의 윗자리요, 하늘을 날줄로 하고 땅을 씨줄로 하여…… 하게 문장을 이루는 자는 불휴의 중간자리요, 어지러움을 제압하고 백성을 다스려 공이 후세에 미치는 자는 불휴의 아랫자리라 하였습니다. 지금 대왕은 문덕(文德)이 이윤과 주나라 무왕에도 부끄럽지 아니하고 공은 방숙과 소호에게도 사양치 아니한데 어찌 일시의 부귀로써 논하십니까. 저와 같은 자는 아침볕의 초로(初露)와 흐르는 물에 물거품이라 백년 후에는 누가 다시 알아주겠습니까." 인하여 함께 빙그레 웃었다.126)

따라서 제2회에서 제16회까지 일반 국문영웅소설에서처럼 헤어진 부모와의 상봉과 남녀결연에 중점이 두어지던 서사는 서두와 결구가 내포하는 의미에 의해 제17회와 제18회에 와서 인생무상이라는 깨달음으로 가기 위한 일종의 통과점이라는 의미로 바뀌게 되는 것이다.

한편 제16회에서 방운이 상봉한 모친을 모시고 초국왕으로 부임하여 전각을 배치하는 장면 역시 「구운몽」「옥루몽」과 같은 작품에서 이어져 오던 것이다. 그런데 「구운몽」에서 이러한 전각 배치의 장면은 주인공 소유를 둘러싼 모든 개인적, 국가적 갈등이 종결되는 일종의 대단원에 해당되는 부분에 삽입되어 있다. 「구운몽」에는 구사량의 난, 하북 절도사의 난, 토번의 난, 그리고 남해태자의 공격 등

126) "王謂夫人曰, 當吾之流離四方也, 安知爲今日之富貴乎, 由此觀之, 則富貴卽浮雲也, 一卷一舒, 聚散無常, 其非足恃可知, 何以則與天地偕亡, 與日月無窮乎, 夫人曰, 妾聞君子有三不朽, 一曰道德, 二曰文章, 三曰事業, 德合天地, 道貫今古者, 不朽之上也, 經天緯地成章者, 不朽之中也, 撥亂濟民, 功垂後世者, 不朽之下也, 今大王文德, 無愧於伊周武, 功不讓於方召, 則豈獨以一時富貴論之哉, 如賤妾者, 朝陽之初露, 流水之泡沫, 百歲之後, 誰復知之, 因相與莞爾而笑", 「봉래신설」, 489쪽

서너 번의 전쟁이 설정되어 있다. 그러나 이 난들은 주인공 소유에
의해 쉽게 평정되어 태평성대가 구가되며 그와 더불어 태후의 늑혼
으로 야기된 양소유 개인에게 닥쳤던 혼사의 갈등도 무난히 극복된
다. 이러한 태평의 기상은 양소유가 지상에서 지나온 서사적 시간의
마지막에 놓임으로써 그 대단원으로서의 의미를 드러낸다고 한
다.127) 「구운몽」에서 전각의 배치는 바로 양소유 집안의 질서구축을
의미하며, 이러한 질서는 어디까지나 유교적 이념에 의한 신분질서
이다. 또한 양소유 집안의 질서구축은 동시에 유교이념에 의한 국가
의 질서구축을 상징적으로 나타내는 것이라고 할 수 있다.

　　경홍과 섬월이 들어온 후에 승상을 모시는 사람이 점점 많아졌
　기에 승상은 각기 거처를 정해주었다. 정당의 이름은 경복당(慶福
　堂)이니 유부인이 거처하는 곳이다. 그 앞 연희당(燕喜堂)에는 좌
　부인 영양공주가 살고, 경복 당 서쪽 봉소당(鳳簫宮)에는 우부인
　난양공주가 산다. 연희당의 앞쪽 응향각(凝香閣)과 그 앞 청하루
　(淸霞樓), 이 두 채는 승상이 평소에 거처하면서 궁중 잔치를 여는
　곳이다. 청하루 앞 최사당(催事堂)과 그 앞 외당인 예현당(禮賢
　堂), 이 두 채는 승상이 손을 접대하고 공무를 보는 곳이다. 봉소
　궁 앞에 희진원(希秦院)이 있는데 숙인 진채봉의 집이다. 연희당의
　동남쪽으로 별당이 있으니 이름은 영춘당(迎春閣)이고 가춘운의
　집이다. 청하루의 동서에 각각 소루(小樓)가 있는데, 푸른 창에다
　붉은 난간이 지극히 화려하고 행각(行閣)이 청하루와 응향각에 잇
　따라 통해 있다. 동쪽을 산화루(山花樓)라 하고 서쪽을 대월루(待
　月樓)라 하니 계섬월과 적경홍의 거처이다.128)

127) 신재홍, 「구운몽의 서술원리와 이념성」, 『고전문학연구』, 5, 1990, 149-150쪽
128) "鴻月入來後, 丞相侍人漸多, 丞相客定居處, 正堂之名慶福堂, 柳夫人所
　　處, 其前燕喜堂, 左夫人榮陽, 公主居慶福堂西鳳簫宮, 右夫人蘭陽公主
　　居燕喜堂之前凝香閣, 其前淸霞樓此二室, 丞相接賓客, 爲公事之所, 鳳
　　簫宮之前, 有希秦院, 淑人秦彩鳳之室也, 燕喜堂東南, 有別堂名迎春閣,

그런데 위의 예문을 찬찬히 살펴보면 여덟 부인의 처소가 여기까지 이르는 가운데 기술된 인물간의 친분관계, 그리고 황실, 벌열, 일반, 양자, 기생 등의 신분관계가 엄격히 고려되어 배치되었음을 알 수 있다. 특히 양부에 배치된 각 건물의 위치 가운데 대부인 영양공주와 양소유의 처소는 남북으로 일직선상에 놓여있다. 이 축은 바로 양부의 뼈대이며 작가 당대 사대부 가정의 이데올로기적 모델이라 할 수 있는 동시에 가정 내의 신분관계와 위계질서의 가시화된 모습이라고 할 수 있는 것이다.129)

「옥루몽」의 전각배치 장면에서도 역시 이러한 의식을 살펴볼 수 있다.

> 안으로 구련당(龜蓮堂)은 천년 묵은 거북이 연잎에서 노니는 뜻을 취하니 태미가 처하고, 왼쪽으로 엽난헌(饁南軒)은 '同我夫子饁彼南묘'의 시구(詩句)를 취하였으니 윤부인이 처하고, 오른쪽으로 영지헌(營止軒)은 백실영지(百室營止)의 시구(詩句)를 취하니 황부인이 처하고, 밖으로 춘휘루(春暉樓)는 '春草報暉'의 시구를 취하니 태야가 처하고, 옆에 은휴정(恩休亭)은 천은(天恩)을 송축함을 취하니 연왕이 처하고130)

賈春雲之室, 也淸霞樓之東西, 各有小樓, 緣窓朱闌極華麗, 行閣周統連淸霞樓及凝香閣, 東曰山花樓, 西曰待月樓, 桂蟾月及狄驚鴻之所處也", 「九雲夢」, 『한국고전문학전집』 27,정규복전경환 譯註 강전섭 소장 노존본, 270쪽
129) 이 부분에 대해서는 신재홍 앞의 논문, 150쪽
130) "內而龜蓮堂은 取千歲靈龜游於蓮葉之意ᄒᆞ니 太미ㅣ處之ᄒᆞ고 左而饁南軒은 取同我夫子饁彼南 묘之句ᄒᆞ니 尹夫人이 處之ᄒᆞ고 右而營止軒은 取百室營止之句ᄒᆞ니 黃夫人이 處之ᄒᆞ고 外而春 暉樓ᄂᆞᆫ 取春草報暉ᄒᆞ니 太爺ㅣ處之ᄒᆞ고 傍而恩休亭은 取頌祝天恩이니 燕王이 處之ᄒᆞ고", 「原文懸吐 옥루몽」, 『활자본 고전소설전집』, 490쪽

이 부분은 창곡이 세 번에 걸친 전쟁을 승리로 이끌고 난 뒤에 취성동(聚星洞)에 낙향하여 각각 처소를 정하는 장면이다. 여기에서 는 태미-윤부인-황부인의 처소가 동서(東西)로 취성동의 내당(內 堂)을 가로 지르고 있고 외당(外堂)에 태야와 연왕의 거처가 있다. 세 명의 첩들은 내당에 들지 못하고 각각 별원에 거처하는데, 여기 서도 처첩의 신분질서가 철저하게 지켜지고 있음을 볼 수 있다.

> 연성(鸞城)이 웃으며 말하기를, '향촌에 거하는 낙이 산수에 있 으니, 범양정(泛樣亭)은 너무 강가에 바싹 다가서 있어 상인의 아 내나 어부가 거처할 바요, 우화암(羽化庵)은 궁벽하여 승려나 도사 가 거할 곳이라. 산을 등지고 물을 임하고 고루하지도 않고 속되 지도 않음은 자운루(紫雲樓)가 제일이니 첩은 원컨대 자운루에 거 하겠나이다.' 연숙인(蓮淑人)이 말하기를, '산을 좋아하고 물을 좋 아함은 성인이나 할 바요 물고기에게 묻고 초동에게 답하는 것은 숨어 사는 사람의 일이라. 첩은 누에 기르고 뽕나무 캐기와 술 빚 고 밥하기를 가장 좋아하니 원컨대 관풍각(觀豊閣)을 내려주소서.' 선낭(仙娘)이 말하기를, '첩이 취한 곳은 두 낭자와 다르니 혼잡하 고 시끄러움을 싫어하고 한적함을 취하여 중묘당(衆妙堂)에 처하 고자 하나이다.'[131]

강남홍은 불고불속(不古不俗)한 자운루(紫雲樓)를, 일지련은 농촌 의 삶을 영위할 수 있는 관풍각(觀豊閣)을 벽성선은 탈속적 경지의 한벽한 종묘당(衆妙堂)을 선택한다. 이러한 거처의 선택은 주인공들

---

131) "鸞城이 笑曰 鄕居之樂이 在於山水ᄒ니 泛樣亭은 太壓江上ᄒ야 商婦 漁翁之所居요 羽化庵은 幽僻ᄒ야 僧尼道士之所居라 背山臨流ᄒ고 不 古不俗은 紫雲樓ㅣ第一이니 妾은 願處紫雲樓ᄒᄂ 이다 蓮淑人曰樂山樂 水ᄂ 聖人所爲요 問漁答樵ᄂ 隱者之事라 妾은 最好養蠶採桑과 釀酒炊 飯 ᄒ니 願賜觀豊閣ᄒ소셔……仙娘曰妾之所取ᄂ 異於兩娘ᄒ니 厭熱요 取閑寂ᄒ야 欲處衆妙堂ᄒᄂ이다", 「옥루몽」, 앞의 책, 491쪽

의 성격과 대응하는 것인데, 더 나아가서는 사대부의 진퇴관과 밀접한 관련이 있다. 즉, 강남홍의 거처는 완전히 전원에 물러난 것이 아님을 뜻하고 일지련의 경우는 본래 사대부의 재지적 기반을, 벽성선의 경우는 도선(道仙)에 가까이 가는 은둔의 모습을 나타내고 있다. 때문에 이는 중앙 정계와 전원 사이의 거리의 제양상을 구체적인 가옥의 위치로 형상한 것으로 해석되어 왔다.132) 따라서 가옥배치에 대한 장편한문소설의 관심은 백운과 청운의 길의 체용적 관계를 보여주고자 형상화하였다고도 볼 수 있으며 이는 장편한문소설 향유층의 의식과도 연관되는 문제라고 할 수 있다.

　그러나 「봉래신설」에서는 장편한문소설에서 이어오던 이러한 장면을 단지 형식적으로만 수용하고 그에 내포되어 있는 의식은 배제하고 있음이 다음에서 드러난다.

> 　초왕이 초국에 이르러 모부인을 만수전(萬壽展)에 모시고, 그 동쪽을 일러 경춘궁(景春宮)이라하여 주부인으로 하여금 거하게 하고, 경춘궁의 앞에 따로 세 궁을 두어 하나를 흥복궁(興福宮)이라하여 진숙인 경월을 거하게 하고, 두 번째를 경인궁(慶仁宮)이라하여 장씨 형옥을 거하게 하고 세 번째를 경의궁(慶義宮)이라하여 양씨 난향으로 거하게 하였다.133)

　이 인용문은 방운이 모친과 채란, 난향, 형옥 등과 재회하고 나서 초국왕에 부임하여 각각의 처소를 정해주는 장면이다. 여기에서도 역시 모부인의 전각 옆에 본부인인 채란의 처소를 정하고, 세 첩은 별궁에 거처하게 한 점은 「구운몽」이나 「옥루몽」의 전각배치와 유사

---

132) 이 부분에 대해서는 김종철, 「옥루몽의 대중성과 진지성」, 21-2쪽 참조
133) "楚王至國, 奉母夫人於萬壽殿, 其東曰景春宮, 使王夫人居之, 景春宮之前別爲三宮, 一曰興福宮, 陳淑人瓊月居之, 二曰慶仁宮, 張氏荊玉居之, 三曰慶義宮, 楊氏蘭香居之", 「봉래신설」, 『열상고전연구』 1, 486쪽

하다. 그런데 이 장면은 앞의 「구운몽」이나 「옥루몽」처럼 방운을 둘러싼 모든 갈등이 끝난 대단원 부분에 삽입된 것이 아니다. 방운은 비록 모친이나 낭자들과 재회하기는 했지만 아직 부친과는 상봉하지 못했기 때문에 그가 자신의 일대기 속에서 탐색하고 있는 목표는 완전히 획득하지 못한 상태라고 할 수 있다. 따라서 이 장면은 방운이 부친과 마저 재회하여 그의 부모 찾기와 결연이 모두 완수되는 제17회에 가서나 삽입되는 것이 마땅하다.

게다가 방운의 일대기는 「구운몽」의 양소유나 「옥루몽」의 양창곡과는 달리 유가적 이상을 추구하기보다는 어려서 헤어진 부모를 다시 찾는데 집중되어 있다. 이러한 방운의 면모는 그가 부모를 잃고 헤매다가 영산도인을 만나 수업을 받는 부분에서 잘 드러난다. 영산도인이 사대부의 도리를 말하며 아무 의미 없이 보낸 방운의 전정(前程)을 질책하지만 방운은 국가의 위기를 구하거나 사대부의 이념 같은 문제에는 관심을 보이지 않고 자신이 생존해 나가는 방도와 같은 일차원적인 문제에만 관심을 보인다. 즉, 방운은 사대부의 이상을 가지고 권신들의 세력에 맞서가며 이상적인 치국의 도를 완성해 가기 위한 일생을 보이는 양창곡과는 달리 시종 무기력한 영웅의 수동적인 모습을 보일 뿐인 것이다.

이상과 같은 불일치는 위의 삽화가 초국왕이 되기 전까지 전형적인 영웅의 일생을 살던 방운의 일대기와 「구운몽」, 「옥루몽」 식의 적강 모티프를 병렬적으로 합성하기 위해서 갑작스럽게 삽입된 부분이기 때문에 나타나는 것이다. 따라서 이처럼 비록 후대에 와서 대중성을 획득하기는 했지만 원래 상층을 위한 독서물로서 창작된 「구운몽」과 「옥루몽」의 적강모티프와 하층의 독서물이었던 국문영웅소설의 서사구조와 내용을 합성하는 것은 내용상으로는 국문영웅소설을 지향하되 한문으로 창작되었던 통속적 한문소설의 중간적 혹은 이중적인 성격을 그대로 보여주고 있는 것이라고 볼 수 있겠다.

V

통속적 한문소설의 소설사적 의의

1. 향유층의 의식

1) 작가층의 의식

본고에서 다룬 통속적 한문소설은 한문을 문자로 하고 있기 때문에 그 작가층이 한문을 아는 식자층에 제한된다. 이러한 면모는 작품에 삽입되어 있는 다양한 한문학 양식들에서 확인할 수 있다. 「김전전」에는 사(詞) 5편, 한시(漢詩) 7수, 서간문(書簡文) 1편, 제문(祭文) 2편, 유서(遺書) 2편, 시부(詩賦) 1편으로 총 18편[134], 「운향전」

---

134) ㉮ 詞 - 김할이 낙향하여 농사짓고 음주하며 지어서 부른 '歸古園詞' 김전이 떠나고 난 후에 형옥이 김전을 그리워하면서 자신을 위로하기 위해 지은 '思郞詞' 김할이 김전을 다시 만난 기쁨을 노래하여 부인에게 준 '逢子詞' 김할의 '逢子詞'에 화답하여 부인이 한림에게 지어준 詞 김전이 모친의 詞에 화답하여 형옥에게 지어준 詞 ㉯ 書簡文 서역 천축국 보경사 화주승이 김할이 시주를 해준데 대해 감사하고 자신의 상좌를 점지하

에는 축원문(祝願文) 1편, 한시(漢詩) 1수, 첩서(捷書) 1편, 사(詞) 1
편, 격서(檄書) 2편, 서간문(書簡文) 1편으로 총 9편[135], 「봉래신설」에
는 한시(漢詩) 23수, 축원문(祝願文) 1편, 서간문(書簡文) 2편, 제문
祭文 1편으로 총27편[136]이 수록되어 있다. 그런데 세 작품들 중에서

는 내용을 담은 편지 ㉰ 七言絶句─김전이 여덟살이 되어서 세상에 자신
의 재주를 펴고자 하는 뜻을 읊은 시김할이 전장으로 떠나기 전 김전 모
자와 이별하면서 김전의 신분, 이름 등과 함께 적어 금낭에 넣어서 옷깃
에 봉해놓은 시김전과 형옥의 혼인날 김전이 형옥에게 지어준 시형옥이
혼인날 김전에게 화답한 시 ㉱ 七言律詩─위승상이 빙허각에서 등불을
바라보다가 지은 四韻 詩김전이 위승상의 시에 차운한 시김전이 오초정
에 올라 경치를 감상하며 지은 시 ㉲ 祭文─위승상이 죽자 김전이 지은
제문김전이 과거에 급제하고 錦衣還鄕하여 위승상의 묘에 가서 다시 지
은 제문 ㉳ 遺書─위승상이 죽을 때 김전과 형옥에게 각각 남긴 유서
㉴ 詩賦김전이 과거에 응시하여 지은 律賦의 일종

135) ㉮ 祝願文─권처사가 기자치성하면서 지은 축문 ㉯ 七言絶句─권사처사가
운향의 운수를 염려하여 지어준 시 ㉰ 七言短句─권처사의 절구에 이어서
운향의 모친이 운향에게 지어준 시 ㉱ 五言絶句─운향의 勝戰에 대한 조
정 신하들의 축시 ㉲ 捷書─오랑캐의 침입을 알리는 하북 병마절도사의
첩서 ㉳ 詞─운향이 우희를 따라 운월암에 가는 도중에 뱃전에서 자신의
심정을 술회한 歌詞 ㉴ 檄書─蠻將 굴돌창이 대원수 왕상서에게 보낸
격서운향이 출전하여 굴돌창에게 보낸 격서 ㉵ 書簡文─채운이 경운에게
보내는 편지

136) ㉮ 七言絶句─경난이 남천령에게 受學하러 가는 길에 집선루에 올라 지
어서 壁上에 붙인 시정옥, 국향, 설난, 금연이 각각 집선루에 붙여져 있
는 경난의 시에 화답하여 지은 시경난이 정옥 등을 시험코자 지은 시정
옥이 경난의 시에 화답코자하여 국향에게 짓게 한 화답시 방운이 봉래산
을 찾아가며 뱃전에서 지은 시방운이 밀라도의 철벽을 빠져나가기 전에
壁上에 붙어둔 시방운이 밀라도에서 난향과 헤어지면서 지어준 시방운이
집선루에서 동왕공과 남천령을 만나고 난 뒤에 집선루 壁上에 붙여둔 시
형옥이 방운에게 지어준 화답시 방운이 부모를 모시고 잔치할 때 방제현,
유씨 부인, 방운, 네 명의 처첩들이 돌아가면서 지은 시 ㉯ 五言絶句─경
난이 집선루에서 국향의 시에 화답한 시방운이 주시랑의 집을 떠나며 주
소저에게 지어준 시방운이 주시랑의 집을 떠나며 벽상에 지어 둔 시방운
이 순천부 아전 장흥의 사환이 되어 형옥을 만나 지은 시 ㉰ 上疏文─방
제현이 낙향해 있으면서 간신들의 專橫을 근심하여 천자에게 간하는 상
소방운이 사방을 다니며 부모를 찾기 위해 지위를 사양하는 상소 ㉱ 祝

「운향전」은 작품에 삽입되어 있는 한문학 양식의 수가 「김전전」이나 「봉래신설」보다 현저하게 적음을 볼 수 있다. 특히 한시(漢詩)의 경우 총 9편 가운데에 3수밖에 되지 않아서 한시가 전체에서 반 이상을 차지하는 「김전전」이나 「봉래신설」과는 다른 면모를 보여준다. 이는 일단 「운향전」의 작가적 성향 혹은 신분에 따른 결과일 것으로 추정할 수 있다.

이처럼 작품에 삽입되어 있는 다양한 한문학 양식들은 통속적 한문소설 작가층이 자신들이 익숙한 전통적인 한문학 장르들을 작품 속에 나열하며 즐기는 태도를 보여준다. 일단 작품 내에 삽입된 한문학 양식, 특히 한시는 작중 인물들의 감정을 보다 절실하게 전달하거나 분위기를 고양시키는 관습적인 기능을 한다. 그러나 작가는 이러한 한문학의 양식들을 나열함으로써 작가 자신의 한문 소양을 과시하는 동시에 줄거리와는 상관없이 시 창작 자체를 즐기고 있는 양상까지도 보여준다. 특히 작중인물들이 서로 재회한 자리에서 서로 돌아가면서 시를 지으며 즐기는 것을 한 장면으로 구성하는 부분에서 이러한 점들이 두드러진다. 「김전전」에서는 이러한 장면이 약 3페이지에 걸쳐 확대되어 있는데, 주인공 김전이 과거에 급제하고 나서 부친을 만나고 아울러 이별했던 모친 형옥과 재회하는 기쁨을 서로 돌아가며 시(詞)를 짓는 것으로 대신하고 있다. 이 장면은 「김전전」의 후반부를 장식하는 역할을 한다. 「봉래신설」에서도 역시 주인공 방운이 처첩들을 거느리고 잔치를 열어 부모께 헌수(獻酬)를 올리면서 돌아가면서 시를 짓는 장면이 17회를 구성하고 있다.

한편, 통속적 한문소설은 국문영웅소설의 영웅일대기와 그에 따른

願文-祈子致誠하러 봉래산 백운화상을 대신 보내면서 방제현이 지은 축원문 ㉱ 書簡-주소저가 방운에게 집을 떠나 뜻을 펼 것을 말하는 편지방운이 주지랑의 집을 떠나면서 주소저에게 써 보낸 편지 ㉲ 祭文-방운이 과거에 급제한 후 주시랑 묘에 가서 지은 제문

세부내용을 수용하고 있기 때문에 당대 지식인 작가층의 새로운 의식을 보여준다고 할 수 있다. 따라서 통속적 한문소설에는 당대 지식인 작가층의 전형적인 보수성과 함께 국문영웅소설 내용의 수용에 따른 하층 또는 중인층 의식과의 동질성을 보여주기도 한다. 여기서는 통속적 한문소설 작가층의 이러한 이중적인 의식에 대해서 살펴보기로 한다.

「김전전」에서는 김전을 데려다가 택서하려는 자신의 뜻을 반대하는 설씨에게 위승상이 '왕후장상(王侯將相)이 본래 씨가 따로 없다'는 논리로써 이를 물리치고 있는 부분에 주목할 필요가 있다.

> 다음날 아침에 김전을 데리고 내당에 들어가 설씨를 청하여 절하여 뵙게 하고 말하기를, "형옥은 뛰어난 자질이 비범하여 족히 대인의 아내가 될 만하나 매번 군자 구하기에 심려하였더니 이번에 길가에서 다행히 귀남자를 얻어 왔으니 족히 마음에 기쁘오. 형옥의 나이 이미 장성하였으니 이 아이로써 장차 짝을 삼아야겠소." 부인이 갑자기 얼굴을 붉히며 대답하기를, "승상은 일인지하 만인지상이신데 어찌 길거리를 전전하던 무리로써 사위를 삼는단 말입니까. 이는 훗날 웃음거리가 되기 쉬우니 처음부터 기절함만 같지 못합니다." 승상이 웃으며 말하기를, "왕후장상(王侯將相)이 본래 씨가 따로 없는데 어찌 이 때문에 꺼려하겠소." 설씨가 겉으로는 기뻐하며 거짓으로 응낙하였다.[137]

---

137) "明朝, 率銓入內堂, 請薛氏而拜見曰, 荊玉英資非凡, 足爲大人之室, 每慮求君子矣, 旣日路邊, 幸得貴男子而來, 足快於心矣, 荊玉年旣長成, 將以此兒, 爲儷也, 夫人勃然作色而對曰, 丞相乃 一人之下, 萬民之上, 豈可以陋巷轉乞之徒爲婿哉, 此不可貽笑於他日, 莫如當初之拒絶也, 丞相笑曰, 王侯將相, 本無種裔 豈可以此爲嫌也, 薛氏外喜而佯諾", 「김전전」, 298쪽

「김전전」과 같이 지인지감 화소가 삽입되어 있는 작품에서는 이처럼 주인공을 지인지감에 의해 택서 또는 택부할 때 택서자가 반대자의 반대를 물리치는 과정이 동일하게 들어 있다. 이는 혼사가 자기 가문의 세력유지나 확보를 위한 수단이 되었던 당대의 신분관념을 고려한다면 현실적인 세력을 유지하고 있는 집안에서 길거리를 전전하는 신세로 전락한 주인공을 사위로 맞이한다는 것은 당연히 현실적으로 불가능한 일이기 때문이다.

그러나 「김전전」에서 위승상이 설씨의 반대를 물리치기 위해 '왕후장상이 본래 씨가 따로 없다'는 논리를 펴고 있는 것은 단순히 지인지감으로 신분에 관계없이 뛰어난 인물을 사위를 발탁하는 다분히 설화적인 지인지감 화소의 함의로는 설명할 수가 없는 것이다. 이는 혼사를 정할 때 신분계급을 따지지 않겠다는 논리를 넘어서 작자가 양반층의 보편적인 계급의식을 지니고 있지 않다는 것을 보여주는 것으로 해석할 수 있는 소지를 가지는 동시에 하층이나 중인층의 의식과의 동질성을 보여주는 것으로 해석할 수 있는 것이다.

그런데 「김전전」과 동일한 논리가 「장풍운전」과 같은 의미지향을 보이는 작품으로 분류되는 「장경전」에서도 발견되고 있다.

> 부친이 어이 져런 망령된 말슴을 ᄒ시ᄂ잇까 장경이 영민ᄒ야 문필이 잇ᄉ오나 부모 근본을 모르옵고 유리ᄒ걸걸ᄒ난 아희을 ᄉ회 삼쟈 ᄒ신이 비록 듁ᄉ와도 ᄎᄉ난 봉힝치 못ᄒ올소이다 ᄒ되 목ᄉ 탄식왈 너의 등이 지인지감이 업셔 ᄒ갓 근본만 싱각ᄒ나 왕후 쟝상이 엇지 씨 잇ᄉ리요[138]

여기서 소성운은 아들들이 방운으로 택서하는 것에 반대하자 아들들이 지인지감이 없어 신분만 가지고 인물을 평가함을 탄식하면서

---

138) 서인석 「장경전」, (『한국고전소설 작품론』, 1990) 439쪽에서 재인용

왕후장상이 어찌 씨가 있겠느냐고 하고 있다. 이는 비록 지인지감이라는 말을 앞세우고는 있지만 역시 지인지감 화소의 문맥을 넘어서서 신분 보다 능력이나 인물됨을 중시해야 한다는 당대에 재능이나 경제력을 갖춘 중하층의 인물들의 생각을 어느 정도 반영하고 있는 것으로 볼 수가 있는 것이다.

이처럼 「김전전」은 비록 부분적인 삽화에 한정되는 것이기는 하지만 한문을 향유하는 당대의 식자층이 일반적으로 보여주고 있는 계급의식이나 보수적인 경향을 벗어나서 하층이나 중인층의 의식을 수용하고 있다는 것을 알 수 있다.

「운향전」은 우선 작자 후기를 보면 작품에서 교훈을 얻을 것을 독자에게 강조하고 있는 작자의 태도를 확인할 수가 있다.

> 아아 권 처사의 관상 보는 법과 운수 보는 법은 천고에 제일이라 내가 백년간 보기로……(손상)……이러므로 기록하노라 대저 덕을 많이 쌓으면 복이 많고 악을 많이 쌓으면 화가 많다 함은 천지의 변하지 않는 법도라 아아 후인이 이 기이한 일을 보고서……(손상)…… 빨리 힘쓸지어다.139)

여기서 작자는 작품의 서두에서 권 처사에 대한 사실이 사서(史書)에 기록되어 있지는 않다고 하여 마치 실제 인물인양 서술하였던 것140)과 마찬가지로 자신이 실제 이야기를 기록하고 있다는 태도를 보이고 있다. 또한 독자들에게 덕을 쌓으면 복을 받고 악을 행하면 화가 미친다는 교훈을 강조하고 있다. 이처럼 소설 작품을 실제 이야기인 것처럼 꾸며서 독자에게 교훈을 주려고 하는 태도는 상층 지

---

139) "嗟乎, 權處士之相法推數, 千古一人, 余看百……(손상)……言 因以記之 大抵積德多者多福 積惡多者多禍, 天地之常經, 噫, 後之人觀此異事……(손상)……爲急務哉", 「운향전」 후기
140) "潮州之地, 有一處士, 姓權史失其名", 「운향전」, 239쪽

식인 작가들의 일반적인 경향이다. 따라서 「운향전」의 작가는 표면
적으로는 지식인 작가로서의 보편적인 의식과 태도를 내세우고 있다
고 할 수 있다. 이 점은 주인공 운향을 적극적인 여성영웅으로 묘사
하기 보다는 모해담의 삽입으로 여성적인 시련과 열행을 강조하고
있는 「운향전」의 내용상 특징에서도 확인할 수 있으며 여성영웅에
대한 지식인 남성의 보수적인 시각도 살펴볼 수 있다.

그러나 「운향전」은 이처럼 표면적으로는 열 이념을 내세우고 있으
나 세부 내용에서는 여성에 대한 새로운 인식을 보여주고 있어서 주
목할만하다. 먼저 권 처사가 운향에게 자신의 업을 전수하는 장면에
서 이러한 면모를 확인할 수 있다.

> 운향의 나이 겨우 사오세에 총명이 비범하여 능히 밝게 알고
> 밝게 능하여서 한 가지 말을 듣고 한 가지 일을 보면 강물이 흐르
> 는 것처럼 막힘이 없었다. 처사가 현묘한 이치와 운수 보는 법과
> 풍운조화의 술법을 가르쳐서 말하기를, "내가 얻은 바를 전할 곳이
> 없으나 딸도 역시 나의 혈육이니 업을 전하는데 어찌 남녀의 다름
> 이 있겠소. 만약 내 도를 (전한다면) 내가 죽어도 역시 죽지 않는
> 것이니 이에 가르쳐야겠소." 부인이 말하기를, "여자의 학문은 모
> 두 쓸데없는 것이니 어디에 쓰겠습니까?" 처사가 말하기를, "남자
> 의 학문에도 또한 쓸데없는 지혜가 있고 여자의 학문에도 혹 쓸만
> 한 지혜가 있으니 단지 남녀로써 택한즉 도리어 자미지앙(子美之
> 央)이 되지나 않겠소?"[141]

---

141) "雲香年纔四五, 能遂良知良能, 聞一言 見一事, 如江漢之沛然, 莫之禦
之也, 處士敎以玄妙之理, 推數之法, 風雲造化之術曰, 吾之所得, 疑其
無傳處, 女兒亦吾之血屬, 業若傳受, 則豈有男女之異乎, 若使吾道, 吾
死亦不死, 乃敎之, 夫人曰, 女子學文 徒是(僧)梳, 何用之有, 處士曰, 男
子學文亦有(僧)梳之智, 女子學文, 或有可用之智, 只以男女擇之, 則反不
爲子美之央耶", 「雲香伝」, 247쪽

여기서 권 처사는 부인이 여자가 학문을 하여 어디에 쓰겠느냐고 하며 운향에게 학문을 전수하는 것을 반대하자 학문을 하는데 있어서 남녀의 구별이 없다고 하면서 부인의 주장을 물리치고 있다. 이는 일반적인 여성영웅소설에서 여성주인공이 학문을 익히고 무술을 연마하기 위해서 부친을 포함한 주위의 반대를 감내해야 하는 것과는 다른 양상이다. 그런데 운향의 수업에 부친인 권 처사가 적극적으로 나서는 대신 주인공 운향 스스로는 수업에 대한 어떠한 의지나 자의적인 노력도 보이지 않는다는 것이 특이하다. 남편을 돕기 위해 출전하는 것을 제외하고는 운향을 열부로 그리면서 여성 주인공에 대해서는 지극히 보수적인 남성의 시각을 표출하고 있는 반면에 여성 주인공을 둘러싼 인물의 태도를 통해서는 남녀의 차별을 부정하는 의식을 보여주고 있다는 점에서 「운향전」에 나타난 작가의 의식은 일견 모순 되는 것으로 보이기까지 한다.

　또한 운향은 태어날 때부터 외손으로 권 처사 집안의 대를 이으리라는 것이 미리 예언[142]되고 있고, 이는 실제로 운향이 오랑캐를 물리친 공에 보답하기 위해 천자가 운향의 둘째 아들 금석에게 권씨 성을 하사하여 대를 잇게 함으로써 실현되고 있다.

　(상제가) 또 경운에게 말하기를, "경의 장인 권 처사의 자녀가 몇인고?" 승상이 엎드리며 말하기를, "단지 딸이 하나 있을 뿐 다른 자식은 없습니다." 상이 탄식하며 말하기를, "자식이 없는 채로 내버려 두는 것은 잘못이라. 경의 자식은 몇인고?" 대답하기를, "옥석, 금석 형제가 있습니다." 상이 명하기를, "외손이 조상의 제사를 받드는 것은 옛부터 따로 있어온 권도(權道)라. 금석으로 하여금 권씨 성을 잇게 하는 것이 좋겠다." (천자가) 웃으며 말하기를, "권씨 성

---

142) "上帝曰, 然則, 不可無後, 使得一女, 以外孫傳姓, 可也",「운향전」, 242쪽

의 권자는 권도의 권자와 서로 부합하니 짐이 내린 성이 아니라 상
제께서 이미 정하신 것이다. 짐은 하늘의 명을 받들어 행하는 것에
불과하다."143)

　여성 주인공이 자기 집안의 대를 자신의 아들로써 잇는다는 설정
은 국한문을 통틀어 당대의 소설 어디에서도 찾아볼 수 없는 파격적
인 것이다. 게다가 이러한 설정이 국문소설도 아니고 한문 소양을
지닌 식자층 작가에 의해서 쓰인 한문소설에서 나타나고 있다는 점
에 더욱 주목할 필요가 있다. 따라서 운향을 외적으로는 여성영웅으
로 그리면서도 가정 내적으로는 순종적인 열부로 묘사하는 이중성
속에서 「운향전」의 작가는 당대의 의식을 볼 때는 비록 일부분이기
는 하지만 상당히 진보적이고 파격적인 여성에 대한 시각을 보여주
고 있다고 할 수 있는 것이다.

　「봉래신설」은 천상계에서의 여성주인공들의 신분 차이가 적강하고
나서도 그대로 지켜지고 있다는 점에서 일단 신분질서에 대한 당대
의 보편적인 의식을 보여주고 있다. 여성주인공들은 천상계에서부터
봉래산을 지키는 선관인 남천령의 딸과 시녀로 주종의 관계를 형성
하고 있다. 그런데 이들은 경난과 상희(相戲)한 죄로 적강하고 나서
도 역시 남천령의 딸 정옥은 사대부가의 여성인 채란으로, 세 시비
는 각각 정옥의 시비, 경월촌민의 딸, 난향아전의 딸 형옥으로 태어
남으로써 천상계의 신분질서를 그대로 이어받고 있다. 뿐만 아니라
정옥을 제외한 다른 세 여인들은 모두 방운의 첩이 됨으로써 이러한
신분질서는 확고하게 유지된다.144)

---

143) "又命卿雲曰, 卿之妻父權處士, 子女幾何, 丞相伏地奏曰, 只有一女, 更
　　無他矣, 自上悲歎曰, 使其無後, 爲欠矣, 卿子幾人, 對曰, 玉石金石, 兄
　　弟矣, 上命曰, 外孫奉承香火, 而自有別般權道, 使金石, 得傳權姓爲可,
　　歎曰, 權姓之權字, 與權道權字相合, 非朕之賜姓, 乃上帝已定也, 朕不
　　過奉天命, 而行也", 「蕓香伝」, 273쪽
144) 작가가 상층의 사대부 지식인이었던 「구운몽」에서도 이러한 면모가 확인된

그러나 형옥과 방운과의 결연담에 있어서 「봉래신설」은 역시 이중적인 의식을 보여준다. 일단 「봉래신설」은 형옥과 방운과의 결연에 하층의 신분상승 욕구를 반영하고 있는 「춘향전」식의 인물구도를 수용하여 관장의 말에 저항하는 하층인의 보습을 보여주고 있다고 할 수 있다. 그런데 역시 「춘향전」식의 갈등구도를 수용하고 있는 국문 영웅소설 「장경전」과 비교해 보면 「봉래신설」이 모티프를 수용하되 어떠한 면에서 한계를 보여주고 있는지가 극명하게 드러난다.

「장경전」에서 주인공 장경은 운주 관청의 방자가 되었다가 관기인 초운과 애정을 나누게 된다. 장경이 소성운을 따라 황성을 떠나자 등과한 정사운의 구애도 거절하고 장경을 기다렸다가 마침내 장경의 첩이 되는데, 박순호 소장본 「장경전」에서는 초운이 신임 목사 마등철의 수청요구에 강력하게 저항하면서 고난을 겪다가 장경에 의해 구출되는 것으로 서술되어 인물구도가 「춘향전」식으로 확대되어 있다.

「봉래신설」과 박순호 소장본 「장경전」은 이처럼 「춘향전」을 모방하고 있으며 여주인공의 항거의지가 강렬하게 표출되어 있다는 점에서는 동일하다. 그러나 여주인공에게 위협을 가한 인물에 대한 징치와 여주인공의 처지에 대한 처리에 있어서는 서로 다른 면모를 보여준다. 먼저 「장경전」에서 장경은 탐관오리의 죄를 물어 마등철을 처형하는데 비해서 「봉래신설」에서 방운은 형옥에게 위협을 가했던 순천부사에게 색계에 빠지는 것에 대해 경계하는 것으로 일을 마무리 짓는다. 따라서 「장경전」이 열녀인 춘향에게 수청을 강요했다는 것만으로 변학도를 악인으로 몰아서 봉고파직 시키는 「춘향전」의 전개와 동일한 의식지향을 보여주고 있는 반면에 「봉래신설」은 상층의

_____

다. 「구운몽」에서 양소유가 결연하는 여덟 여인은 형산에 있을 때에는 그저 여덟선녀였을 뿐 그들 사이에 어떤 주종의 신분관계가 있었던 것은 아니었는데, 지상세계에서 소유와 결연하면서는 처와 첩이라는 신분관계를 맺게 된다. 신재홍에 의하면 그리고 이러한 처첩의 신분문제는 작가에 의해 명백하고도 일관되게 기술된다고 한다.(신재홍, 앞의 논문, 146-7쪽)

의식에 의해서 이를 변용해서 수용하고 있는 것이라 볼 수 있는 것이다.

초운의 신분처리에 있어서 「장경전」은 처음에는 첩이었던 초운을 정실부인을 제치고 왕비로 삼음으로써 현실적인 신분질서를 초월하고 있다. 장경이 귀양을 간 사이 초운은 세 명의 정실부인 중의 하나인 소씨에게 일방적으로 수난을 당한다. 그러나 장경이 돌아와 왕이 된 후에 정실부인이었던 소씨는 축출당하고 첩이었던 초운이 왕비가 됨으로써 신분질서는 역전된다. 이는 「장경전」이 「춘향전」식의 인물 갈등을 수용한 뒤에 초운의 신분을 처리하는 후일담에 해당하는 부분에서도 역시 「춘향전」식의 하층의 신분상승 욕구를 반영하고 있다는 것을 보여준다. 그러나 「봉래신설」에서는 비록 형옥이 순천부사의 수청요구를 거절하고 절개를 지켜서 방운의 첩이 되고는 있지만 이는 신분상승으로 이어지지는 못한다. 형옥은 어디까지나 방운의 첩으로써 만족하며 처첩사이의 신분질서는 철저하게 지켜진다.

> 오년 동안 옥에 갇혔다가 겨우 한 해를 얻어 외람되이 분에 넘치는 은혜를 입었습니다. 또한 소망에 지나치는 영화를 입어 대왕의 잠자리를 받들고 또한 부인의 규방을 모시게 되었습니다. 항상 달이 차면 기울고 꽃이 피면 시듦을 두려워하니 다시 무슨 바람이 있어서 말하겠습니까.145)

방운이 초국왕에 부임하여 자녀다복(子女多福)하고 부귀영화(富貴榮華)를 누리다가 처첩 들을 거느리고 만수전에서 술을 즐기며 각자의 소망을 묻자 형옥이 대답하는 부분이다. 여기서 형옥은 옥에 갇혀 고난을 겪다가 방운의 첩이 되어 방운과 부인을 모시게 된 것만

---

145) "五年遲獄, 僅得一日, 猥蒙非分之恩, 又被過望之榮, 奉大王之寐, 具侍夫人之帷房, 常恐月滿則虧, 花盛則衰, 復何願之可言乎", 「봉래신설」, 490쪽

으로도 만족하고 있다. 따라서 「봉래신설」은 비록 하층의 신분상승 욕구를 반영하고 있는 「춘향전」의 갈등구조를 형옥의 결연담에 수용 하고 있음에도 불구하고 이를 상층의 의식에 맞게 변용해서 수용함 으로써 작품의 서두인 천상계에서부터 인물들 간에 설정되어 있던 신분질서를 철저하게 지키고 있음을 알 수 있다.

이처럼 본고에서 다룬 통속적 한문소설 작품들은 국문영웅소설의 영웅일대기를 수용하고 동시에 그 작품세계를 지향하는 과정에서 국 문영웅소설 향유층의 의식세계에 견인되어 가는 모습을 보여준다. 이러한 국문영웅소설 향유층의 의식세계가 한문 교양을 가진 지식인 작가층의 의식세계와 함께 작품 내에서 공존함으로써 통속적 한문소 설 작가층의 이중적인 의식을 형성하게 되는 것이다.

2) 독자층의 의식

본고에서 다룬 통속적 한문소설은 국문소설의 성행 속에서 한문을 아는 식자층을 대상으로 통속적인 국문소설에 대한 욕구를 만족시키 기 위해 출현했다고 볼 수 있다. 따라서 통속적 한문소설은 형식과 내용면에서는 국문소설의 통속성을 지향하지만 한문학 양식들을 활 용하고 있는 문체적인 측면에서는 한문소설의 전통을 그대로 이어받 고 있는 이중성을 보여주고 있는 것이다.

그런데 「봉래신설」은 한문본으로써만이 아니라 한글로 번역되어 번 역본으로써도 향유되었다는 점에서 그 독자층이 한문소양이 있는 지식 인에서 일반 대중으로 확대되었던 양상을 보여주고 있어서 주목된다.

㉮ 이 칙은 본듸 진셔칙으로 번역하여……(손상)……여시니 스연
도 혹 모호하고 글시도 용열하니 그듸로 눌너 보기 바라압 동왕공

의 으들 경난은 방제현의 아들 방운되고 남천영의 쌀 정옥은 쥬승의 쌀 치란이 되고 국향은 남성부 진담의 쌀 경월이 되고 설난은 슌천부 장흥의 쌀 형옥이 되고 금연은 경원니 양흥의 쌀 향난이 되고 칙쥬난 청풍 노찬니 남원틱이라146)

㉯ 셰차 광무팔년 갑진십월망간에 싱이 홀노 안져 젹젹무요허기로 칙을 지엿슨즉 말도 아니되고 글시도 용열허매 눌러보시옵 심싱우사ᄂᆞ셔147)

㉮ 는 한문본 「봉래신설」의 한글 번역본 「방운전」의 필사자 후기이다. 한문본을 번역하였다고 했는데, 남원댁이라는 여성이 스스로 한문본을 번역했는지 아니면 번역본을 필사만 했는지는 분명하지 않다. 이 후기에서는 두 가지 사실을 확인할 수 있다. 하나는 「봉래신설」이 번역되어 일반 독자 대중 사이에서 읽혔다는 것이고, 다른 하나는 여성독자에게도 이 작품이 수용되었다는 것이다. 후자와 관련하여 「봉래신설」이 여성독자층에게도 수용될 수 있었던 것은 물론 한글로 번역됨으로써 문자의 장벽이 사라졌기 때문이기도 했지만 이 작품이 특히 결연담에 많은 비중을 두고 있다는 것이 그 이유가 될수 있을 것이다.

㉯ 는 역시 한문본 「봉래신설」의 한글 번역본의 하나인 「봉늬신션녹」의 필사자 후기이다. 이 후기를 보면 심생우사라는 남성이 스스로 작품을 창작하였다는 의식을 보여주고 있지만 실제는 작품의 내용을 부분적으로 가감하거나 한시의 내용을 바꾼다거나 하여 약간의 개작을 한 것에 지나지 않는다. 이 심생우사라는 인물은 「봉래신설」의 한문본을 직접 보고 번역해 가면서 개작을 했을 수도 있고, 번역본을 보고 개작을 했을 가능성도 있는데, 후자의 가능성이 더 커 보

---

146) 「방운전」, 후기
147) 「봉늬신션녹」, 후기

인다. 이 후기는 한문본 「봉래신설」이 한문본 그대로가 아니라 한글 번역본의 형태로 남성 독자층에게 수용되는 양상을 보여준다.

이처럼 「봉래신설」에 한문본과 한글본이 공존하는 것은 이 작품이 한문 소양을 지닌 지식인에게만 호소력을 가진 것이 아니라 한문을 모르는 일반 대중에게도 흥미를 끌 수 있는 내용을 갖추고 있다는 것을 의미한다. 이는 「봉래신설」이 비록 문자면에서 한문으로 쓰여 있고, 문체에서 한문학 양식들을 삽입함으로써 한문소설 전통의 관습을 계승하고 있기는 하지만 구조와 내용의 면에서는 국문영웅소설과 별반 다를 것이 없다는 통속적 한문소설로서의 특성에 기인하는 것으로 보인다. 따라서 「봉래신설」의 한글 번역본의 존재로 인해 이 작품은 한문이라는 문자의 한계를 넘어서 한문소설의 독자와 국문소설의 독자가 동일한 독서 경험을 공유하게 되었던 것을 확인할 수가 있는 것이다.

그런데 「봉ᄂᆡ신션녹」은 같은 한글 번역본인 「방운전」에 비해서 「봉래신설」에 수용되어 있는 한문학 양식들을 거의 충실히 수록하면서도 몇몇 부분에 가서 생략을 하고 있음을 볼 수 있다. 특히 17회에서 방운이 처첩을 거느리고 잔치를 벌여 부모에게 헌수(獻酬)를 올리면서 돌아가며 한시를 짓는 장면은 아예 생략되어 있다. 이 장면이 국문번역본에서 삭제되었다는 것은 이러한 한문학 양식의 수용 특히 한시에 의한 장면화가 국문영웅소설에 익숙해 있는 독자층의 의식에는 받아들여지기 어려운 부분이었다는 것을 보여준다. 따라서 제목까지 주인공의 이름을 내세우고 한문학의 양식들을 아예 삭제해버린 한글 번역본 「방운전」은 이러한 점에서 보다 국문영웅소설로의 의미지향에 가깝다고 할 수 있겠다.

2. 통속적 한문소설의 소설사적 위치

소설 특히 한문소설은 17세기 「창선감의록」에 이르기까지 상층의 지식인들의 진지한 창작의식의 소산이었다. 그러나 18세기에는 방각본 소설을 중심으로 상업화가 진행되어 소설이 통속화, 대중화되기 시작했고, 이러한 경향이 지속된 19세기는 국문소설의 통속성을 극복하려는 상층 지식인의 새로운 소설 창작이 시도된 시기였다. 본고에서 다루었던 통속적 한문소설이 창작되었던 시기는 바로 18세기 이후부터 시작된 소설의 상업화 속에서 통속적인 경향을 띠었던 국문영웅소설과 이러한 국문영웅소설의 통속적인 경향을 극복하면서 상층의 새로운 읽을 거리를 마련하는 것을 목적으로 하였던 19세기 장편한문소설이 창작되었던 시기와 맞물려 있다. 따라서 통속적 한문소설의 소설사적 위치는 국문영웅소설과 장편한문소설 사이에서 찾을 수 있을 것으로 보인다.

먼저 장편한문소설의 창작은 국문영웅소설을 포함하는 국문소설이 지닌 내용과 구성상의 통속성과 문체의 비속함을 비판하는 것에서 출발한다. 그러나 장편한문소설의 작가들은 국문소설의 통속적인 내용을 비판하는 데만 그치지 않고 이러한 통속적인 국문소설이 독자에게 널리 수용되어 성행할 수 있었던 이유를 정확하게 파악하고 있었다.

> 그러나 인정물태 같은 것은 묘사를 잘 하여서 (주인공이) 슬퍼하고 즐거워하며 (때를) 얻고 잃을 때와 현명하고 어리석은 사람과 선인과 악인의 나누임에 있어서는 때때로 사람으로 하여금 보고 감동하게 하는 곳이 있었다. 이것이 여항의 부녀자와 아이들이 독서에 침잠하여 싫증내지 아니하고 돌려가며 서로 베끼게 하여서 마침내 패관언서가 성행하게 된 이유이다.[148]

위 인용문은 잘 알려져 있는 바와 같이 19세기 장편한문소설인 「육미당기」의 小序이다. 여기서 작자인 서유영은 국문소설이 독자에게 널리 수용되어 성행할 수 있었던 이유가 바로 인정물태의 곡진한 묘사와 권선징악적인 내용에 있었다는 것을 인식함으로써 국문소설의 통속적인 내용이 지니는 의의를 인정하고 있다. 장편한문소설은 바로 이러한 국문소설이 지닌 통속적인 내용 즉 흥미소들을 수용하면서도 이를 새롭게 구성하고 장편화시킴으로써 상층을 위한 새로운 독서물로써 창작되었던 것이다.

그러나 장편한문소설 작품들을 실제로 분석해 보면 이들 작품들의 영웅소설적인 특성뿐만 아니라 17세기 이후로 역시 상층의 읽을 거리였던 가문소설적인 특성을 동시에 지니고 있다는 것을 알 수 있다.[149] 이들 작품들은 구조와 형식상 모두 가문의 유지와 창달을 도모하는 것을 중심으로 하여 계후갈등이나 부부, 처첩 갈등을 다루고 있으며 여러 대에 걸친 연대기적인 구성을 취하고 있는 가문소설과 비교적 짧은 분량에 주인공 개인을 중심으로 사건을 전개하고 또 주인공의 일대기로 마무리되는 경향을 보이는 국문영웅소설의 중간형태를 띠고 있다. 이러한 장편소설의 면모는 기존의 연구에서 주로 「옥

---

148) "至若人情物態, 善於模寫, 凡悲歡得失之際, 賢愚善惡之分, 往往有令人觀感處, 此所以街巷婦孺之耽讀, 不厭而轉相騰傳, 遂致稗官諺書之盛行於世者也", 『六味堂記』 小序 『필사본 고전소설전집』 1, 김기동 편, 서울 아세아 문화사

149) 이에 대해서는 구체적인 실증이 이루어지지 않았다. 다만 장효현이 '19세기 전반에 지어진 장편소설인 심능숙의 「옥수기」와 남영로의 「옥루몽」은 가문소설의 전통과 영웅소설의 틀을 아울러 지니면서 다양한 이야깃거리를 짜임새 있게 구성한 작품이다.'(장효현, 『국문장편소설의 형성과 가문소설의 발전』, 『민족문학사 강좌 上』 창비, 1995) 라고 간단하게 언급한 바 있다. 한편 김종철은 「옥수기」 「옥루몽」 「육미당기」를 대상으로 장편한문소설이라는 이름으로 유형화하여 분석한 바 있다.(김종철, 「19세기 중반기 장편영웅소설의 한 양상-「옥수기」 「옥루몽」 「육미당기」를 중심으로」 『한국학보』 40, 1985)

수기」를 대상으로 하여 확인되어 왔으므로 여기서는 가장 영웅소설에 가깝다고 인정되고 있는 「육미당기」와 가정소설의 유형론 속에서 함께 다루어져 온 「일락정기」를 통해서 확인해 보기로 한다.

「육미당기」가 영웅소설적인 면모를 보인다는 것은 작품 구조상 가장 영웅소설의 일대기에 가깝다는 것을 의미한다. 「육미당기」는 신라왕가라는 주인공의 집안이 건재하고 있다는 점에서 가문이 몰락하는 영웅소설과는 다른 반면 그 가문에서 분리되어 고난을 겪는다는 점에서 영웅소설과 유사한 점이 있다. 그러나 「육미당기」는 주인공의 가문이 건재하고 있기 때문에 일반적인 영웅소설의 주인공들처럼 가문을 일으키는 것이 주인공 소선의 목적이 되지 않는다. 또한 주인공의 고난 역시 주인공의 가문이 신라왕가라는 것이 밝혀지고부터 끝이 나기 때문에 일반 영웅소설의 주인공이 개인적인 능력 곧, 과거급제나 입공을 통해서 고난을 벗어나는 것과는 다르다. 따라서 「육미당기」는 유지되고 있는 가문으로부터 구약여행 차 분리-(계후문제로 인해 세징에게 음해를 입어 유리하며 고난/적안의 서신으로 개안하고 나서 자신의 가문이 알려지면서 환로 진출하는 동시에 황제의 부마/미인과의 결연)-가문으로의 복귀구조로 파악할 수 있을 것이다. 여기서 큰 테두리가 되고 있는 것은 가문으로부터의 분리와 복귀이고 그 사이에 계후갈등으로 인해 주인공의 고난이 시작됨으로써 복귀하기까지의 과정이 영웅소설적으로 확장되는 것이다. 따라서 「육미당기」는 단순히 영웅소설의 구조만으로 분석할 수도 없고 가문소설적으로 분석할 수도 없다. 이 작품은 역시 서유영이 서문에서 밝힌 대로 삽화나 내용에서는 국문소설 특히 영웅소설의 모티프를 다수 차용하고 있지만 그 구성에서는 독특함을 보여주고 있는 것이다. 때문에 이러한 구조상의 유사성에도 불구하고 국문영웅소설의 단편적인 일대기에서 벗어나 다양한 삽화의 유기적인 연결에 의해서 장편화되어 있으며 일대기의 세부 서사단계와 하나하나 비교하면 그 설정에 있어서 차이가 들어난다. 이는 「육미당기」와 국문영웅소설이 각각 기반하고 있는 미의식부터가 다르다는 것을 의미한다.

「일락정기」는 「창선감의록」, 「사씨남정기」 등의 영향을 받아 장편화 된 작품이다. 그런데 「창선감의록」과 「사씨남정기」는 가문소설의 주된 화소인 계후갈등이나 후사문제가 주축이 됨으로써 가문소설과의 연관성이 농후하며 최근의 연구에서는 가문소설의 효시로써 평가되고 있기까지 한 작품들이다. 「일락정기」는 바로 이 두 작품이 지닌 구조들이 적절히 복합되면서도 후사문제나 계후갈등이라는 부분은 제외됨으로써 장편화되는 가운데서도 자연히 가문소설의 누대기적 구조를 벗어나고 있다. 「일락정기」는 겉으로 나타난 작품의 구성으로는 제 5회와 제 6회 사이에서 나누어져 있는데, 이는 남주인공을 중심으로 한 시련이 상편이고 시련에서의 회복이 하편이라는 작자의 뜻을 나타낸다고 볼 수 있다. 따라서 작품은 남주인공을 중심으로 한 시련과 회복이라는데 작품의 주안점을 두고 그 속에 가정의 파탄과 회복이라는 가정소설적 모해담을 결구시켜 놓은 것으로 파악할 수 있다.150) 작품 서두에서 천상계의 인물인 서몽상, 권채운, 정채선, 위계선은 상제에게 득죄하고 지상에 적강한다. 작품은 이들 남녀 네 사람이 지상에서 결연을 맺고 방해를 받다가 극복하고, 다시 이들 중 위씨를 비롯한 간악한 무리에게 모함을 당해 쫓겨나며, 서몽상의 영웅적인 활약으로 간악한 무리를 모두 처형하고 여생을 즐기다가 승천하여 부친인 서각로, 장인 권상서 그리고 유영을 다시 만나는 것으로 구성되어 있다. 그런데 이러한 구성은 전체 작품 구성을 놓고 볼 때, 지상계의 이야기를 중심으로 단순히 가정소설이라고 파악할 수는 없다. 천상계에서의 일까지 모두 포함하면 서몽상의 영웅적인 일대기 속에 가정적 모해담이 확장되어 있다고 할 수 있을

---

150) 이 부분에 대해서는 김대현 「일락정기」의 인물형상과 서사방법, 『한림대 태동고전연구』 8, 참조.

것이다. 일반적 처첩갈등형 소설과는 달리 서몽상이 먼저 축출되는 것 역시 가정적 모해담이 주인공의 시련의 일부로 삽입되었을 가능성을 나타낸다. 따라서 「일락정기」가 가문소설의 효시로 평가되는 「창선감의록」, 「사씨남정기」 식의 내용을 영웅소설적인 틀로 담아냈다고 결론내릴 때 「일락정기」 역시 가문소설과 영웅소설적인 내용의 중간형태라고 할 수 있다는 것이다.

이처럼 국문소설 특히 국문영웅소설의 통속적인 내용을 수용하되 같은 계층에서 향유되었던 가문소설적인 요소도 포함하면서 구성의 새로움을 꾀했던 장편한문소설과는 달리 본고에서 다루었던 통속적 한문소설은 국문영웅소설의 영웅일대기 구조를 그대로 수용함으로써 그 내용과 구성에 있어서 국문영웅소설과 별반 차이점이 드러나지 않는다. 때문에 통속적 한문소설은 서사경개만으로도 작품의 특징이 파악될 정도로 유형성이 강하며, 국문영웅소설과 동일한 영웅일대기 구조의 공식구를 벗어나지 않는 한도 내에서 작품의 내용이 짜여지고 있다. 통속적 한문소설이 국문영웅소설과 다른 것은 한문을 아는 식자층의 작가가 역시 같은 향유층을 대상으로 하여 작품을 창작했다는 점과 한문학 양식들을 수용하여 한문소설의 문체적상의 관습을 그대로 계승함으로써 장편한문소설과도 상통하는 면모를 보여주고 있다는 점이다. 그러나 이러한 이중성에도 불구하고 통속적 한문소설의 특징을 결정짓는 것은 이 일군의 작품들이 구조와 내용상 국문영웅소설을 지향하고 있다는 것이 될 것이다.

이러한 점들을 고려해 볼 때, 본고에서 다룬 통속적 한문소설 작품들은 한문소설이 장편한문소설의 경우처럼 국문소설의 삽화나 내용을 수용하는데 그치는 것이 아니라, 국문소설의 작품세계를 한문소설의 형태로 구현하는 양상으로 나아가는 조선후기 한문소설의 새로운 흐름을 보여주고 있다는 것을 알 수 있다. 이는 한문소설이 19세기에 와서 국문본으로 번역되면서 일반 독자에게도 널리 수용되고, 그를 통해 국문소설과는 다른 한문소설의 작품세계를 한문을 모르는 독자에게 넓혀갔던 것과는 달리 통속적 한문소설에 와서는 한문소설 작품 자체 내에서 국문소설의 전통과 한문소설의 전통을 아우르게 되었다는 것을 의미한다.

국문소설과 한문소설의 전통이 교섭하는 것은 각 서사문학 전통과의 교섭이 활발하게 이루어지던 조선후기 소설사에서 일반적인 현상이다. 17세기 이후 양적인 팽창을 지속했던 소설이라는 장르는 문학의 말기(末技)로서만 존재하다가 19세기 전반에 이르러서야 비로소 중심적인 장르로 자리잡게 되었[151]으며, 이러한 흐름 속에서 소설은 전대의 다양한 서사문학의 전통과 교섭하면서 발전해 나가게 되었던 것이다. 특히 이 시기에는 한문 소양을 지닌 지식인 작가에 의해서 서민층에서 구비전승 되던 설화나 판소리가 한문소설로 다시 쓰이는 양상을 살펴볼 수 있으며 이는 역시 같은 설화나 판소리를 소설화한 국문소설과 각각 관계를 맺고 있다. 이는 경남 사천(泗川)의 향반(鄕班)인 목태림(睦台林)에 의해서 판소리 춘향가와 야담에 흔한 훼절담류(毀節談類)가 각각 「춘향전(春香新說)」과 「종옥전(鍾玉傳)」이라는 한문소설로 창작되었던 것이나 안동 김씨 집안의 서얼인 김소행(金紹行)에 의해서 향낭고사(香娘古事)가 「삼한습유(三韓拾遺)」라는 한문소설로 재창작된 데에서 확인할 수 있다.

그러나 한문소설이 19세기에 와서 국문소설이나 다른 서사문학의 전통을 받아들이면서 상층의 식자층 작가들에 의해 장편화된 작품들을 산출했음에도 불구하고 이들 작가들은 국문소설과는 다른 상층의 고급 독서물을 창작한다는 의식을 가지고 있었다. 이는 장편한문소설들 중의 일부가 한글로 번역되어 독자 대중에게 광범위하게 수용되었음에도 불구하고 그 작가들 스스로는 어디까지나 국문소설의 전

---

151) 조혜란, 「삼한습유」 연구, 205쪽

통을 수용하되 국문소설의 작품세계와는 다르고 동시에 자신들이 속한 계층의 미의식에 부합하는 새로움을 부여한다는 계층의식 하에서 작품을 창작하고 있다는 것을 의미한다.

통속적 한문소설은 한문을 아는 식자층에 의해 창작되었기는 하되 장편한문소설의 작가층과는 달리 국문소설의 작품세계를 변용 없이 수용하고 있다는 점에서 국문소설에 대한 한문 식자층의 태도에 있어서 새로운 면모를 드러내고 있다. 이는 한문을 아는 식자층 작가를 최소한 상층의 의식에 맞게 국문소설을 새롭게 재창작하여 받아들이는 작가 층과 국문소설의 내용과 형식을 거의 변용 없이 그대로 수용하는 작가층의 두 층위로 분류할 수 있다는 것을 보여준다. 이러한 관점에서 볼 때, 통속적 한문소설을 창작하고 향유한 계층은 국문소설에 대한 상층의 일반적인 평가와 동일하지 않은 의식을 지니고 있었으며, 통속적인 흥미뿐만 아니라 국문소설의 작품세계가 보여주는 미의식을 그 자체로 받아들이면서 즐기고 있었다는 것을 알 수 있다. 따라서 장편한문소설에서 끊임없이 비판받았던 국문소설의 통속적인 내용과 작품세계가 같은 시기에 창작되고 향유된 통속적 한문소설에서는 상층의 의식에 의해서 폄하되지 않고 한문소설의 형식 속에서 구현될 수 있었다는 점에서 통속적 한문소설의 의의를 부여할 수 있겠다.

VI

결 론

　본고의 연구대상은 18세기 후반에서 19세기에 이르는 시기에 창작되고 향유되었던 「김전전」, 「운향전」, 「봉래신설」 세 작품이다. 이 작품들은 지금까지 국문영웅소설과 유사하다는 점에서 작품성이 떨어진다는 이유로 학계에서 주목받지 못했으며 논외로 치부되어왔다. 그러나 본고는 가치평가에 중심을 두는 기존의 이러한 시각에서 벗어나서 고소설이 국문소설과 한문소설 양쪽 모두에서 활발하게 창작되었던 시기에 이러한 작품들이 창작되고 향유되었던 역사적 사실 자체에 주목하는 것에서부터 출발하였다. 즉, 이 작품들이 국문영웅소설과 유사성을 보인다면 구체적으로 어떠한 작품과 유사한 것인가, 당대의 통속소설로 인정되는 국문영웅소설과 유사성을 보인다면 이 작품들을 어떠한 시각에서 바라보아야 할 것인가, 한문소설이면서도 내용과 구조의 면에서 국문영웅소설과 유사성을 보인다면 그것이 지니는 의미는 무엇인가, 하는 문제의식들을 본고의 출발점으로 삼았던 것이다.

　이러한 문제의식 하에서 본고는 한문소양을 지닌 지식인 작가에 의해 창작된 한문소설이되 내용과 구조의 측면에서는 통속적인 국문영웅소설의 작품세계를 지향하고 있다는 점이 바로 이 세 작품들을 아우를 수 있는 공통되는 특징이라고 파악하였다. 그 결과 본고는 통속적 한문소설이라는 유형에서 각 작품들이 보여주는 구체적인 실상을 있는 그대로 분석하고, 통속적 한문소설로서의 각 작품들의 특징을 국문영웅소설과의 관계와 통속적인 서술기법을 통해 분석함으로써 밝히고자 하였다. 이를 통해서 19세기 소설사에서 국문영웅소설의 작품세계를 한문소설의 형식 안에서 온전히 구현하려하였던 한문소설의 새로운 흐름을 밝혀낼 수 있을 것으로 보았다.

본고에서 대상으로 한 통속적 한문소설 작품들은 일반 대중을 독자로 한 강담사(講讀師)의 강독(講讀)과 방각본 출판을 거치는 가운데 국문영웅소설에서 하나의 공식구로 유형화된 영웅일대기구조를 수용하고 있다. 그러나 그 구체적인 양상은 각 작품마다 다르게 나타난다. 「김전전」은 영웅일대기구조를 기반으로 하되 주인공의 영웅성이 일반적인 영웅소설에 비해 약화되어 있고, 7개의 단락으로 이루어져 있는 영웅일대기구조에서 볼 때, 외적의 침입과 같은 '자라서의 위기'나 '투쟁에서의 승리' 단락이 생략되고 과거급제를 통한 지위획득으로 마무리 되어 있다. 「운향전」은 영웅일대기 내에서 구출자의 지인지감에 의해 택부(擇婦)된 여성 주인공이 지감자(知鑑者)의 죽음으로 인해 가정에서 박대를 받는 부분이 가정에서의 모해담으로 해석될 수 있을 정도로 확대되어 있으며 다른 여성영웅소설에 비해서 주인공의 영웅성 보다는 열행(烈行)이 더 부각되어 있다. 「봉래신설」은 다른 영웅소설에 비해서 많은 비중을 차지하고 있는 주인공의 애정성취 과정의 근거를 지상의 질서보다 우위에 있는 천상의 질서 속에서 구하기 위해서 영웅일대기구조에 적강화소를 삽입하여 표면적으로는 적강구조와 영웅일대기구조가 결합되어 있는 듯한 인상을 주고 있다.

　통속적 한문소설로서의 「김전전」, 「운향전」, 「봉래신설」의 특징은 우선 국문영웅소설의 내용과 작품세계를 지식인 작가의 의식과 세계관에 의한 변용 없이 한문소설의 형식 속에서 구현해 내고 있다는데 있다. 「김전전」과 「봉래신설」은 국가단위의 충의 문제보다는 가족 혹은 가정의 문제에 보다 관심을 기울이고 있는 「장풍운전」의 서사구조와 세부적인 면에서조차 거의 일치하고 있으며, 「운향전」은 세부내용에서까지 일치하고 있지는 않지만 가정에서 축출된 주인공이 영웅적인 입공을 통해 가정으로 복귀하는 과정을 부각하고 있는 「정비전」과 유사한 면을 보여준다. 또한 이들 세 작품은 창작 및 구성방식의 면에서 전작의 인물과 삽화를 독립시켜서 하나의 작품으로 창작하거나 이질적인 삽화를 통속적인 흥미를 위해서 병렬적으로 합성하고 있는 특징을 보여주고 있다. 「김전전」은 비교적 이른 시기부터 향유되었던 「숙향전」의 주인공인 숙향의 부친 김전을 독립된 주인공으로 하여 창작한 일종의 파생작이다. 「운향전」은 가정에서의 모해담과 군담이 합성되어 있으며, 그 결과 주인공이 겪는 시련은 중첩되어 있고 인물들의 갈등은 선악의 대립으로 극단화되어 있다. 「봉래신설」은 영웅일대기에 「구운몽」이나 「옥루몽」 같은 상층의 의식이 내포되어 있는 작품에서 보이는 적강화소를 합성하고 있으며, 그 결과 영웅소설의 일반적인 작품세계와 상층을 대상으로 한 작품에서 보이는 삽화들이 작품 내에서 융합되지 못하고 상충되고 있다.

　본고에서 다룬 통속적 한문소설은 역시 한문 소양을 가진 식자층이 작가이기는 하지만 장편한문소설의 작가층과는 달리 국문소설의 작품세계를 온전하게 수용하고 있다는 점에서 국문소설에 대한 한문 식자층의 태도에 있어서 새로운 면모를 드러내고 있다. 이는 한문을 아는 식자층을 최소한 두 층위로 분류할 수 있다는 것을 보여준다. 이러한 관점에서 볼 때, 통속적 한문소설을 창작하고 향유한 계층은 국문소설에 대한 상층의 일반적인 평가와 동일하지 않은 의식을 지

니고 있었으며, 통속적인 흥미뿐만 아니라 국문소설의 작품세계가 보여주는 미의식을 그 자체로 받아들이고 즐기고 있었다는 것을 알 수 있다. 따라서 장편한문소설에서 끊임없이 비판받았던 국문소설의 통속적인 내용과 작품세계가 같은 시기에 창작되고 향유된 통속적 한문소설에서는 상층의 의식에 의해서 폄하되지 않고 한문소설의 형식 속에서 구현될 수 있었다는 점에서 통속적 한문소설의 의의를 부여할 수 있겠다.

본고는 기존 연구에서 작품성이 떨어진다는 이유로 혹은 국문영웅소설과 내용상 유사하다는 이유로 무시되어 왔던 한문소설작품들을 분석함으로써 조선후기라는 소설사의 한 단계에서 존재하였던 한문소설의 또 다른 흐름을 밝혀내고자 하였다. 이러한 관점을 가지고 본고는 국문영웅소설의 통속적인 작품세계를 한문소설의 형태 속에서 구현하고 있는 「김전전」, 「운향전」, 「봉래신설」의 세 작품을 구체적으로 분석하고 그 특징을 추출하였다. 그 결과 본고는 18세기 후반에서 19세기에 이르는 시기의 한문소설이 단선적으로 흘러간 것이 아니라 다양한 흐름을 나타내고 있었다는 것을 확인할 수 있었다. 조선후기에 국문소설의 흥미소를 상층의 계층의식에 맞게 수용함으로써 고급 독서물로 창작되었던 장편한문소설과는 다른 층위에서 국문영웅소설의 구조와 작품세계를 한문소설로 구현해낸 통속적인 한문소설 작품들이 존재하고 있었음을 확인할 수 있었던 것이다. 아울러 이러한 통속적 한문소설 작품들은 의식면에서도 한문 소양을 가진 전형적인 지식인의 보수적인 계급의식과 보다 하층의 의식세계가 공존하는 이중성을 확인할 수 있었다.

본고는 통속적 한문소설 작품들을 분석하고 의의를 부여함으로써 조선후기 한문소설사의 한 국면을 실상 그대로 드러내고자 하는 동시에 19세기 장편한문소설에 편향되어 있는 연구사를 바로잡고자 한 시론이었다. 비록 본 연구의 결과로 18세기 후반에서 19세기에 이르는 시기에 한문소설이 다양한 층위를 형성하고 있었다는 것을 확인할 수 있었지만 본고의 이러한 성과는 국문영웅소설과 유사성을 보이는 작품에 한정되어 있다는 점에서 한계를 가진다. 본 연구는 다양한 통속적 한문소설 작품들의 발굴하여 논의를 확충할 때, 비로소 보다 의미 있는 연구가 될 수 있을 것이다.

그런데 본고에서 다루지는 않았지만 조선후기에 이러한 통속적 한문소설 작품들의 수는 상당할 것으로 보인다. 본 연구자가 현재 검토하고 있는 작품만 해도 여섯 편이나 된다. 이 여섯 편의 작품들은 내용상 애정소설로 그 유형을 분류할 수 있는 작품이 다섯 편이고 영웅일대기구조와는 전혀 관계없이 단지 군담의 흥미만을 부각시킨 1916년 필사 작품이 한 편이다. 이들 작품은 모두 본고에서 다루었던 세 작품들과 비교할 때 비슷한 시기에 창작되었으며, 작품의 분량도 비슷하다. 특히 이 중에는 작가가 밝혀져 있으며 그 작가의 문집까지 남아있는 작품이 있어서 또 한 사람의 조선후기 한문소설 작가를 고구(考究)해 낼 수 있을 것으로 보인다. 이러한 작품들은 비록 지금까지 기존 연구에서 주목을 받지 못하고 묻혀있었기는 하지만 조선후기에 성행했던 야담과 국문소설 그리고 한문소설 사이의 장르교섭의 면에서도 주목할만한 측면이 있으며 한문소설 작가의 계층과 그 의식의 면에서도 연구할 만한 가치를 가지고 있다. 따라서 본 연구자는 지금까지 버려진 채로 거의 연구가 되지 못하다시피 한, 조선후기 한문소설 작품들에 애정을 가지고 계속 연구를 진행해 나갈 것이다. 일단 본고는 18세기 후반에서 19세기에 이르는 시기의 한문소설사에서 새로운 흐름을 포착해 내었다는 점에서 의의를 부여하며 후속 연구를 통해 이 시기 한문소설사의 전모를 밝혀나갈 것을 다음 과제로 남겨 둔다.

제 2 장

조선후기 한문소설과 국문소설의 교섭,
새로운 국문소설의 탄생: 「홍랑전」의
구성적 특징과 소설사적 위상

I

서 론

「홍낭전(紅娘伝)」은 용암의 과객인 우천이라는 인물이 창작한 국
문소설로서 고소설의 시공간적 배경과 인물, 서사관습을 그대로 가
져온 작품이다. "大韓光武十年, 丙午臘月, 二十三日"이라는 필사기
로 미루어볼 때, 1906년 12월 23일에 창작이 완료된 것으로 보인다.
총 90면의 단권으로, 매면 12행 22~26자가 필사되어 있다. 『나손
필사본 고전소설전집』에 필사본으로 전하며, 현재까지는 유일본으로
남아있다.[152] 작가 우천이 손님으로 머물던 집주인의 특별한 부탁을
받고 이 작품을 창작했다고 쓰고 있는 것으로 보아, 당시에는 우천
이 직접 쓴 원본을 집주인이 따로 베낀 이본이 존재했을 가능성도
배제할 수는 없다.

「홍랑전」이 창작된 1906년은 개화기에 해당한다. 이 때는 구활자
본이나 신문연재소설이 인기를 얻으면서 신작 구소설의 형태로 고소
설이 대중성을 획득해간 시기였다. 기존 작품들이 구활자본의 형태
로 상업적으로 출판되었으며, 야담이나 중국의 백화체 단편소설을

---

152) 「紅娘傳」, 『나손본 필사본고전소설자료총서』79, 보경문화사, 1991, 107-196쪽

개작 또는 번안한 작품들이 신문연재소설의 형태로 출간되기도 했다. 신작 구소설뿐만 아니라 신소설마저도 기존 작품을 패러디 하거나 재조합함으로써 기왕에 독자들에게 친숙하거나 인기를 얻었던 작품들의 흥미소를 재생산하는 단계였다. 「홍랑전」은 당대 독자의 요구에 부응하기 위해 기존 고소설 작품을 통속적으로 재생산해낸 작품이라는 점에서 개화기의 소설사적 맥락 속에 있는 작품이다. 한편으로 「홍랑전」은 전통적인 필사 방식으로 창작되었다는 점에서 신문이나 활판을 활용한 작품들과는 분명 거리가 있다. 대중매체가 소설향유의 중심적인 관습으로 자리매김해 나가던 시절 여전히 필사와 독서에 의한 전통적인 소설 향유가 이루어지고 있었다는 사실은 당대의 소설사적 지형도가 복잡다단했다는 사실을 입증한다.

그러나 「홍랑전」은 그간 연구자들의 관심을 전혀 받지 못했다. 해제 정도만이 나와 있을 뿐이다.[153] 고소설로서는 보기 드물게 창작시기와 향유층의 의도가 뚜렷이 밝혀져 있는 작품임에도 불구하고 해당 시기 소설사를 살피는 데 적극 활용되지 못한 것이다. 우선 「홍랑전」은 고소설사의 끝자락인 개화기에 이루어졌던 작품의 창작과 향유 상황을 추정해 볼 수 있는 단서를 제공해준다는 점에서 의의가 있다. 개화기는 소설사적으로 신구의 전환기에 해당하는 중요한 시기이다. 고소설은 이 때에 와서 새로운 발전의 추동력을 상실해갔다. 그럼에도 불구하고 신소설과 함께 여전히 구소설의 외피를 입은 신작 구소설이 다수 창작되었다. 이러한 사실은 여전히 고소설이 일정한 향유층을 유지하고 있었다는 것을 뜻한다. 그러나 고소설 창작이

---

153) 장효현 교수가 일찍이 「홍랑전」의 줄거리를 소개 (장효현, 「홍랑전」, 『한국민족문화대백과사전』25, 79-80쪽, 한국정신문화연구원, 1991)하고, 전기소설사 속에서 검토될 필요성이 있으나 아직까지 연구가 되지 않은 작품으로 거론(「전기소설 연구의 성과와 과제-장르개념과 장르사의 문제」, 『민족문화연구』28, 1995, 고려대학교 민족문화연구소, 30쪽, 각주 63번)한 바 있다.

지속될 수 있었던 소설사적 배경, 작가의 창작의도 혹은 과정, 향유층의 의식 등에 대한 연구 성과는 아직도 미흡한 실정이다.154) 여기에는 자료와 정보의 부족이라는 고소설사의 한계도 한 몫을 한다. 이 점에서「홍랑전」은 개화기 고소설의 창작과 향유 양상의 일단을 살펴보는데 소중한 자료를 제공해 줄 수 있다.

한편「홍랑전」은 개화기 소설이 고소설사적 전통을 활용하여 새로운 작품을 창작해내는 창작방시기의 한 특징을 고찰하는데도 의미가 있다.「홍랑전」은 윤리와 규범 등 체제내적인 질서에 거스르는 사랑을 형상화하고 있다는 점에서 전기소설적 애정 모티프와 긴밀한 관련이 있다. 애정을 가로막는 질곡을 극복할 만한 전망을 찾지 못하고 이를 비현실적인 방법으로 해결하고자 한다는 측면에서는 초기 전기소설과 똑같은 문제해결 방식을 보여준다. 주목할 점은 낭만적으로 해소된 애정갈등에 더하여 남성 주인공의 영웅적인 입공담이 부가되고 있다는 사실이다.「홍랑전」의 군담은 지극히 통속적인 의도에 의해 선행 작품들의 흥미소를 조합하는 방식으로 되어 있다. 이처럼 전기소설적인 애정 모티프가 군담과 결합되면서 영웅 일대기적인 형식을 갖추게 되는 데에는 분명한 작가의 의도 혹은 향유층의 요구가 내재해 있으리란 것이 본고의 판단이다. 따라서「홍랑전」에서 전기소설적인 애정 모티프가 통속적인 방식으로 군담과 결합되게 된 창작의도와 구성방식, 소설사적인 의의를 밝히는 것이 본고의 핵심적인 과제이다.

---

154) 개화기에 창작된 고소설에 대한 연구로는 송민호,『한국개화기소설의 사적 연구』, 일지사, 1975: 장효현,「개화기 고전장편소설의 역사현실 대응-「정씨복선록」과「만하몽유록」-,『한국서사문학사의 연구』, 1995, 박이정: 정환국,「개화기 한문소설의 성격 규명을 위한 시론-『대한일보』연재소설을 중심으로-」,『한국한문학연구』21, 한국한문학회, 1998: 등을 들 수 있다.

Ⅱ

창작 경위와 직업적 작가의 존재

「홍랑전」의 작가 우천은 작품 말미의 후기에서 창작 계기와 경위를 자세히 밝혀놓았다. 이를 꼼꼼히 살펴보면 대체로 다음과 같은 사실들이 선명하게 드러난다.

1) 개화기의 고소설 향유방식
2) 독자층과 작가층의 성격
3) 통속적인 작품 창작방식

우선 작가 우천의 후기를 들어보면 다음과 같다.

> 일일은 주인이 손에게 청하여 왈,
> "이야기라 하는 것이 잠시 들을 때뿐이라. 기렴(記斂)하기 어려우니, 나를 위하여 언서(諺書)로 말을 이어 기록(記錄)하여 달라."
> 하기에 괄시하기 어려운 생각만 하고, 내 졸(拙)함은 미처 세지 않고 응낙하였기로, 부득이 모아 책(冊)을 이루었으나, 지식(知識)이 천단(淺短)하고, 국량(局量)이 편소(偏少)하고, 언변(言辯)이 소

삭(消索)하고, 필법(筆法)이 용렬(庸劣)하여, 듣고 보잘 것이 없으
나, 적료(寂廖)한 회포(懷抱) 있을 때에 잠심피람(潛心披覽)하면
혹 유조할 듯하니, 다음 등서(謄書)하는 이가 있거든 간혹 필삭(筆
削)을 다시 하여 사실이 온전하기를 바래옵
　　대한(大韓) 광무(光武) 병오(丙午) 납월(臘月) 이십삼일 용암 과
객 우천은 근호(謹號)하노라.155)

　1)과 관련하여 제일 먼저 주목되는 것은 개화기에도 여전히 이야
기꾼에 의해 고소설을 향유하는 전통적인 방식이 유지되었다는 사실
이다. 고소설이 활자본과 신문연재소설의 형태로 출간되는 시기에도
일반 향유층들은 구전, 즉 이야기로 고소설을 접했음을 알 수 있다.
그런데 이처럼 구술(口述)과 구전(傳聞)으로 이루어지는 구비적인 향
유방식은 필연적으로 일시적이라는 한계를 지닐 수밖에 없다. 「홍랑
전」의 창작은 구술에 의한 향유방식의 한계와 기록에 의거한 독서의
필요성을 인식한 향유층의 요구에 의해 이루어진 것으로 나타난다.
고소설이 대중성을 확보해간 시점에서도 여전히 향유층의 일각에서
는 구전의 전문에서 기록물의 독서로 넘어가는 향유방식의 전환이
되풀이 되고 있었던 것이다.
　2)와 관련하여 고소설의 열렬한 독자층의 존재가 확인된다. 우천
에게 작품 창작을 부탁한 집주인은 전문적인 이야기꾼을 통해 고소
설을 즐기는 취미를 갖고 있었던 것으로 보인다. 구전과 국문을 이
용하는 향유방식으로 미루어 경제적 여유가 있는 중간층 남성이 아
닐까 생각된다. 그의 이러한 취향은 단순히 한때 듣고 넘기는 파적
거리로서가 아니라 시간을 들여 읽어내야만 하는 독서물로서의 고소
설을 요구하는 단계로까지 나아갔음을 알 수 있다. "언서로 말을 이

155) 「紅娘傳」, 『나손본 필사본고전소설자료총서』79, 보경문화사, 1991, 196쪽
　　(띄어쓰기, 방점, 한문 병기는 필자에 의함.)

어 기록해 달라."는 집주인의 부탁은 자기가 접했던 기존의 작품들을 기록하여 보존하기 위해 창작을 의뢰한 것임을 뜻한다. 즉, 집주인은 기존에 이미 풍부한 고소설 향유 경험을 지닌 독자인 것이다.

작가 우천 역시 독자의 이런 요구에 부응할 만큼 충분한 독서 경험을 지닌 인물인 것으로 보인다. "부득이 모아 책을 이루었다"고 스스로 밝히고 있는 점이 이를 입증한다. 다양한 고소설 향유 경험을 지닌 집주인을 만족시킬 만한 작품을 짓기 위해서는 우선 우천 자신부터 풍부한 독서 경험을 지니지 않고서는 불가능하다. 더욱이 자기 스스로 창작을 기획한 것이 아니라 이처럼 갑작스런 부탁에 따른 경우에는 더더욱 그러하다. 그렇다면 우천이 말한 바, 한 편의 작품을 창작하기 위해 그가 부득이 모아들인 것은 다름 아닌 기존의 다른 작품들이었을 것이다. 이는 실재로 기존의 작품들을 옆에 쌓아 놓고 참조했다는 말일 수도 있으나, 우천이 이미 접했던 작품들을 떠올리며 자기 작품을 기획했음을 가리키는 것일 수도 있다. 집주인이 굳이 이야기가 아니라 독서물로서의 작품 창작을 의뢰한 것으로 미루어 집주인 쪽에서는 참조할 만한 고소설 작품들을 갖추고 있지 않았음이 분명하다. 우천이 소설책을 지니고 다니며 이야기를 전하는 전문 이야기꾼, 혹은 창작도 겸하는 전문 작가라면 전자와 같은 해석도 가능하다. 그렇지 않고 단지 그 자신이 고소설의 향유 경험이 풍부한 독자의 한 사람일 가능성도 있다. 이러한 지엽적인 문제를 자세히 거론하는 이유는 우천이라는 작가의 실체에 접근하기 위해서이다. 남의 집에 머무는, 결코 길지 않은 기간 동안 한 편의 작품을 완성해낼 수 있었다고 한다면 그 사람은 전문적인 이야기꾼 혹은 작가일 가능성이 크다. 물론 직접적인 단서가 없는 상황에서 단정을 내릴 수는 없는 일이다. 다만 문학성에 관계없이 독자의 요구에 따라 그의 구미에 맞는 작품을 창작해주는 직업 작가의 존재 가능성을 우천이라는 작가에게서 추정해 볼 수도 있다는 여지를 남겨

두기로 하자.

3)의 통속적인 창작방식의 문제는 2)의 향유층의 문제와 긴밀히 관련된다. 「홍랑전」의 창작은 애초부터 기존 작품들을 조합하여 기록한 작품을 원한 집주인의 요청에 의해서 이루어졌다. 그가 말한 "언서로 말을 이어 기록해 달라."는 말에서 언서로 말을 잇는다는 대목에 주목해보자. 이는 다분히 함축적인 의미를 담고 있는 것으로 보인다. 우선은 한문소설인 원전을 국문으로 번역해 달라는 말일 수도 있다. 다른 한편으로는 한문소설이건 국문소설이건 관계없이 기존의 다양한 작품을 대상으로 하여 국문소설의 형태로 조합해 달라는 뜻으로도 해석된다. 후자 쪽에 보다 무게를 둘 수 있는 근거는 「홍랑전」의 구성적 특징과 성격에서 찾을 수 있다. 「홍랑전」은 기존에 이미 인기가 검증된 작품들의 흥미소들을 이유 불문하고 짜깁기하고 있다. 이러한 특징은 작품 후반부의 결연담과 군담에서 두드러진다. 이렇게 볼 때 "지식이 천단하고 국량이 편소하다"는 우천의 말도 단순히 겸사로 읽히지 않는다. 기존 작품을 참조한 자신의 창작방식을 가리키는 말이 아닌가 생각된다. 「홍랑전」은 통속적인 목적에서 창작된 작품인 것이다.

그러나 「홍랑전」이 순전히 기존 작품의 짜깁기로만 이루어져 있는가 하면 문제는 그리 간단치 않다. 「홍랑전」은 명백히 다수의 기존 작품들을 그대로 가져와 조합한 부분이 있는가 하면, 상대적으로 그러한 경향이 약화된 부분도 있다. 「홍랑전」의 중심 테마인 애정갈등과 군담 화소는 이러한 구성적 특징에 따라 배합되어 있다. 예컨대 「홍랑전」의 전반부에 해당하는 비현실적인 애정 모티프는 기존의 전기소설이나 원혼설화와 비교할 수 있는 지점은 있지만 노골적인 모방이나 패러디는 아니다. 전기소설과 비현실적인 명혼담의 전통을 계승하여 창작된 한 편의 애정담이다. 모방이나 순연한 창작이냐를 따진다면 전자 보다는 후자의 경향이 더욱 두드러진다는 뜻이다.

이에 대해서는 두 가지 가능성을 상정할 수 있다. 하나는 「홍랑전」 전반부의 애정담에 해당하는 작품이 존재했고, 이를 통째로 가져왔으리라는 추정이다. 이와 비근한 예를 「유생전」과 「유문성전」에서 찾을 수 있다. 「유문성전」은 「유생전」을 번안한 전반부와 「장백전」식의 영웅적 입공담을 결합시킨 후반부로 구성되어 있다.156) 「유문성전」이 「유생전」 보다 후대에 창작된 작품이라는 사실을 고려해보면 이처럼 기존의 애정소설에 군담을 결합시키는 통속적인 창작방식이 드물지 않았음을 알 수 있다. 「홍랑전」의 경우도 「유문성전」처럼 한문이 원작인 애정소설을 번안한 것일 가능성도 있다. 그러나 이러한 추정을 뒷받침할 증거가 나오기 전까지 그 가능성은 반반이다. 지금으로서는 한문 혹은 국문으로 된 애정소설을 통째로 가져와서 후반부에 기존 작품의 다양한 결연담과 군담을 결합시켰다는 정도로만 추정을 마무리할 수밖에 없다.

두 번째의 가능성은 작가 우천이 아예 「홍랑전」의 전반부에 해당하는 애정담을 창작했으리라는 것이다. 현재로서는 우천 자신의 창작성을 십분 발휘하여 기존의 전기소설과 명혼전설의 전통을 계승한 전반부를 창작했을 가능성도 전혀 배제할 수는 없다. 그러나 「홍랑전」의 구성적 특징으로 미루어볼 때 원작이 존재했고 우천이 이를 가져왔으리라는 쪽에 훨씬 무게중심이 쏠린다. 왜냐하면 후반부가 기존 작품에서 베껴낸 흥미소들의 조합으로 일관하고 있는 반면 전반부의 애정담에서는 통속성이 이 정도까지 노골적으로 드러나 있지 않기 때문이다. 오히려 인간대 사회질서의 대결이라는 진지한 문제를 전개해 나가고 있다. 전기소설적인 애정 모티프의 전통 하에서

---

156) 「유생전」의 구성적 특징 및 「유문성전」과의 관계에 관해서는 다음의 논문을 참조할 것. 박일용, 「전기적 애정 모티프의 영웅소설적 형상화 방식 연구-「유문성전」과 「유생전」을 중심으로」, 『인문과학』3, 홍익대학교 인문과학연구소, 1995

새로운 갈등 형태를 창작하고자 하는 의식 없이 이러한 애정 문제를 형상화하기란 쉽지 않다. 그렇다면 이처럼 전반부에서 진지한 문제를 제기하던 작가가 갑자기 후반부에 가서 통속적 의도만을 앞세우게 되었다고 볼 수는 없지 않은가 한다. 만약 갑작스레 한 작가의 창작의식이 돌변하지 않는 이상 이 쪽의 가능성은 희박하다. 대신 후반부의 군담화소의 전개방식에서 드러난 바와 같이 작가 우천의 창작의도가 통속적인 목적에 입각해 있다면 쉽게 납득할만한 결론을 내릴 수 있다. 아마도 원작이 존재하는 기존의 애정소설을 가져와서 후반부의 군담과 구조적으로 어울리는 방향으로 부분적인 개작을 했을 것으로 생각된다.

Ⅲ

구성적 특징과 그 의미

1. 전기양식의 전통과 「홍랑전」, 관습의 활용과 인식지평의 차이

　「홍랑전」에서 본격적으로 제기하는 문제는 여귀가 된 여주인공과의 재회와 비현실적인 애정이라는 전기소설의 양식에서 익히 보아온 형태이다. 그러나 이는 표면적인 차원일 뿐이다. 논의의 편의를 위해 해당 대목을 소개해 본다. 홍랑은 제사를 지내러 온 여동생 경랑의 몸에 들어가 자기 집으로 돌아온다. 그녀는 경랑의 행세를 하면서 최생의 사랑을 요구한다. 마침내 전날 이루지 못했던 사랑의 결실을 맺은 두 사람은 자신들의 사랑이 사회에서 용납 받지 못할 것을 알고 야반도주한다. 홍랑이 자기 동생인 경랑의 몸을 차지한 후에 경랑의 행세를 하며 최생에게 사랑을 갈구한다는 설정은 다른 사람의 몸에 영혼이 들어가는 빙의를 소재로 했다는 점에서 참신하다. 같은 소재를 「설공찬전」에서도 확인할 수 있지만 여기서는 고도의 정치적인 사안을 빙의를 통해 발화한다는 형식이어서 「홍랑전」과는 다르다. 「홍랑전」에서는 살아있는 동생의 육체를 서슴지 않고 차지하는 홍랑의 비정상적인 집착과 그녀의 육탄적 공세 때문에 결과적으로 처제에게 욕망을 느끼게 되었다고 자책하는 최생의 고민이 풍부한 내면 묘사와 함께 형상화된다. 무엇보다도 자신의 여동생에게 빙의한다는 설정은 주인공들의 애정을 좌절시키는 현실적 질곡의 범주를 근친 간의 사랑이라는 금기의 차원으로 확대했다는 데 의의가 있다. 전래의 전기소설에서 되풀이된 설정은 대체로 신분차이와 전란에 한정되어 있었다. 그랬던 것이 「홍랑전」에 이르러 근친 간의 사랑이라는 새로운 금기의 차원으로 다루어지게 된 것이다.157)

또 한 가지 주목할 만한 점은 현실적 질곡을 극복하기 위해 남성 주인공이 적극적인 행동을 감행한다는 사실이다. 대부분의 작품에서 남성 주인공은 소극적으로 행동하며 자기편에서 문제를 해결할 방안을 강구하지 못한다. 장애를 극복하고 마침내 혼인을 허락받는 것은 어디까지나 여주인공이다. 남성 주인공이 우물쭈물하는 사이에 여주인공이 모든 실질적인 문제를 처리하는 것이다. 그런데 「홍랑전」에서는 유교 윤리가 자신들의 애정에 장애요소가 된다는 점을 인식하

---

157) 이 지점에서 「홍랑전」은 전통적으로 사회적 관습과 개인적 욕망 사이의 갈등을 다루어온 전기 양식을 비롯하여 그 어떤 애정 소재와 비교하여도 상당히 낯선 접근 방식을 드러낸다. 중국의 경우에는 전기소설과 재자가인소설에서 이처럼 한 남성과 자매가 사랑을 나누게 되는 예를 심심찮게 찾아볼 수 있다. 이러한 이유에서 볼 때 앞서 필자의 추정에서처럼 만약 「홍랑전」에 한문 원전이 존재한다고 한다면 중국 원작을 번역하여 확대 개작했을 가능성도 배제할 수 없다고 본다. 개화기는 신문, 잡지, 활자본 출판 등 대중 매체를 통한 고소설의 향유가 그 어느 때보다도 폭발적으로 증가한 시기였기 때문에 중국의 화본소설이나 중단편 소설이 대거 번안되거나 개작되어 읽혔다. 「홍랑전」의 원작이 중국소설과 관련이 있다면 이러한 개화기의 소설사적인 배경과 함께 생각해 볼 수 있을 것이다.

게 되자 야반도주를 감행한다. 물론 다소의 고민이나 주저함은 있었지만 사랑을 위해 금기에 도전하는 행동을 실행에 옮겼다는 점에서 최생은 전대의 남성 주인공들과는 확연히 다른 모습을 보여준다. 여주인공과의 사랑이 신분질서의 완강한 저항에 부닥치게 되자 폭사하는 「수삽석남」의 최항이나 강압에 굴복하여 순순히 여주인공을 갈등의 도가니 속에 남겨두고 떠나는 「이생규장전」의 이생과 비교하면 캐릭터 상의 차이가 확연히 드러난다. 단순히 신분질서와 관습에 위배되는 사랑을 욕망하는 감정적인 차원에서 그치는 것이 아니라 이를 극복하기 위한 실제 행동을 감행한 것이다. 이른바 문제 해결을 위해 사회 규범에 정면으로 도전하는 의지를 갖추게 되었다고 할 수 있을 것이다. 이러한 변화는 작품 후반부에서 최생이 영웅으로 변신하게 되는 구성적 특징과도 관련이 있어 보인다. 전쟁을 승리로 이끌고 나라를 위기에서 구하는 영웅성을 발휘하게 되는 인물인 만큼 애정에서도 적극성을 보이는 인물로 설정된 것이 아닌가 생각된다.

한편, 「홍랑전」에서 홍랑이 자신의 존재를 드러내는 대목은 「만복사저포기」, 「하생기우전」과 상당히 유사하게 전개된다. 최생이 오상국을 찾아가 경랑과 함께 도주했었다고 아무리 설명해도 병중에 있는 경랑을 자기 집에 두고 있는 오상국은 최생의 말을 믿어주지 않는다. 더욱이 유교적 인간인 오상국이 현실주의적 사고에 위배되는 상황을 납득할리 만무하다. 이에 최생은 홍랑이 건네준 금봉차를 보여주며 경랑의 존재를 확인시키고자 한다. 주지하다시피 이 금봉차는 앞서 최학사가 혼인의 신물로 며느리인 홍랑에게 준 것이다. 금봉차가 홍랑의 신물임을 기억하고 있는 오상국은 믿기 어렵지만 최생의 야반도주 상대가 홍랑일지도 모른다는 생각을 하게 된다. 이처럼 남성 주인공이 여귀인 여주인공의 부친을 방문하여 인귀교환 사실을 고백하고, 이를 납득하지 못하는 그녀의 부친과 갈등을 빚게 되자, 순장물을 보여주어 확인시킨다는 설정은 「만복사저포기」 이래

「하생기우전」에서도 반복되어온 패턴이다. 다만 「만복사저포기」나 「하생기우전」에서는 남성 주인공이 상대 여성이 귀신임을 처음부터 알고 있었던 반면에 「홍랑전」에서는 최생이 끝내 여귀의 존재를 인지하지 못한다는 점이 다를 뿐이다.

이 지점에서 독자의 인식지평과 등장인물인 최생의 그것이 뚜렷하게 분리된다. 독자는 홍랑이 자기 무덤에 제사 지내러 온 경랑의 몸에 붙어서 오상국의 집에 들어온 후, 최생 앞에 예의 그 금봉차를 흘리는 순간부터 홍랑이 경랑의 행세를 한다는 사실을 알게 된다. 독자는 이면의 진실을 알고 있으나 등장인물은 결코 이를 눈치 채지 못하는 것이다. 여기서 기존의 「만복사저포기」류의 갈등 해결 방식이 뒤집어지는 효과가 발생한다. 「오유란전」, 「종옥전」처럼 노골적으로 인귀교환 모티프를 패러디한 작품만큼은 아니지만 「만복사저포기」류처럼 독자와 등장인물이 일치된 감정을 느끼지는 못한다는 점에서 패러디와 유사한 효과가 발생하는 것이다.

이러한 사실을 강조하는 이유는 「홍랑전」의 이후 문제 해결 과정에서 「만복사저포기」, 「하생기우전」과는 이질적인 방식이 개입되고 있다는 점을 설명하기 위해서다. 표면적으로는 「만복사저포기」류의 인귀교환 모티프와 유사한 점을 보이면서도 이미 독자와 등장인물의 인식지평이 평행선을 그리게 되면서 「홍랑전」의 갈등 해결 방식은 전기소설적인 그것이 아니라 아랑형 전설의 원혼 해소의 방식과 같은 방향으로 이동한다. 홍랑이 경랑의 몸속에 깃들인 채로 일어나 사건의 전말을 밝히고, 경랑과 최생의 혼인을 허락하지 않으면 재앙이 닥칠 것이라고 위협하는 대목은 전기소설의 미의식과는 전혀 다르다. 잘 알려져 있다시피 전기양식은 사회 관습과 개인적 욕망 사이의 갈등을 다루며 주인공들간의 공감을 통해 좌절된 욕망을 실현한다. 현실적으로는 패배했다 하더라도 비현실적인 교류를 통해 사회 관습에 대한 자아의 끈질긴 저항은 강한 여운과 자취를 남기며

이는 주변 인물들에게도 어디까지나 불가하나 그럴 법한 일로 받아들여진다. 「만복사저포기」나 「하생기우전」에 등장하는 여주인공의 순장물이란 바로 주인공들 간의 불가해한 인귀교환을 주변 인물들에게 있을 법한 일이라는 예외성을 납득시키는 매개체다. 주변 인물들의 의혹이 해소되는 지점에서 주인공들만의 공감이 주변 인물들에게로 확대되는 것이다.

반면 「홍랑전」은 공포와 문제 해결이라는 설화적 코드를 수용함으로써 전기양식과는 명백히 분리된다. "육신은 정녕한 경랑이로되 어음이며 행동거지는 분명한 홍랑이라."에서 드러나듯이 홍랑의 귀환(鬼還)을 명백히 인정하게 되었음에도 불구하고 여귀가 되어 돌아온 홍랑을 딸로서 대접하지 않는다. 뼛속까지 유교적 현실논리에 입각한 인물인 오상국은 아무리 증거가 명약관화하다 하더라도 인귀의 출현을 결코 용납할 수 없는 사람이고, 설사 그것이 딸이라 해도 귀신이란 명계를 현혹시키는 존재라는 신념을 바꾸지 않는다. 홍랑은 음명(陰明)이 다른데 "양명(陽明)한 세상에 환태(換態)를 지어내"[158] 어 "늙은 애비의 마음을 혹란(惑亂)케 하"[159]는 요망한 존재일 뿐이다. 이에 대해 홍랑 역시 자신의 욕망을 해소하고 요구조건을 관철시키기 위해 부친과 대치한다. 인륜을 이루지 못하고 죽은 자신의 욕망을 동생인 경랑을 통해 대신해서 성취하지 못한다면 그 목숨을 앗아가겠다는 엄포는 다분히 위협을 담고 있다. 이에 대해 "보고 듣는 사람이 상하 없이 자연 마음이 두려"[160]워 하며 "유명간 부복지의(報復之義)가 두려운 지라. 이날 상하간 참관하는 자(者)이 다 추상이 뿌린 듯 "[161]한 주변의 반응 역시 두려움과 공포로 나타난다.

158) 「홍랑전」, 전게서, 143쪽
159) 「홍랑전」, 전게서, 143쪽
160) 「홍랑전」, 전게서, 143쪽
161) 「홍랑전」, 전게서, 146쪽

공포의 코드는 공감이 아닌 배제의 미감을 배경으로 성립한다. 인물 간의 소통이 불가능해지고 상호간에 밀어내고 대치하는 대결의 관계에서 조성되는 것이다. 욕망을 이루지 못하고 죽은 딸의 원망을 이해하는 것이 아니라 복수가 두려워서 그 요구 조건을 들어주고 딸이 음계로 돌아가자 '상쾌'162)해하는 오상국의 태도에는 철저히 공감이 배제되어 있다.

이처럼 아랑형 전설의 공포 코드를 활용함으로써 「홍랑전」은 사회 관습과 개인적 욕망전기양식의 전통으로부터 분리되어 이 지점에 와서 통속적인 취향을 강하게 드러낸다. 이러한 인식지평의 분리에는 다분히 작가의 의도가 개입되어 있을 것이다. 전기양식의 관습으로부터 분지된 「홍랑전」은 이제 과연 어디로 가며 무엇을 의도하는가.

2. 영웅소설적 맥락과 변개의 국면

엄밀히 말해 「홍랑전」의 애정 문제에 남녀 주인공의 욕망과 의지가 개입되기 시작하는 대목은 별리 이후부터이다. 현실적 질서의 질곡에 대항하는 다분히 전기소설적인 애정의 문제는 혼약이 성립되고 나서야 비로소 초점화되기 시작한다. 그 이전에는 가문 간의 연대나 결합의 차원에서 혼사가 추진된다. 남녀 주인공인 최생과 홍랑 역시 이에 걸맞게 특권적 벌렬층의 자제로 설정되어 있다. 이 점은 남녀 중 어느 한쪽만이 벌렬층이거나, 아니면 둘 다 그렇지 않은 전기소설의 일반적 특징과는 어긋난다. 이는 후반부의 영웅소설적인 군담

---

162) 「홍랑전」, 전게서, 147쪽

화소와 결합시키기 위한 장치로 이해된다. 「홍랑전」에는 의도적이라고 할 수 있는 이러한 작가의 배려가 곳곳에서 발견된다.

우선 「홍랑전」의 혼약은 오상국과 최 학사라는 명가의 가장들끼리의 교류 속에서 이루어진다. 가문끼리의 중매에 의해 정혼이 결정된 것이다. 애정갈등에서 중요한 역할을 하게 되는 금봉차 역시 남녀의 의사와는 아무런 관계가 없다. 최학사가 앞날을 예견하여 신물로써 선택된 것이다. 신랑의 부친이 가문 간 혼약의 증거로 미래의 신부에게 신물을 전해주는 것은 영웅소설에서 익숙한 패턴이다. 그렇다고 하여 신물의 지정이 단지 작품 후반부와의 유기적 결합만을 고려한 설정인 것은 아니다. 신물로 설정된 금봉차는 애정갈등이 본격적으로 전기소설적인 문법을 활용하게 되는 시점에 이르게 되면 문제해결을 위한 중요한 매개물로서의 기능을 담당하게 된다. 요컨대 영웅소설에서 유형적인 설정을 가져오되 전기소설적인 매개물로 자연스럽게 변개한 것이다. 작가가 각기 이질적인 하위 소설 장르의 관습을 마음대로 주무를 만큼 그것에 익숙해져 있었음을 보여주는 대목이다.

남녀 주인공이 이별하게 되는 계기 역시 이러한 양상이 드러나는 대표적인 예에 해당한다. 최생 집안은 고종사촌인 왕창렬의 공무를 돕기 위해 그의 근무지인 여남으로 이거해 간다. 이로써 최생과 홍랑은 이별하게 되고 결연은 지연된다. 이별의 순간까지도 당사자인 최생과 홍랑이 직접적인 대면을 이루지 못한다는 점, 별리에 직면한 남녀의 내면이나 감정이 전혀 부각되지 않는다는 점에서 이 대목 역시 전기소설의 전통과는 거리가 멀다. 전기소설에서 이별은 언제나 남녀가 일시적으로 결연을 이룬 후에 극복할 수 없는 운명적 장애로써 직면하게 되는 문제이다. 혼약의 지연으로서의 성격이 두드러진다는 점에서 「홍랑전」의 이별 형식은 영웅소설에서 전형적으로 나타나는 혼사장애 화소와 관련이 깊다. 철저히 당사자의 감정은 소거된

채, 가문의 혈연적 연대와 유지를 위한 이유로 별리가 이루어지고 있다는 사실도 이를 입증해 준다.

여기서 한 가지 주목해 보고 싶은 점은 후반부의 영웅적 입공과의 유기성을 유지하기 위해 영웅소설적 일대기의 유형적 패턴이 변형되고 있다는 사실이다. 왕창렬이란 인물의 형상과 최생 가문의 몰락으로 인한 신분의 변동이 그 예에 해당된다. 「홍랑전」의 전반부에서 최생은 어디까지나 사회적 관습에 도전하는 애정의 주체로서의 모습을 하고 있다. 이러한 이유로 애정과 관련된 부분 이외에 최생의 이렇다 할 활약상은 전혀 등장하지 않는다. 대신 작가는 최생과 홍랑의 별리 계기를 제공한 인물인 왕창렬과 관련하여 기어이 그에게 소년 영웅적 이미지를 부여하고 있다. 작품 후반부를 고려하여 영웅소설적 분위기를 살짝 맛보기로 보여주기 위함인 것으로 보인다. 그런데 재미있는 것은 이 왕창렬이 강남 진무사란 직책을 맡게 되기까지의 과정이 마치 한편의 영웅소설을 축약하여 삽입시켜놓은 듯한 양상으로 되어 있다는 점이다. 「홍랑전」의 작가는 "슬프다. 아무리 성조(聖朝)인들 간신 하나 없을 소냐."라는 말로 간신이자 왕창렬의 정적인 병부시랑 경한규의 출현을 강조하고 있기까지 하다. 정적과의 갈등과 대결이 주인공의 진로에 중요한 영향을 미치는 영웅소설에나 등장할 변설이다. 이를 통해 작가는 왕창렬의 소년 영웅적 기상과 공명정대함을 부각시킨다. 물론 왕창렬은 어디까지나 서사의 주축인 최생과 홍랑이 맞게 되는 이별의 계기를 설명하기 위해 삽입된 것인 만큼 작가는 더 이상 이 삽화를 확대시키지는 않는다. 작가는 이러한 대목을 삽입함으로써 독자의 다양한 독서경험을 자극하고, 이를 통해 흥미를 유발하고자 한 것으로 생각된다.

이와 달리 최생 가문의 몰락과 그로 인한 신분 변동의 문제는 간단치가 않다. 일단 이 대목은 의심할 여지없이 영웅소설의 기아화소를 변형한 것이다. 왕창렬을 따라 여남으로 이주해갔던 최생의 가문은 가장인 최 학사의 죽음으로 인해 갑자기 몰락한다. 이로 인해 최생은 가문 해체로 인해 기아와 고난의 과정을 겪지만 이 부분에 대한 서술은 단지 최생의 발화를 통해 간접 제시될 뿐 직접적으로 묘사되지는 않는다. 「홍랑전」 전반부의 관심이 최생의 일대기 자체에 있지 않다 보니, 영웅 일대기 구조에 해당하는 기아화소가 축약된 결과이다. 이로 의해 최생은 홍랑 가문과의 관계에서 상대적으로 열등한 위치에 놓이게 된다. 「소대성전」, 「장풍운전」과 같은 장모 사위 박대담도 이러한 차원에서 삽입된다. 이 역시 후반부의 영웅소설적 전개를 고려한 설정으로써 나중에 있을 최생의 영웅적 입공과 부귀공명을 상대적으로 더욱 극적으로 보이게 하는 효과를 낳는다.

　그러나 최생이 몰락한다는 설정은 최생의 영웅적 일대기 자체만을 강조하기 위함은 아니다. 그렇다면 기아화소를 변형한 최생의 몰락은 「홍랑전」 전반부의 핵심 주제인 애정갈등과 어떠한 관련이 있는 것인가. 최생의 몰락은 역설적으로 애정의 문제의 주도권이 가문이 아닌 남녀 당사자에게로 넘어가는 계기가 된다는 점에서 중요한 의미가 있다. 주지하다시피 혼약의 결정에서부터 이별의 과정까지 주도적으로 부각되었던 것은 최생과 홍랑의 사랑이나 감정이 아니라 어디까지나 가문의 연대와 관련된 문제였다. 그랬던 것이 최생의 가문이 몰락하여 가문의 토대가 붕괴됨으로써 남녀 주인공의 의사가 전면적으로 부각될 수 있는 계기가 마련된 것이다. 여기서 최생의 기아화소와 앞으로의 애정갈등을 매끄럽게 연결하기 위해 차용된 것이 바로 남성의 失信과 여성의 비극적 죽음이라는 전기소설의 한 패턴이다. 다른 여성을 쫓느라 (「주생전」, 「빙허자방화록」), 과업(科業)을 성취하느라(「백운선완춘결연록」), 신분의 차이 때문에 마음이 변해서(「정생전」) 등의 이유로 여주인공을 배신하거나 정수사변(情隨事變)하는 변심의 패턴은 전대 작품에서 이미 다양한 모습으로 등장한 바 있다.163) 「홍랑전」에서도 마찬가지로 공무수행과 가문해체로 인해 최생이 오년 기약을 어겨버림으로써 상심한 홍랑이 죽음을 맞는 것으로 그리고 있다. 최생은 제당에서 초 혼례를 올리는 도중에 "선사(先事)에 분주하여 겨를 치 못함에 자연히 기한(期限)을 어기었으니, 실신(失信)한 책(責)을 어찌 면하리오."[164] 라고 곡을 하며, 홍랑의 비극적 죽음이 자신에게 있음을 시인한다. 남성의 변심을 다룬 전기소설의 한 전통과 관련시킴으로써 최생의 기아화소는 앞으로의 애정갈등과 훌륭히 접맥된 것이다.

오상국과 홍랑의 대립이 해결되는 방식 역시 마찬가지다. 두 사람의 갈등은 그녀가 마음을 돌려 위협이 아니라 읍소라는 감정에 호소하는 방식을 택함으로써 마침내 해결된다. 「홍랑전」은 전기소설의 여주인공들이 즐겨 사용하는 이른바 '정욕론'을 들어 자신과 최생의 비현실적 결합을 합리화한다. 홍랑은 경랑과 최생의 혼인을 허락해 줄 것을 호소한 후에 사라지고 경랑과 최생은 혼약을 맺는다. 「홍랑전」의 이러한 갈등 해결 방식은 복합적인 해석이 가능하다. 홍랑의 입장만 놓고 봤을 때는 분명히 비극적인 결말이다. 그러나 후반부를 고려한 최생의 입장에서는 꼭 그렇지만도 않다. 최생은 인귀교환 모티프가 등장하는 진대의 전기소설이 그랬듯이 평생을 혼자 살지도 않고 세상을 등지고 요절하지도 않는다. 최생은 홍랑과의 영원한 이별 이후 그녀를 위해 초혼제를 지내며 슬픔에 잠기기는 하되 그렇다고 경랑과의 혼사를 포기하지도 않는다. 비극적 결말을 맞는 일반적인 전기소설의 주인공들과는 상당히 다른 모습이라고 할 수 있다. 이는 역시 후반부의 영웅적 입공을 고려한 변개이다. 영웅소설에서

혼사는 몰락한 남성 주인공이 다시금 가문을 회복할 토대를 마련하는 작업에 다름 아니다. 그만큼 영웅소설의 주인공에게 있어서 혼사는 가문 창달을 위한 보조수단으로서의 의미가 더 강하다. 이러한 이유로 앞으로 가문을 회복하고 영웅적 입공을 전개해 나가야 할 최생으로서는 경랑과의 혼사를 통해 얻게 되는 오상국 가문과의 연대는 결코 포기할 수 없다. 지금까지 가문도 생활도 다 팽개치고 사랑을 택한 애정 지상주의자에서 이제는 영웅적 남성으로 최생을 환골탈태시켜야 하는 작가로서는 이러한 변개가 필연적이다.

이렇게 놓고 보면 자연히 한 가지 의문이 들 수 있다. 가문적 연대를 위해 벌열층인 오상국과의 혼사가 필요하게 되었다면 왜 하필 홍랑이 아니고 경랑일까, 하는 것이다. 바로 손쉽게 홍랑을 재생시켜서 최생과 혼인시켜도 될 것을 굳이 경랑과 다시 약혼하도록 했을까, 하는 의문이다. 이 역시 최생을 갑작스레 영웅적 능력을 지닌 인물로 변신시켜야 할 필요성 과 관련되어 있는 것으로 보인다. 지금까지 작품 전반부에서 오로지 애정만을 추구하는 인물이었던 최랑에게 초월적 능력이 있을 리 만무하다. 영웅소설에서 남성 주인공이 비범성을 획득하는 과정은 적강화소, 기아화소 등 영웅이 되기 위한 필연적 설정과 고난의 단계를 거치게끔 되어 있다. 그 후에 초월적 존재나 매개인물이 등장하여 영웅으로 성장하게 하는 결정적 역할을 한다. 그러나 「홍랑전」에는 적강화소와 같이 최생의 비범성을 천상적 질서를 동원하여 예지해 주는 장치도 없었고, 영웅이라면 으레 겪기 마련인 고난의 과정도 그다지 핍진하게 그려지지 못했다. 이처럼 느닷없이 영웅적 형상을 부가해야 하는 갑작스런 반전의 상황에서 가장 손쉬운 방법은 초월적 보조 인물을 등장시키는 것이다. 이 역할을 맡게 된 것이 바로 이계의 존재인 홍랑이다. 자신의 원한이 해소되는 지점에서 홍랑은 영웅적 입공과 부귀영화로 점철된 최생의 미래를 예언해준다. 아울러 최생이 초월적 능력을 획득할 수 있도록 천서인 『음양경(陰陽經)』을 전해준다. 홍랑은 후토부인의 보호를 받고 있는 인물로써 단순한 여귀가 아닌 것으로 설명된다. 충분히 천상적 조력자가 될 수 있는 자질을 부여받고 있는 것이다.

이처럼 「홍랑전」은 전기 양식적 징후가 농후한 작품 전반부와 영웅 일대기의 성격이 강조되어 있는 후반부가 이질감 없이 매끄럽게 접맥되어 있다. 각각의 양식적 전통은 이음새를 튼튼히 하기 위해 관습적 맥락으로부터 조금씩 빗나가 있는 것이다. 「홍랑전」의 전후 서사가 각기 기대고 있던 양식으로부터 비틀려져 나온 지점들, 바로 이것이 「홍랑전」을 전대 작품들의 흥미소를 적절히 조합해 낸 일종의 훌륭한 종합만찬으로서의 통속적 작품으로 탄생하게 하는 전변의 지점이 된다.

3. 혼성모방과 통속적 창작의식

「홍랑전」에서는 최생이 비범성을 획득할 즈음에 때맞추어 국난이 발생한다. 최생은 이를 타개하기 위해 국가에서 실시한 무예시합에서 일등을 차지함으로써 자신의 능력을 공식적으로 인정받게 된다. 이후는 남만 정벌의 원수가 되어 영웅적 입공을 위한 수순을 밟는다. 「홍랑전」의 후반부는 이렇게 친숙한 영웅 일대기 형식을 도입하고 있다. 그러나 최생의 군담은 그리 부각되지 않는다. 대신 강조되는 것은 여러 미인들과의 결연 과정이다. 이 최생의 모습은 여전히 전반부에서처럼 애정 주체로서의 면모와 연속선상에 놓여있다. 하지만 애정의 구체적인 실현방식과 미의식의 측면에서 「홍랑전」의 후반부는 명백히 전반부의 전기소설적인 애정과는 그 성격을 달리한다. 후반부에서 전개될 애정은 체제 내에서 인정되는 형식이다. 충분히 입신출세의 욕망과 함께 추구할 수 있는 것이다. 오히려 애정은 이러한 욕망의 종속적인 위치에 있다. 출세 가도를 달림에 따라 결연하는 여성들의 수도 늘어난다. 부귀공명과 미인을 함께 거머쥐고자 하는 것은 중세적인 질서 속에서 꿈꿀 수 있는 남성들의 욕망의 최대치다. 낭만적이라는 측면에서는 동일하지만 이 쪽은 통속적인 방향으로 이동해 있는 것이다.

「홍랑전」의 통속성은 사건의 구성방식에서 보다 명확히 그 정체를 드러낸다. 최생의 결연 과정은 전작들에서 인기를 끌었던 흥미소들을 조합하여 짜깁기한 양상을 보여준다. 여기서 말하는 전작이란 한문으로 된 장편영웅소설들을 가리킨다. 구체적으로는 「옥루몽」과 「구운몽」이다. 「홍랑전」의 후반부는 이 두 작품을 모델로 하여 창작했다고 해도 좋을 만큼 노골적으로 모방하고 있다. 「옥루몽」을 패러디한 부분은 초국공주의 인물형상이다. 초국공주는 황제의 사혼에 의해 최생의 둘째 부인으로 정해진 여인이다. 이 초국공주는 「홍랑전」 후반부를 주도하는 명실상부한 여주인공이다. 아울러 최생과 짝을 이루는 여성영웅의 형상을 보여준다. 초국공주는 여화위남하여 유통길이란 가명을 쓰고 최생의 남만 정벌군에 자원한다. 그녀는 이때 신장을 부리고 방술을 행하는 신이한 능력을 발휘하여 전쟁을 승리로 이끄는데 결정적인 공헌을 한다. 여기서 초국공주의 역할 모델은 다름 아닌 「옥루몽」의 강남홍이다. 능력을 발휘하는 계기가 남만 정벌로 똑 같을 뿐 아니라, 남장하여 출정한 여주인공이 남성 주인공을 속인다는 설정이나 능력 시험을 통해 여주인공이 자신의 힘으로 다른 장수들을 누르고 선봉장의 지위를 획득한다는 세세한 설정 등에서 강남홍의 모습과 일치한다.

여기서 한 가지 생각해 보아야 할 점은 경랑을 제쳐두고 왜 초국공주라는 새로운 인물을 등장시켰을까, 하는 점이다. 굳이 초국공주를 새로 출현시키지 않고 기존의 경랑만으로도 충분히 여성영웅의 형상을 창조할 수 있다. 그 이유는 「홍랑전」 후반부가 다수의 여성을 등장시키는 복수 결연담을 지향하고 있다는 데서 찾을 수 있다. 여기서 「홍랑전」이 모방하고 있는 대상 작품은 바로 「구운몽」이다. 주지하다시피 「구운몽」식의 복수 결연담에서 여성인물들은 중세의 남성들이 이상적으로 생각한 여성상을 각기 하나씩 나누어 갖고 있다. 예를 들자면 정경패는 문벌가 여성의 현숙한 자태를, 난양공주는 남성을 속여 넘길 줄 아는 재기발랄함과 유머를, 백능파는 이계여성으로서 비현실적 애정에 대한 남성의 욕망대상이라는 형상을 지니고 있다. 「홍랑전」 역시 이에 상응한 여성들을 차례로 등장시킨다. 경랑은 정경패에 해당되고 초국공주는 난양공주에 대응된다. 백씨 성의 용녀는 노골적으로 백능파를 떠올리게 만든다.

  구체적인 사건에서도 「홍랑전」은 「구운몽」을 패러디한다. 이는 세 가지 사건에서 두드러진다. 단순한 모방에서부터 제삼의 작품도 함께 고려한 부분적 변개 단계, 작품의 서사전개에 따라 재맥락 한 단계로 나누어볼 수 있다. 첫 번째는 용녀인 백능파와의 만남을 모방한 대목이다. 「홍랑전」은 백룡담에 살고 있는 용녀의 구체적 설정까지 그대로 따왔다. 백룡담 용녀가 시녀를 보내 남해 용자의 위협을 전하고 구원을 요청하는 대목, 백룡담가에서 수궁으로 들어가는 과정의 묘사, 심지어 용녀가 나중에 최생을 찾아오자 그녀를 첩으로 삼고 백씨라는 성을 내렸다는 부분 등등에서 「구운몽」을 연상시킨다. 다음으로는 난양공주가 정경패와 의자매를 맺는 삽화는 「사씨남정기」의 관음찬 화소에 영향을 받아 다소 변개된 채로 수용되고 있다. 초국공주는 남만정벌에서 돌아온 후 경랑과 의자매 관계를 맺는 작업에 착수한다. 이 대목에서 「홍랑전」은 「구운몽」의 "황실따님이 미복으로 규중처녀를 방문하다. (王姬微服訪閨女)"라는 삽화를 패러

디하고 있다. 「구운몽」에서는 난양공주가 '꽃핀 데 공작새(一花開孔雀)'와 '대숲에 자고새(一竹林鷓鴣)'라는 족자 두 개로써 정경패와 의자매를 맺는다. 그런데 「홍랑전」에서는 족자가 觀音畫像로 바뀌어 있다. 이렇게 된 이유는 아무래도 또 다른 기존 작품인 「사씨남정기」를 고려한 결과로 볼 수밖에 없다. 「사씨남정기」의 관음찬 삽화는 「창선감의록」,「일락정기」 등의 작품에 수용될 정도로 시대를 뛰어넘어 지속적인 인기를 얻은 화소였다.165) 「홍랑전」은 이러한 「사씨남정기」의 관음찬 화소에 영향을 받아 「구운몽」의 족자를 관음화상으로 변형한 것이다.

그러나 이후의 내용은 「구운몽」과 거의 동일한 방식으로 전개된다. 초국공주는 부친의 임지로 이거하는 도중에 노자가 부족하여 관음화상을 팔려한다는 이유로 경랑을 속이고, 경랑은 화상의 그림체와 수품의 정교함에 반하여 그녀와 사귄다. 그리하여 경랑의 마음을 사는데 성공한 초국공주는 황제와 초왕 부부를 설득하여 경랑을 연양공주로 봉하여 최생의 제일부인이 되게 하고 자신은 채양공주가 되어 제이부인이 된다. 마지막으로는 정경패가 공주가 되었다는 사실을 숨김으로써 양소유를 속여 넘기는 부분을 패러디한 대목을 들수 있다. 「구운몽」에서 이러한 속임수는 한바탕 유쾌한 놀이처럼 진행된다. 「홍랑전」에서 정경패의 역할을 맡은 이는 경랑이다. 그러나 속임수의 주체가 된 것은 초국공주이다. 이는 「홍랑전」 후반부를 주도하는 여주인공이 바로 초국공주이기 때문이다. 주변인물들의 함구속에서 최생은 유통길의 행적을 궁금해 하다가 비로소 초국공주가

---

165) 구체적인 수용의 양상은 각기 다르다. 관음찬 화소는 각 작품 속에서 조금씩 변주되면서 수용되어 왔다. 「사씨남정기」에서 사정옥의 재능을 시험하기 위해 사용되었던 관음찬은 「창선감의록」에서 남성주인공의 모친이 여승에게 관음화상을 그려준 인연으로 나중에 관음보살이 현몽하여 남성주인공을 도와주는 양상으로 변개되었다. 한편, 「일락정기」에서는 관음화첩의 시로 변형되면서 여주인공의 탄생을 발원하는 화소로 재편 되었다.

유통길임을 알고 자신을 속여 넘긴 그녀의 재주에 감탄한다. 「구운 몽」에서는 상층출신의 여성일 경우 서사 전개에서 차지하는 비중에 서는 절대적인 차이가 나지 않는다. 상하의 비중 차이는 명백하나 정경패와 난양공주는 거의 동등하다. 반면 「홍랑전」에는 초국공주가 단독 여주인공에 해당할 정도로 서사적 주도권을 쥐고 있다. 이 때 문에 전작의 해당 부분을 재맥락화한 것으로 해석할 수 있다.

　「홍랑전」의 후반부가 이러한 한문 장편 영웅소설의 패러디를 통해 얻고자 한 것은 무엇일까? 그것은 바로 중세 질서 속에서 남성으로 써 누릴 수 있는 부귀공명의 최대치를 구현하고자 하는 통속적 욕구 의 실현이다. 초국공주와 채양공주(경랑)의 존재는 사대부 남성이 획 득할 수 있는 현실적 지위의 극점에 있으며, 용녀는 이러한 욕망이 비현실적으로 구체화된 순연한 상상력의 소산이라고 할 수 있다. 여 성들은 한 남성을 사이에 두고 조화로운 연대성을 구축한다. 최생과 여성들의 결연 과정 또한 시종 화기애애하고 여유로운 분위기 속에 서 진행된다. 그 속에는 한점의 질투도 없다. 위계 문제를 두고 갈등 도 빚어지지 않는다. 심지어 두 여인이 의자매를 맺기까지 한다. 자 기가 사랑하는 여인들이 서로 질투하거나 싸우지 않고 잘 지내는 것 이야 말로 남성들이 가장 바라는 바일 터이다. 구체적인 결연 과정 이 진행되면서 패러디 대상이 「옥루몽」에서 「구운몽」으로 바뀐 것도 바로 이러한 이유일 것이다. 「옥루몽」에는 늑혼에 얽힌 갈등과 처첩 간의 다툼이 등장하기 때문이다. 「홍랑전」의 패러디에는 이러한 작 가 나름의 선택과 의도가 반영되어 있는 것이다.

　「홍랑전」은 이질적인 장르들의 애정 모티프를 조합했지만 사랑과 결연의 문제를 중심으로 하고 있다는 점에서 결국 주된 관심은 하나 다. 또 이러한 사랑과 결연은 최종적으로 체제 내에서 입신출세의 정점에 도달하고자 하는 남성들의 욕망 실현으로 수렴된다. 작품의 궁극적인 지향점이 여기에 있다면 왜 하필 이질적인 전기소설적 애

정 모티프를 전반부에 포진시켜 놓았을까, 하는 것이다. 물론 단순히 비현실적인 애정 모티프가 주는 신기함, 흥미소의 조합이라는 구성적 재미를 추구하고자 한 것으로 설명할 수도 있다. 그러나 이러한 구성방식이 도출하게 된 배경에는 전기소설과 영웅소설이 유형성을 확립한 시기에는 존재하지 않았던 인생과 사랑에 대한 새로운 인식이 반영되어 있는 것이 아닌가 생각된다. 주지하다시피 전기소설적인 사랑은 현실의 질곡과 갈등 관계에 있고 대체로 주인공들은 이 때문에 좌절한다. 「홍랑전」의 전반부 역시 귀신, 처제와의 사랑을 형상화했다는 점에서 이러한 전기소설적 관습을 답습하고 있다는 점은 이미 지적한 바와 같다. 그러나 남성 주인공이 세상을 버리지 않고 체제 질서 내부로 복귀하며 입신출세의 길을 걸으면서 「홍랑전」의 미의식은 완전히 전기소설 장르의 문법으로부터 떠났다고 할 수 있다. 그렇다고 후반부에서 차용한 영웅소설이나 한문 장편 영웅소설의 향유의식만 놓고 전체를 해석할 수는 없다. 요는 향유층이 두 가지를 조합한 구성적 특징을 받아들이는 의식이다. 게다가 「홍랑전」은 패러디 대상인 전작들과는 국문소설 독자를 대상으로 창작된 작품이기 때문이다.

체제에 반하는 사랑인 전기소설적 애정은 인생의 청년기에 발생한다. 전기소설의 정수라 할 수 있는 비극적 작품들은 예외 없이 이 지점에서 세상을 등진다. 「홍랑전」은 비극적인 사랑 이야기로부터 시작되면서도 결국에는 이를 극복하고 세상에 훌륭히 안착하는 주인공의 모습을 그려냈다. 범박하게 말해서 여기에는 보통 일대기 형식이라고 부르는 인생 역정에 대한 관심이 내재해 있다고 설명할 수 있다. 그러나 이렇게 해석해 놓고 보아도 굳이 전기소설적 애정과 영웅의 일대기를 결합시킨 이유가 명확히 설명되지 않는다. 더 심층적으로 들어가 보자. 전기소설적 애정 모티프의 뒤에 영웅적 입공을 전개한 것이 일대기에 대한 관심임은 분명하다. 그런데 두 가지 모티프의 결합이 향유층의 흥미를 끄는 요인이 될 수 있었던 이유는 이러한 구성이 주는 드라마틱한 효과 때문이다. 사대부 가문의 남성이 몰락한 집안을 일으킬 생각은 하지 않고 여자와 도망쳤다가 결국에는 가문을 회복시키는 본연의 의무를 수행하는 과정에 극적인 흥미가 있는 것이다. 요컨대 체제로부터의 일탈과 질서회복, 조화로운 세계의 구현으로 이어지는 서사 플롯이 지니는 새로움이다. 여기에는 전기소설적 사랑을 청년기에 한번쯤 겪을 수 있는 인생의 방황 정도로 보는 향유층의 의식이 내재해 있는 것이 아닐까 싶다. 다시 말해서 일시적 방황을 접고 체제 내에서 자신의 자리를 마련해 가는 것이 인생이라는 식의 사고가 내재해 있는 것이다. 비록 작가와 독자가 통속적 목적만을 의도했다 하더라도 여기에는 무의식적으로라도 이러한 인식이 들어있다고 보지 않을 수 없다. 이미 「홍랑전」이 전기소설과 영웅소설의 전통적인 미의식을 떠나있는 이상 각각을 조합한 이러한 구성은 인생에 대한 시각 및 일대기 구성의 새로움을 요구하는 향유의식을 반영한다고 보아야 할 것이다.

IV

개화기 소설사의 지형도와 「홍랑전」의 위상, 결론을 겸하여

20세기 초엽, 개화기 고소설사의 지도는 체질적으로 변모했다. 상업적, 대중적 출판문화의 발전으로 급속히 대중성, 통속성의 물살을 타는 방향으로 나아갔다. 단 한번의 출판으로 다수의 대중이 거의 동시에 동일한 작품을 향유할 수 있는 시대가 된 것이다. 특히 日報의 등장은 순간적으로 대중의 시선을 사로잡아야 하는 대중예술의 필연적 숙명을 고소설에 부여했다. 아울러 한번 붙잡은 관심을 지속적으로 유지하고 지속적으로 흥미를 유발할 수 있는 통속적 창작방식이 요구되었다. 당시 기존의 고소설 작품을 패러디 하거나 재조합함으로써 기왕에 독자들에게 친숙하거나 인기를 얻었던 흥미소를 재생산하는 방식이 유행한 것도 이러한 새로운 소설사적 여건에 적응하기 위한 몸부림이었다.

그러나 신구 소설사가 교체되는 당대의 소설사적 지형도를 이렇게 단순화해서 보기에는 개화기라는 상황이 그리 녹녹치 않아 보인다.

고소설사의 오랜 전통은 소설이 그 외피를 단숨에 떨치고 신소설사
로 나아가기에는 드리운 그늘이 너무나 넓고도 또 깊다. 단 몇 편의
신소설의 창작만으로 소설사의 지형도가 확 바뀔 수 있는 문제도 아
니다. 최초의 한국근대소설이라 일컬어지는 『무정』에서도 그 작가
이광수는 「구운몽」, 「창선감의록」, 「사씨남정기」, 「옥루몽」 등을 인용
해 놓고 있을 뿐만 아니라 이형식, 박영채, 김선형 등의 인물형상에
서도 주인공을 재자가인으로 묘사하는 고소설적 영향을 완전히 벗어
나지 못했다.[166) 바꿔 말하면 개화기는 고소설사의 전통을 등에 지
고 당대의 사회, 문화, 이념의 변화에 조응해간 시기였다는 말이다.
여기서 고소설사적 전통의 활용이 사회적 패러다임이 급변하는 당대
에 어떤 의미를 가지고 있는 것인가 하는 점을 섬세히 살펴볼 필요
성이 제기된다. 「홍랑전」과 같은 작품이 기대고 있는 고소설적 전통
을 이해함에 있어서 떨쳐버리지 못한 과거의 잔재로서가 아니라 그
자체 내적인 존재 의미에 포커스를 맞춰나가야 한다는 뜻이다.

　「홍랑전」을 포함한 개화기 고소설사의 지형도는 출판방식, 표기문
자, 창작의식 등에 따라 여러 카테고리로 나뉠 수 있다. 예컨대 활판
혹은 신문·잡지라는 대중매체를 활용하여 출판되었느냐 아니면 필
사와 돌려읽기라는 전통적인 향유방식을 활용했느냐, 순한 문체 혹
은 한문 현토체를 구사함으로써 한문 지식인층을 겨냥했느냐 아니면
한문해득이 불가한 국문사용층을 대상으로 했느냐의 범주, 소설을
통해 대중을 계몽 혹은 계도하려는 이념적 지향성을 보이느냐 아니
면 흥미위주의 통속적성을 보이느냐의 범주 등으로 세분화될 수 있
다. 「홍랑전」, 「정씨복선록」, 「만하몽유록」 등이 국문 사용층을 대상
으로 개인적인 창작과 필사라는 전통적인 방식으로 창작된 작품군이
라면 「잠상태」, 「용함옥」, 「일념홍」, 「여영웅」 등의 작품은 한문 지

---

166) 『무정』과 고소설의 영향관계에 대해서는 성현경, 「무정과 그 이전소설」(『이
　　광수 연구(하)』, 태학사, 1984)를 참조하기 바람.

식층을 겨냥하여 새로운 대중매체를 활용한 신문연재소설의 범주에
속한다.167) 한편으로 「홍랑전」, 「유문성전」 같은 작품이 기존 고소설
을 혼성 모방하여 재창작한 통속적 지향성을 강하게 드러낸다면 「정
씨복선록」, 「만하몽유록」, 「용함옥」, 「일념홍」, 「여영웅」 등은 정도의
차이는 있지만 일정하게 작가의 이념 지향성을 드러낸다.

　개화기는 관념, 생활, 체제 등 사회 곳곳에서 전방위적으로 신구의
교체가 급격히 진행됨으로써 극심한 혼선을 빚은 시기였다. 이러한
혼란의 와중에 위정척사, 민족주의, 개화주의, 계몽운동, 여성교육 등
그 어느 때보다도 이념적 외침이 거센 파고를 이루기도 했다. 신문
이나 잡지 연재소설은 지식인들의 고민과 이념을 표현하는 우회적인
담론의 장으로서 구실을 하기도 했다. 민족주의에 입각했건 친일에
입각했건 간에 전통이 무너지고 사회적 패러다임이 급격히 변모하는
시기에 소설은 일각에서 어떤 형태로든 지식인들의 담론을 풀어놓는
수단이 되기도 했던 것이다. 여기에는 태생적으로 통속적인 소설이
란 장르를 활용하여 이념을 교육하고자 했던 지식인층의 전통적인
접근방식이 내재해 있다고도 볼 수 있다. 소설이란 허구의 서사 장
르는 아무리 그것이 상업적, 통속적 혹은 오락적 성향이 강한 작품
이라 하더라도 어떤 경우에라도 작자가 타자를 향해 말하고 싶은 발
화 내용을 담고 있기 마련이다. 다시 말해서 일단 문자라는 표기수
단을 통해 표현된 순간 이미 그 작품은 작가의 자아 내부로부터 나
와 타자를 지향하게 된다는 말이다. 이 점에서 소설은 작가가 타인

---

167) 구활자본과 한글 필사본이 함께 전하는 「유문성전」은 두 범주가 혼합된 예
　　라고 할 수 있을 것이다. 구활자본과 필사본 중 선본(先本)을 쉽게 속단
　　할 수는 없는 문제이나 현재로서는 「유문성전」을 한문소설 「유생전」을 저
　　본으로 하여 활자라는 대중매체와 필사라는 개인적인 향유방식 양편으로
　　성장해온 신작 구소설로 보는 것이 타당해 보인다.(한문소설 「유생전」과
　　한글소설 「유문성전」과의 관계에 대해서는 박일용의 전게논문을 참조하
　　기 바람.)

을 향해 말을 거는 광범위한 담론의 일종이다. 논(論), 설(說), 기(記) 등의 비서사적인 담론에 비해 허구적인 내러티브를 갖추고 있는 픽션이라는 점이 틀릴 뿐이다. 비서사적인 담론에서 작가가 직접 화자가 되어 자신의 말을 한다면 소설에서는 등장인물의 말과 행동 그리고 사건과 상황, 서사 내부의 허구적 작가와 화자의 입을 빌어 실제 작가의 담론이 허구의 서사로 형상화되는 것이 차이점인 것이다.

고소설사은 각각의 하위 장르로 세분화되어 발전해 나가면서 이러한 작가의 담론을 유형별로 성립시켰다. 몽유록이나 전기소설이 실의한 작가들의 대정치적인 비판의식을 주로 담아내는 유형이었다면 가문소설을 위시한 장편소설들은 기득권 출신 혹은 그들의 세계관을 인정하는 작가들이 기득권의 유지와 계승의 문제를 주로 다루었다. 판소리계 소설 속에 체제 질서 하부에서 살아가는 기층민의 목소리가 담겨있다면 영웅소설은 고정된 중세 신분 질서 하에서 체제 상부의 삶을 꿈꾸는 보통 사람들의 환타지를 기반으로 성장했다. 흥미롭게도 판소리계 소설은 판소리가 나중에 상층이 즐기는 문예예술로 성장하면서 그들의 구미에 맞는 세계관으로 탈바꿈하기도 했으며 영웅소설 역시 양빈 작가들이 창작에 참여하면서 유형적이 서사공식과 세계관의 변형이 가해지기도 했다. 목표로 삼는 향유층이 달라지면서 작가의 출신 계층도 달라지고 그 결과 기존의 하위 소설 유형이 담아낸 담론의 내용 또한 전혀 다른 방향으로 변모하게 된 것이다. 이러한 과정을 거치면서 세계관적 기반이 전혀 다른 유형 혹은 범주가 탄생하기도 한다.

이 지점에서 강조해 두고 싶은 것은 허구적 내러티브를 통해 타자에게 말을 걸고자 하는 작가의 담론에 정도의 차이가 있다는 사실이다. 작가가 작품 속에서 발화하고자 하는 이념성이 상대적으로 강한 작품이 있는 반면 장르적 문법에 기대어 그 유형적 세계관에 그것이 묻혀버리는 작품도 있다. 전자에 이른바 대중적 취향이나 흥미를 고려하지 않은 작가주의 혹은 교조주의·계몽주의가 속한다면 후자는 장르성, 상업성에 민감한 창작 경향으로 흐른다. 그렇다면 후자의 범주에서 주목해서 보아야 할 부분은 무엇일까? 대중의 구미에 민감하게 반응한다면 과연 어떤 방식으로, 또 어느 부분을 목표로 삼았는가, 다시 말해서 작가와 독자가 만나는 현시점에서 향유층이 작품 속에서 보기를 원하는 것을 어떻게 명확히 집어내었는가, 하는 점이 될 것이다. 기왕에 대중적으로 접근하고자 했다면 그들의 변덕스런 입맛을 맞춰줄 수 있어야 한다. 그런데 이 통속적 취향의 독자의 구미라는 것이 까다로운 것이어서 스타일이나 소재의 측면에서 너무 앞서가서도 안 되고 그렇다고 익숙한 것을 제공해서도 안 된다. 통속적 혹은 대중적 취향의 독자는 작가에 못지않게 아니, 때때로 작가 보다 더 장르 문법에 익숙하다. 그러므로 이들은 작가와 지적인 게임을 하길 원한다. 바꿔 말해서 자신들이 익숙한 장르 문법을 작가가 소재나 설정, 스타일의 측면에서 얼마만큼 새롭게 버무려 낼 수 있느냐를 평가하길 원하는 것이다. 이때의 새로움이란 획기적인 어떤 것이 아니라 독자가 예상한 것 보다 딱 한 걸음 앞서 있는 정도의 것이다. 익숙함과 새로움의 아슬아슬한 줄타기에서 장르 문법에 익숙한 독자는 통속 혹은 대중적 경향의 해당 작품의 가치를 평가하는 것이다. 개화기처럼 기존 고소설 작품의 익숙함과 사회적 패러다임의 변화 속에서 견인된 새로움에 대한 요구가 공존하는 시대에 태어난 통속 혹은 대중적 코드의 작품이란 더더욱 이런 평가 기준에서 자유로울 수 없다.

「홍랑전」은 한문 식자층의 주된 향유 장르였던 전기소설, 한문 장편영웅 소설과 구전·국문이란 수단을 통해 기층에서 성장해 온 국문영웅소설들을 혼성, 모방한 작품이다. 그렇다면 마지막으로 「홍랑전」의 이런 혼성모방이 궁극적으로 어떤 향유계층을 목표로 한 것이며 여기에는 어떤 소설사적인 의미가 있는 것인지를 탐색해봐야 한다. 「홍랑전」은 기층에서 자라난 원혼 전설의 공포 코드를 결합시킴으로써 전기소설의 인귀교환 모티프에 체질적인 변형을 가했다. 그 결과 기득권에서 소외된 지식인이 체제 질서에 대한 그들의 현실 비판의식을 담아내는 일종의 상징적 코드였던 인귀교환 모티프의 전통적인 의미망은 희석되고 기이(奇異)가 주는 흥미만이 부각하게 되었다. 또한 국문 영웅소설의 유형적 서사가 결합되면서 「홍랑전」은 체제 내부로 편입되어 기득권을 향유하기를 꿈꾸는 중세의 다수를 이루는 비기득 계층의 현실과 환타지를 반영하는 작품이 되었다. 환타지를 꿈꾼다는 자체가 이미 그들의 현실은 그러하지 못하다는 것을 의미하므로 「홍랑전」에서 드러나는 이러한 향유층의 현실과 그 반대편에 존재하는 환타지는 교묘한 길항을 이루게 된다.

여기서 주목해야 할 것은 왜 하필이면 중세를 살아간 일반 대중의 환타지를 충족시켜주기 위해 그들과는 다른 세계관 속에서 자라난 장르를 혼성모방 했을까, 하는 점이다. 그리고 또 한 가지 전통적인 향유계층이 다른 상이한 장르를 크로스 오버해 낸 시점이 개화기일까, 하는 점이다. 근본적으로 문화는 한 장르가 최대로 발전하면서 그 안에서 다룰 수 있는 소재, 스타일, 세계관의 최대치를 구현해내고 나면 이종 장르간의 크로스 오버가 자연 발생적으로 생겨나게 마련이다. 이는 이질적인 장르와 교섭하면서 새로운 상상력과 표현력을 얻어내고자 하는 문화의 자연스런 움직임이다. 여기서 상향과 하향, 다종 교섭적인 다양한 현상이 발생한다. 「홍랑전」이 국문 해독층이라는 기층의 일반 독자층을 대상으로 한 작품이면서도 전통적으로 한문 식자층의 장르였던 전기소설이나 한문 장편 영웅소설의 모티프나 장면, 혹은 서사문법을 따올 수 있었던 저간의 사정도 바로 이러한 장르적 본질에 기인한다. 시대가 흐르고 고소설사 자체가 성장하고 발전하게 되면서 해당 향유계층의 고유한 문제의식과 세계관을 반영했던 장르 문법이나 모티프는 그 탄생 기반으로부터 분리되게 된다. 해당 향유계층의 고유성을 담지한 한문이란 표기 문자를 상실하고 입에서 입으로 전해지게 되면서 구전을 주된 향유수단으로 하는 기층에게까지 전달이 되게 되고 그러는 가운데 해당 장르 문법이나 모티프는 그야말로 기존에는 접해보지 못한 새로운 소재거리의 하나로 인식되게 된다. 그러면서 기층의 전통적인 세계관, 예컨대 비현실에 대한 두려움과 경이 같은 공포 코드가 삽입되기도 하고, 현실비판의식과 소외감이라는 고유한 향유의식이 탈각되고 기득권 획득이라는 체제 순응적인 낭만적 환타지가 개입되기도 하며, 기득권의 체제 유지라는 한문 장편 영웅소설 향유층의 세계관이 단지 특정한 장면과 소재로서 차용되기도 한다. 아니면 통째로 국문으로 번역되면서 해당 장르의 고유한 세계관 혹은 그 속에 그려진 삶의 방식을 환타지로 꿈꾸는 일반 대중들에게 열광적으로 향유되기도 한다. 「구운몽」이나 「옥루몽」이 거대한 국문본을 거느리면서 필사뿐만 아니라 활자본으로 출판되기도 했던 것도 이런 이유에서다.

이러한 점에서 본다면 개화기는 한문 식자층의 하위 고소설 장르가 하향하여 일반 대중 독자층으로 확대되어나간 시기였다고도 할 수 있다. 비록 역사적 필연성으로 신소설과 근대소설의 뒤안길로 밀려나가기는 했지만 대중성의 측면에서만 본다면 질적인 패러다임의 변화를 이루어낸 시기였던 것이다. 「홍랑전」은 고소설사의 시작부터 한문 지식인 문인을 향유층으로 해서 꾸준히 창작된 전기소설로부터 19세기 근기 지역 상층 문인들의 세계관을 축조해 낸 「옥루몽」 같은 작품에 이르기까지, 상층의 향유물이었던 장르를 그들의 구미에 맞게 버무려내기를 독자와 이에 맞추어 자유자재로 작품을 창작해낼 수 있는 작가가 존재했던 개화기 고소설사의 그간 알려지지 않았던 주소를 알려준다.

V

결 론

신구의 교체기란 전통적인 것의 역사적 패배를 필연으로 전제하는 것이어서 새로움의 도도한 물결과 공존하고 있는 과거의 존재 의미를 되새겨 보는 작업은 쉽지 않다. 고소설사도 마찬가지여서 개화기 연구를 하지 않을 수도 없고 그렇다고 해당 시기 작품의 의의를 부각시키기도 어려운, 어쩌면 계륵 같은 애매한 위치에 있다. 「홍랑전」 같은 작품이 고소설사의 흐름을 훑는 논문에서 그 작품명이 언급되면서도 선뜻 그 작품세계를 규명하는 연구가 나오지 않았던 이유도 여기에 있을 것이다.

본고는 「홍랑전」이 고소설사의 시작을 연 전기소설 장르와 고소설사의 끝자락이자 발전기인 19세기에 창작된 장편 한문 영웅소설 그리고 그 어떤 고소설 장르보다도 대중성과 상업성의 세례를 많이 받았던 국문 영웅소설의 서사 문법을 혼성, 모방한 작품이며 여기에는 개화기 고소설사의 특수한 상황이 반영되어 있음을 밝혀보았다. 「홍랑전」은 창작방식과 거기에 반영되어있는 창작의식의 측면에서 매우 매력적인 텍스트다. 구체적인 실상이 알려져 있지 않은 개화기 신작

구소설의 창작경위와 목적의 일단을 재구해볼 소중한 자료가 되기도 한다. 개화기에 창작된 신작 구소설과의 관련은 본고 이후에 진행될 「홍랑전」 연구가 떠맡아야 할 앞으로의 과제다.

참고문헌

[자 료]

「김전전(金銓傳)」,『필사본 고전소설전집』3, 김기동 편. 서울 아세아 문
    화사, 1980

「운향전(雲香傳)」,『필사본 고전소설전집』3, 김기동 편. 서울 아세아 문
    화사, 1980

「봉래신설(蓬萊新說)」, 이가원본,『열상고전연구』1, 태학사, 1988

「방운전」, 이가원본,『열상고전연구』1, 태학사, 1988

「봉뇌신션녹」,『나손본 필사본 고소설자료총서』12, 보경문화사, 1991

『구운몽』,『한국고전문학전집』27, 정규복진경환 역주, 강전섭 소장 노존본,
    1966

『숙향전』,『한국고전문학전집』5, 고려대학교 민족문화연구소, 1993

『옥루몽』,『활자본 고전소설전집』6, 동국대학교 한국문학연구소 편, 1976

『육미당기』,『한국고전문학전집』17, 고려대학교 민족문화연구소. 1998

「이대봉전」,『구활자본 고소설전집』11, 인천대학교 민족문화연구소, 1983

「일락정기」,『필사본 고전소설전집』5, 김기동 편, 서울 아세아 문화사, 1980

「장풍운전」,『활자본 고전소설전집』31, 동국대학교 한국문화연구소, 1976

「정비전」,『활자본 고전소설전집』7, 동국대학교 한국문화연구소 편, 1976

「홍랑전」,『나손본 필사본고전소설자료총서』79, 보경문화사, 1991

[연구논저]

권도경,『조선후기 전기소설의 전변과 새로운 시각』, 보고사, 2004
권영민,「대중문화의 확대와 소설의 통속화 문제」,『한국민족문학론연구』,

민음사, 1988

김경미, 「「방운전」, 「봉래신설」 해제」, 『열상고전연구』1, 태학사, 1988

김경미, 「「옥선몽」의 성격과 작가의 소설인식」, 『국어국문학』109, 국어
　　　국문학회, 1993

김기동, 『한국고전소설연구』, 교학연구사, 1983

김대현, 「「일락정기」의 인물형상과 서사방법」, 『태동고전연구』8, 한림대
　　　태동고전연구회, 1992

김종철, 「심능숙 「옥수기」」, 『고소설사의 제문제』, 집문당, 1983

김종철, 「옥수기 연구」, 서울대학교 석사학위논문, 1985

김종철, 「19세기 중반 장편영웅소설의 한 양상」, 『한국학보』40, 일지사, 1985

김종철, 「「옥루몽」의 대중성과 진지성」, 『한국학보』51, 일지사, 1990

김윤식, 「예술대중화론」, 『한국근대문학사상사』, 한길사, 1984

민찬, 「여성영웅소설의 출현과 후대적 변모」, 서울대학교 석사학위논문, 1986

박영희, 「소현성록 연구」, 이화여자대학교 박사학위논문, 1994

박영희, 「봉래신설 연구」, 『한국고전연구』2, 한국고전연구학회, 1996

박일용, 「영웅소설의 유형변이와 그 소설사적 의미」, 서울대학교 석사학
　　　위논문, 1983

박일용, 「「유충렬전」의 서사구조와 소설사적 의미 재론」, 『고전문학연구』8,
　　　한국고전문학연구회, 1993

박일용, 「「삼한습유」를 통해서 본 김소행의 작가의식」, 『한국학보』42, 일
　　　지사, 1986

박일용, 「전기적 애정 모티프의 영웅소설적 형상화 방식 연구-」「유문
　　　성전」과 「유생전」을 중심으로」, 『인문과학』3, 홍익대학교 인문과
　　　학연구소, 1995

박희병, 「고전소설 연구의 새로운 방향 모색」, 『민족문학사연구』1, 민족
　　　문학사연구소,

서대석, 『군담소설의 구조와 배경』, 이화여자대학교 출판부, 1985

서인석, 「고전소설의 결말구조와 그 세계관」, 서울대학교 석사학위논문,
　　　1984

서영채, 「1930년대 통속소설의 존재방식과 그 의미」, 『민족문학사연구』 4, 민족문학사연구소, 1993

서인석, 「장경전」, 『한국고전소설작품론』, 집문당, 1990

성현경, 『한국소설의 구조와 실상』, 영남대학교 출판부, 1989

손경목, 「통속문학과 대안적 대중문학의 가능성」, 『실천문학』21, 전예원, 1991

송민호, 『한국개화기소설의 사적 연구』, 일지사, 1975

송성욱, 「가문의식을 통해 본 한국고전소설의 구조와 창작의식」, 서울대학교 석사학위논문, 1990

신재홍, 「구운몽의 서술원리와 이념성」, 『고전문학연구』5, 한국고전문학회, 1990

신재홍, 「「옥련몽」과 「옥루몽」의 비교 검토」, 『고전문학연구』6, 한국고전문학회, 1991

심재복, 「봉닉신셜녹 연구」, 『어문연구』26, 어문연구회, 1995

안동준, 「적강형 애정소설의 형성과 변모」, 한국정신문화연구원 석사학위논문, 1987

오생근, 「대중문학이란 무엇인가」, 『문학이란 무엇인가』, 문학과지성사, 1976

유진선, 「1920-30년대 예술대중화론 연구」, 『현내문학연구』74, 1987

이성권, 『가정소설의 역사적 변모와 그 의미』, 고려대학교 박사학위논문, 1998

이원수, 「가정소설의 전개 양상」, 『고소설사의 제문제』, 집문당, 1993

이창헌, 「장풍운전」, 『한국고전소설작품론』, 집문당, 1990

임치균, 「유충렬전」, 『한국고전소설작품론』, 집문당, 1990

임형택, 「여항문학과 서민문학」, 『한국문학사의 시각』, 창작과비평사, 1984

임형택, 「이조말 지식인의 분화와 문학의 희작화 경향」, 『전환기의 동아시아문학』, 창작과비평사, 1985

장효현, 「옥루몽의 문헌학적 연구」, 고려대학교 석사학위논문, 1981

장효현, 『서유영 문학의 연구』, 아세아문화사, 1988

장효현, 「애국계몽기 창작고전소설의 한 양상」, 『정신문화연구』41, 한국
　　　정신문화연구원, 1990

장효현, 「홍랑전」, 『한국민족문화대백과사전』25, 한국정신문화연구원, 1991

장효현, 「전기소설 연구의 성과와 과제 – 장르 개념과 장르사의 문제」, 『민
　　　족문화연구』28, 1995

장효현, 「국문장편소설의 형성과 가문소설의 발전」, 『민족문학사 강좌
　　　(上)』, 창작과비평사, 1995

전성운, 「옥수기의 작품구조와 창작동인」, 고려대학교 석사학위논문, 1995

전용문, 「여성계 영웅소설의 연구」, 『어문연구』10, 어문연구회, 1979

정대진, 「「옥루몽」 연구」, 서울대학교 석사학위논문, 1994

정환국, 「개화기 한문소설의 성격규명을 위한 시론」, 『한국한문학 연구』
　　　21, 한국한문학회, 1998

정출헌, 「「최고운전」을 통해 읽는 초기 고전소설사의 한 국면」, 『고소설
　　　연구』14, 2002

조동일, 「영웅소설 작품구조의 시대적 성격」, 『한국소설의 이론』, 지식
　　　산업사, 1977

조혜란, 『삼한습유 연구』, 이화여자대학교 박사학위논문, 1994

조혜란, 「소설의 유형성과 독서과정」, 『이화어문논집』11, 어문학연구소,
　　　1990

진경환, 「영웅소설의 통속성 재론」, 『민족문학사연구』3, 민족문학사연구소

차용주, 『한국한문소설사』, 아세아문화사, 1989

최호석, 「설계전 연구」, 『고소설연구』6, 1998

최호석, 「옥소 권섭의 소설 한역과 그 의미」, 『고소설연구』11, 한국고소
　　　설학회, 2002

최경환, 「「육미당기」 텍스트 생성과정 연구」, 서강대학교 석사학위논문,
　　　1997

탁원정, 「「일락정기」 연구」, 이화여자대학교 석사학위논문, 1996

홍형숙, 「「옥선몽」 연구」, 이화여자대학교 석사학위논문

아놀드 하우저, 『예술의 사회학』, 최성만 외 역, 한길사, 1983

권도경(權都京): 이화여자대학교에서 국어국문학박사학위를 받고, 한국
학술진흥재단 기초학문육성 프로젝트를 책임급 연구원으로 선문
대학교 중한번역연구소에서 2002년 12월부터 2004년 9월까지 수
행하였으며, 역시 한국학술진흥재단 학술연구교수 프로젝트를 동
의대학교에서 2004년 10부터 2005년 8월까지 수행하였다. 『조선
후기 전기소설사의 전변과 새로운 시각』이라는 책으로 '2005년
도 문화관광부 선정 우수학술도서'에 선정된 바 있다.

　　지금까지 발표된 저서로는 『선진일사』(공저, 이회, 2003), 『설
월매전』(공저, 이회, 2003), 『춘향전 연구의 과제와 방향』(공저,
국학 자료원, 2003), 『홍루몽 上』(공저, 이회, 2004), 『홍루몽 下』
(공저, 이회, 2004), 『조선후기 전기소설사의 전변과 새로운 시각』
(보고사, 2004), 『문학비평용어대사전』(공저, 문화관광부, 2005)등
이 있다.

　　한국학술진흥재단 등재·등재후보지 수록 논문으로는 「정생전
의 서사구조적 특징과 18세기 전기소설적 의미」(2001), 「김기의
문화세계와 작가의식」(2002), 「빙허자방화록 연구」(2002), 「포의
교집의 애정갈등과 비극성의 정체」(2002), 「안생전의 창작 경위
와 이본의 성격」(2002), 「백운선완춘결연록의 작품세계와 변심테
마의 소설사적 맥락」(2002), 「섬월매전의 장르적 전통과 영웅소
설적 성격」(2004), 「근대 이행기 한문소설 포의교점에 나타난 여
성의 몸」(2004), 「홍랑전의 구성적 특징과 소설사적 의의」(2005),
「장보고구비 전설에 나타난 인물형상화 방식과 기술태도에 관한
연구」(2006), 「'黃生傳'의 서사 갈등의 양상과 양식적 특징」(2006),
「송징 전설의 형성 과정과 계열 분화에 관한 연구-장도 당제 계
열과 고려 삼별초 장군 계열에 나타난 송장군 전설과의 관련성
을 중심으로」(2007), 「장보고 구비 전승의 변동 단계와 그 현재
적 맥락」(2007), 「설인귀 풍속신앙 전설의 서사구조적 특징과 전
승의 역사적 변동국면」(2007), 「황생전 (黃生伝)에 나타난 김기
의 북벌론에 관한연구」(2007)등이 있다. (thtjsh@naver.com)

조선후기 한문소설에 나타난
통속화의 한 경향 연구

- 초판 인쇄   2007년 8월 31일
- 초판 발행   2007년 8월 31일

- 지 은 이   권도경
- 펴 낸 이   채종준
- 펴 낸 곳   한국학술정보㈜
             경기도 파주시 교하읍 문발리 526-2
             파주출판문화정보산업단지
             전화 031) 908-3181(대표) · 팩스 031) 908-3189
             홈페이지 http://www.kstudy.com
             e-mail(출판사업팀사업부)   publish@kstudy.com
- 등   록   제일산-115호(2000. 6. 19)
- 가   격   13,000원

ISBN   978-89-534-7421-5 93810 (Paper Book)
          978-89-534-7422-2 98810 (e-Book)